假如听到
喵喵叫

周晓枫　赵荔红　主编

上海文艺出版社

目录

· 北京 ·

猫的情感教育

文珍 *

猫最好看了！
它们长得像海豹又像狗
不那么像兔子但赛狐狸
尤其是
白色长毛的那一种

小猫咪最可怕了
比旺盛的好奇心更可怕的
是它们真的可以跳很高！
（因此破坏力翻倍）

睡着的猫像一座座小型山丘

---

* 文珍，作家。出版有小说集《柒》《十一味爱》《我们夜里在美术馆谈恋爱》，散文集《三四越界》等。

感到满意的猫则像坏掉的风箱
醒着的猫好比家具的活灵魂：
随时可移动，尤与洛可可风相宜
啊神圣家徽！神龛里不肯安分半秒
半夜在你着凉之前（更多是之后）
肚腹上轻轻搭着的温柔肉垫
地板及其他卫生死角的
“无限量”毛团供应商
茶杯里漂浮毛发的法定认领者
噢，当然还有晚饭餐碟里——
也就不必购买乏味（主要太粘毛）的黑衣了
更节约了，上好（反正都是磨爪用）的沙发。

非常擅长歪头杀的好朋友！
尤其配以含情脉脉实则空洞的凝视。
小型造粪机器。出产稳定且多
家中植物和爬行类动物的天敌
灵长类动物虚妄幸福感的来源
看似比小孩子更信任你的——
实际做梦都在梦见罐头，金枪鱼明虾味
魂飞魄散的一声咂嘴，幽幽叹息。

自金字塔逃出的长老
骄傲地向着现代文明踱步：

你，在写什么？
山竹般粉爪如哥萨克铁骑踏过键盘
按出一长串难解的母星字符
翻译过来是：
快来安抚我！否则就让你追悔莫及！

好在我及时抱住了尊爪
一只手熟练地伸到脖颈下
另一只轻轻拍打伟岸身躯
坏掉的风箱又如旧响起：
呼噜噜，呼噜，呼噜噜。
我爱猫咪，猫咪也爱我。呼

——写于2018年9月5日的颂圣诗

我喜欢猫，大概是朋友圈里人人都知道的事。头像是猫，偶尔晒出的日常生活，十之八九也都关于猫。家中养了两只猫咪已逾十年……朋友逢年过节一旦想不出送我什么好，送关于猫的一切总是十拿九稳：猫冰箱贴，猫本子，猫形鼠标垫，印有猫头的帆布包。日常看到街猫，也总是走不动路。也渐渐汇聚若干云吸猫的同好，大家一起对着可爱的猫图和视频真心实意发出血槽已空的惨呼。

但是，我几乎从来没有真正写过它们。只除了在日记里写过一只照顾过又失踪的流浪猫小黄。

真正动心起念想写猫，其实源于今年九月一个原本和猫完全不相干的新书活动。宁肯老师说爱猫的人习性多半像猫，比如我散文里对周遭事物的观察，就完全借鉴了猫族的目光。更进一步发挥说我身体里大概同时住了一只刁钻的男猫和端庄的女猫……晓枫则用一贯漂亮有力的语言，形容了猫的慵懒，甜美，看上去与世无争同时又有突然攻击致人以死的力量。轮到我说了，我当然完全赞同上述诸位对猫和写作的理解。然而突然要当众谈论起对猫的看法，却一时哑然，有如“近乡情怯”。自己像猫吗？也许只能说，我很乐意被说成像猫……那么，猫究竟是怎样一种动物？这问题太大了，差不多和人是什么一样复杂。差不多静了几十秒，我才说，因为从小就喜欢猫，小时候又没什么能力照顾好它们，猫对我来说一直代表着感伤而美好的事物。是我想竭尽全力去爱却又总是做不到的。

没说完的话也许是，猫教给了我最初的爱和失去。也可以说，它们是一个孤独的小孩的情感教育老师。

我不知道台上或者台下的人听出来什么异样没有，当时说这些话的时候，心里突然间非常难过，难过到几乎说不下去。就在那一刻我想，也许可以写写一生中遇到过的猫吧。是时候了。

说来也巧，没多久晓枫就替上海文艺出版社问我愿不愿意写一篇写作者的猫。我很痛快地答应了，并一发不可收拾，在几个深夜一连写到了约稿字数的上限。我没有告诉她，其实早在台上说那番话的那个瞬间，内心那个一直紧闭的回忆阀门就已经悄悄被一只看不见的手拧开了。生命最初的，那些我曾经用一颗孩子的心竭尽全力爱过也依恋过我的猫咪们，一只只轻盈地从记忆深处走出来。我记得它们每一只，虽然并不确定它们现在究竟身在何方——猫的天堂或者另一个世界——以及是否记得我。

“——谨以此文，献给我曾经遇到却终究无缘的所有猫咪。”

这句式戏仿自塞林格那篇《为埃斯米而作》。这些岁月支离的故事里，同样“既有爱，也有污秽凄苦”。当然，也有许许多多真正的好猫。它们同时也一直教育我要当一只好小猫——假如，我当真有幸被它们看成同类。

1. 娭毑家的黄猫

我其实不大记得第一次见到猫这种动物是什么时候了。

但追本溯源，多半是在祖母家。长沙及其附近地区，比如湘乡、宁乡、湘潭，称呼老年女性包括自家祖母都叫娭毑。所以我也有一个娭毑。

娭毑待我们几个堂兄表妹都严厉，但就是这样严厉得让人生畏的娭毑，竟然曾经拥有一只很美的黄猫。

从我记事起那黄猫已经很大了——当然是从孩子的视角看。记忆里它最常做的事，就是偎在北京炉边休息。关于这种“北京炉”，也可以稍作介绍。我后来到了北京，并没在任何人家里见过这种炉子，倒是当时的湖南几乎家家户户都有。一般是白铁铸造，下面踏脚处稍简陋一点是铁架子，更讲究一点就铸成一个半圆筒形的环，紧贴在炉膛下方，这样炉子烧热后，人可以把脚放在架子上或环形炉筒上取暖。炉膛上则是一个厚炉板类似炕桌，中间有盖子可掀开换煤球，炉膛也开有后门可升火，这一套和寻常炉子是一样的。一旦炉火足够旺，炉板因是金属传热性能好，几近烫手，而这些源源不断的热量，也就经由这良好的导热体渐渐扩散在南方冬日室内的冷空气中，一个烧旺的北京炉子至少能让二十平方米的客厅的一半热暖起来，怕冷的人们自然而然就被寒冷驱赶着围坐在炉边。我们小孩子冷天不让出门，常常就百无聊赖地围坐在炉边烤橘子，烤得一室都是芬芳的熟橘皮香。

对黄猫最初的记忆就和北京炉有关。

从小妈妈就不断和我重复某家小孩被得了狂犬病的猫抓伤后，一周全身长斑、变成猫人的可怖训诫故事。言传还须身教。每当她看到我在奶奶家稍微流露要摸这只黄猫的企图，总及时喝止。其表情之严重，喝止之声色俱厉，仿佛猫就代表瘟疫与不洁，好比披着毛皮的魔鬼。

我被吓住，也就只能遥远地，惆怅地望着它。可望而不可即。

因此幼年印象里，那只黄猫总是一个模糊的忧伤的影子。长久在地上游走，悄无声息地。而炕桌以上的世界则充满笑语，那是人类所统治的世界，是低贱的猫辈所不能参与的。

从没见过这只猫上沙发或者桌了。这是万万不被允许的，一旦发现就是犯了天条，要遭天谴。我吃饭时偷偷把炒菜里的肉丝挑出来扔在地上喂它，不管猫在什么地方，永远都会瞬间移动赶来吃掉。记忆里只有一次配合战没打好，猫略迟了一步，我俩的小秘密终于被娭毑发现了，她震怒非常：你在做什么？人都没有几块肉好吃！

之后再在娭毑家吃饭，都会被所有大人紧密盯防有没有偷搛碗里的肉喂猫。

此后我和黄猫只好在娭毑家的阳台相会。只要我一往那边走，没多久黄猫也会默默尾随而来。这很感人，因为我手上并没有肉了。我便蹲下摸它的毛，彼此都有点相对唏嘘。但这里至少没人管我摸它，也没人会再重复一遍猫人的故事。我俩都是这家里弱小而无足轻重的角色，我四五岁，黄猫不知道多少岁，没有名字，不清楚性别，好像也没有老鼠给它捉，记忆里从来没见过娭毑喂它。

还曾给黄猫起了一个名字叫文花，被大人们传为笑谈许久。但是我想，它是爷爷奶奶家的猫，应该和我拥有同一个姓。我们是亲戚，是朋友。

文花非常乖，惯常遵守一只靠墙贴地行走的“四脚兽”的本分。只有一次我亲睹它挑战人类世界的秩序。那次妈妈出差了我被寄放在娭毑家，在惯常的喝骂声中洗漱完毕上床，而它不知何时尾随我来到卧室，又轻轻巧巧地跳上了床，并在被褥上颇优雅而有韵律地来回踩踏，喉咙里发出惬意的呼噜呼噜声。长大后回想，才明白当时那酷似泰式“马杀鸡”的动作其实是猫在“踩奶”，是重复幼年哺乳期的动作，一般只发生在猫特别有安全感的瞬间。然而试想一下当时卧室的灯还没关，娭毑或其他大人随时可能进来，五岁的我一时间竟恐惧得什么都不能做，甚至不敢伸手摸一下它的背脊或者赶它下去。

那一刻的犹豫、担心、不忍驱赶，和能清楚感知到时间流逝的惊惶，过了二三十年还如昨日。我很想保护犯下天条的它，但彼时的我同样也只是一个弱小的，没什么力量，经常挨骂的小孩子。

只能在渐渐石化的时间里，眼睁睁看着橘色虎纹毛皮的小老虎文花，来回重复着那个有点可笑的动作，像在舂米，又像拜年。

过了好一会，脚步声突然近了。文花这样灵敏的猫，却好似没有察觉，继续踩踏。

我又怕又急，一下子整个人趴在它背上。

“文珍你在搞什么鬼？”

“我脚头有点痒，挠完马上就睡。”

“不在被窝里挠，非要钻到被子外面去！感冒了就晓得厉害，作古作怪！”

灯被颇粗暴地“啪”一声灭了。我直起身子，满意地看到危险正在大步远离，像只小泥鳅一样刺溜滑进被窝。而一直打着小呼噜的文花那晚是什么时候下床的，我不晓得。

但是那晚一定做了好些关于它的梦吧。梦里面我们一起吃肉，一起快乐地在床上打滚。

也是文花，让我知道这世界无趣表面下意想不到的汹涌暗流。

你永远不会知道一只看上去很乖的猫心里在想什么。

2. 外婆家的猫

嫔毑家有猫，一百多公里以外的县城的外婆家也有。

起初只见到一只很瘦的狸花猫拴在炉子边。外婆家也有北京炉子，会把烧完的灰煤球踩碎了给猫当厕所沙盆，对猫比嫔毑对文花要好一点。我还见过她给这只狸花猫做猫饭，用切碎的生猪肝拌白米饭，虽然只是一片白中星星点点的红，看上去倒蛮香。

但那只外婆唤作“咪咪”的花猫不知道为什么一直就很瘦，骨肉支离的，像在一个很大的骨头架子上蒙了一层稀疏的毛皮，猪肝饭也总是剩着变成碗底干硬的饭粒，长大后想来，或许是总被拴着得了抑郁症。只能偶尔趁大人不注意，蹲在它跟前摸摸它。它总没精打采地低头避开，带着一种厌世的神气。再去，就不见了。那时候太小，也没问出来去哪了。

外婆家又出现了猫，是一年多以后。我已经七岁了。

这次是只一个月就被抱来的狸花猫，也叫“咪咪”，好看的虎纹猫脸有一种天真的憨态。我欢喜得一见就抱着不撒手。妈妈回到娘家也很高兴，见到只轻声呵斥几声，没有断喝。现在想来，她在嫔毑家的声色俱厉，极有可能也是一种表演，显得自己管教孩子严格，不会一味溺爱纵容——嫔毑他们时常数落她太惯我，“把一棵好苗子惯坏了”。

这只小咪喜欢我。我当然更喜欢它。我们是这个家里唯二的两个幼童。

最大胆的一次，我抱着小咪一路走到资江边去。小咪在我怀里温顺得一动不动，并不挣扎。江滩离外婆家不远，一路上匆匆行过很多形色匆匆的大人小孩，没人发现我怀里抱着猫。而我的喜悦和心几乎要一起跃出来，恨不得让所有人都看见：我怀里有好可爱好可爱的一只小花猫呵！

终于跋涉到了江边。找了块干燥的大石头坐下，继续紧紧抱着猫看江水，看过往轮船。有几个男孩子跑过来，终于发现了我怀里的猫。

“你抱了只猫来玩啊！”“哦哟，这么小的猫！”“它饿不饿？”

七嘴八舌的，都是不认识的，完全陌生的男孩子。倒是看上去都和我差不多大。最多大一两岁。

我矜持地笑：“是啊，年年家的小花猫。它叫咪咪。”——新化方言里，外婆叫年年。

他们点点头，没说什么又风一样地跑了去。我钦佩地想：不愧是在江边住的小孩，见多识广。要是我看见别人抱着一只这么可爱的小猫出来，肯定会大惊小怪更久的！

是临近春节的寒假里。我觉出小咪在怀里发抖，用衣服裹紧一点，起身回去了。

接下来十几天，我每天都和它腻在一起，无论做任何事情都抱着猫。妈妈这次就跟没看见一样，最多形式主义地念叨几句：小心，别被它抓了——

但声音不太大。好像也知道这么小的猫其实伤害不了孩子，有点好笑自己的瞎操心似的。

春节过来拜年的人多，外婆人缘又好，大门时常都大敞着，怕猫跑丢，我不抱小咪时，它就只能照旧拴在炉子跟前。也许是实在长得讨喜的缘故，客人见到都随口夸几句，没多久它的声名就传开了，奇怪的是，不是夸小咪可爱，而是夸它聪明。

我就亲眼目睹过一次小咪在北京炉子上烤火。它是怎么烤的呢，整条猫盘在踏脚的炉盘上离炉膛太近太烫，趴在地上又太冷，遂前两爪趴在温暖的炉盘上，后两爪还站在冰凉的地上，像个做功课的小孩儿，不多时竟惬意得歪头枕在前爪上睡着了。客人们见了都不免啧啧称奇，说这猫怕不成了精？什么猫会这般人模人样地烤火呢？

没几天又有新闻。说小咪不用栓也会自己回家，不晓得从哪里叼来了一条大鱼，或者就是谁家缸里的锦鲤也不一定，总之是金黄耀眼的一条大鱼，差不多有它一半身体大。人人都惊叹，但竟然没人阻止。我害怕不敢过去看。过不多时，据说整条鱼都吃光了，躺过鱼的水泥地上什么都没有，只有一个湿漉漉的鱼形的印迹。而小咪肚子滚圆，眼睛滴溜溜地看着我。

外婆的客人们一边嗑瓜子，一边笑着说：咪咪也要过年的嘛。

不断出去打秋风，加上外婆的猫饭，小咪长得又快又好，毛色油亮。

可惜过完年我就要回娄底市里了。回去那天我抱了小咪很久，同它讲：我很快就回来看你，等我。一大早小咪不知道又在外面疯跑了多久，累得趴在怀里呼呼大睡，我眼泪一滴滴落在它毛茸茸的小身体上，它也没有醒。

又过了两个月，还在春天里，终于哀求得妈妈再带我去新化外婆家，下了火车就一路急跑，一进外婆家门，却听说小咪早已经殁了。

外婆简短地说：你三姨奶奶看它好玩，借回家去捉老鼠，结果碰到一只吃了药的，就药死了。

我呆呆地站在那里。小咪的俊秀模样就在眼前，空猫碗还在炉边，甚至连它小身体微微战栗的触感都还记得，怎么，就药死了呢？它还要陪我去江边的呀，它那么可爱，那么机敏，还那么小！

外婆转头对妈妈说：说起来好笑，小孩子家哭猫也就算了。你三姨那么大的人了还哭了好几天！她说，这只猫很会捉老鼠啊！又不爱叫！

我泪眼婆娑地看她们一眼。为什么不能哭？虽然三姨奶奶间接地害死了它，在那一瞬间，仿佛这世上唯有她是我的盟友。她是会哭猫的大人。

但更多的眼泪来不及地涌出来。我哭着，决定不原谅他们所有人，包括三姨奶奶。包括卖老鼠药的。

3. 伯父家的猫

伯父是卫校的老师。平时时常会带学生上实验课，常解剖青蛙、兔子……也有猫。而花猫就是他从实验室里带回来，准备回家养着捉老鼠的。因为算救了它一命，他有时会笑嘻嘻地说“这只小花猫差点就死了呢”。我则和对其他所有猫一样，能偶尔蹲下来摸摸就很满意了。我自己家住在电业局，邻居家有两只神气的长毛大白猫，等闲是不让人摸的。

没多久爸爸说家里闹老鼠，要把猫借回去几天。这简直乐疯了我，但竭力忍着表面上不露出来，生怕父母见我高兴，就此作罢。

这时我差不多已经十岁了，上初一。

记得那是个春天。以往只要妈妈一出差，爸爸就把我寄放在娭毑家，但娭毑比爸爸妈妈管我要严，因此不喜欢去。后来黄猫没了，就更不爱去了。那个春天因为借了猫，我苦苦哀求，终于被允许可以在家住，前提是要乖乖和爸爸一起到他厂里的徒弟家吃饭。

徒弟家有菜有饭，但没有书。他们吃过饭就开始在昏黄灯光下打扑克，而我上穷碧落下黄泉，只踅摸到一本《电视机维修 27 问》。又想起伯父家的猫还在家里挨饿，就和爸爸说：我要回家。

爸爸正抓了一手牌，嘴里还叼着烟，一时间顾不上我：要回就回吧，路上小心点！

本来等爸爸打完牌，是可以坐他摩托车一起回去的。徒弟家离我们家走路也就二十来分钟，但偏是一条土路，下雨天就成了泥路。然而我宁肯冒着春雨深一脚浅一脚地撑伞一脚泥泞地回家，心里充满赶紧回去照顾猫的迫切，生平第一次有一种对弱小者的责任感。一种，极为接近爱的心情。

到家打开门，猫咪果然迎上来。它看上去很饿了。

平时都是妈妈喂它，我其实不知道可以给它吃什么，爸爸也没交代。翻箱倒柜，终于从冰箱里找出一大块冻猪肉，解冻了切一小块喂给它吃。怕解冻太慢，还在煤气灶的火上燎一下再喂。烤肉的气味很香，我也不馋。

猫狼吞虎咽地吃完了。吃完了还要，就再切。一直到它吃够为止。

妈妈那次出了很久差，而爸爸渐渐不好意思带我去徒弟家吃饭了。过了两天，还是把我送去了奶奶家。我百般抗议无效，又不好说是牵挂着要喂猫——不知道走了以后猫吃什么？

一天中午在奶奶家午睡，突然接到了爸爸的电话，咆哮着说要立刻把猫还回去。

我心知大事不好，爹着胆子问：为什么？

他气急败坏：你还问为什么？！你干的好事！好大一块肉就快被你切光了！我中午打开冰箱才发现，今天就送回去！

话筒那边的声音很愤怒，我嗫嚅着：我错了，求爸爸不要……

不行！你想养也可以，除非以后不咬指甲了！

这又是我的一个说不起话的短处。从很小一直咬到十几岁，改不掉。家里人为此想了无数办法，往指甲上又是抹辣椒水，又是黄连，娭毑甚至威胁过要抹自己的口水——全没用。洗了还是照咬不误。

我犹豫几秒，很艰难地做了决定：好，以后再也不咬了。

爸爸却在那边嗤一声：骗谁？你不咬指甲了，好比我讲以后再不抽烟。

小猫还是被不由分说地送回了二伯家。

我壮着胆子问过几次：爸，你问问二伯小猫怎么样了？

他不理我。大概还在心疼那块上好的里脊肉。

妈妈出差回来了，我总算结束坐牢回了家。一直牵挂猫，又没处问。根本也不知道二伯家的电话号码。

结果还是我自己有一次在嫔驰家碰到了二伯。他闲闲道，“那只小花猫啊？亏你还记得。没多久我也出差了，把它拴在一楼院子里，忘了解开。出了一礼拜差，回来一看，倒已经饿死了。哈哈哈哈。”

我疑心自己听错了，不能置信地看他。

“你不知道，它后来临死前，爪子刨地上的土刨得两道那么深！哈哈哈哈。”

我咬紧牙没哭，只是不明白二伯为什么要告诉我这么仔细。又忍耐一会，慢慢起身走到嫔驰家的阳台上，那是我曾经和文花见面的地方。小花猫死得好惨，那么文花现在又去哪里了呢？

后来我在第二本小说集的后记里写：“就因为这件事，我终生痛恨不必要的残忍。”

长大后的我，已经明白二伯的“哈哈哈哈”并不是什么大人式的洒脱幽默。告诉一个小孩子这样的死亡，以这样的态度，只能叫做残忍。一个学医的人就必须对动物冷酷无情吗？那么，我永远不会选择这个职业。

想起一件年年的往事。她十六岁那年，被家里人送到了资江对岸的护士学校，说打仗时哪里都需要护士，毕业后出路好。

没过一个礼拜，她连夜游过资江回了家。那时的江面还很宽，总有好几里吧。

别人问她为什么要跑，她摇头说：“学校里好多死人（骨头），我怕。”

我是年年的外孙。

我们都恐惧死亡、尸体、鲜血淋漓或者其他更无稽的残忍，比如战争，比如生命无端的浪费。而年年去世，时至今日也已经离开整整一年了。她在地下还会见到曾经养过的猫咪吗？还会拌猫饭给它们吃吗？以及，饿死的猫也会转世投胎吗，还会选择当一只弱小的动物吗？

4. 自家的猫

时钟在对于猫的回忆中彻底拨乱了。六岁，七岁，或者更大一点，但不超过八岁。总而言之，我自己家里，其实也短暂地养过一只猫，只是连毛色都全然忘记了。

唯一记得的，是妈妈绝对不允许它上床，上沙发，上桌子。她认定了猫是只能在地上行走的四脚兽。有一次打开衣柜门，却赫然发现这只猫端坐在她最好的一件毛衣上方，当即发出了几十分贝的尖叫。

我想起最初那只黄猫在娭毑床上踩奶的场景。猫不惯常都这样阳奉阴违吗？但我喜欢猫这种狡黠和自洽。鲁迅先生说得好，哪里有压迫，哪里就有反抗。哪怕这样默不作声的反抗也好。小孩子天生和弱者是一国的。

妈妈最奇怪的地方还不在这些方面，在于她喂猫吃白菜和萝卜。她和邻居说，我们吃什么，就给猫吃什么。其实不是的。我家猫是完全吃素的，而我们的菜里还有不少肉丝！

猫熬不住肠胃无油水的焦枯，偷过几次乡下亲戚送来的鱼干。很快被发现了，挨了几下打。

妈妈似乎指望猫自谋生计，主要靠捉老鼠糊口，以及偶尔吃人类施舍的斋饭清清肠胃。

但是，家里并没有老鼠。纵然有，也早被这只缺荤少腥的猫咪抓光了。

就在这样的铁幕政策下，在某个冬日的黄昏，这只被迫如信女一般吃长斋的猫咪终于决定逃亡。是我楼上的小哥哥先发现猫咪不见的，我们一起追出楼道，还模模糊糊看到了一个飞奔的身影，消失在了楼下无边的黑暗中。

我当即奔回厨房，果断地拿出小鱼干一条一条地往楼下丢去，口里唤着咪咪咪咪，但为时已晚。咪咪再也不会回来了……那大概也是我第一次眼睁睁地面临不可抗的离别。再大一点开始背古诗，学到一句“小舟从此逝，江海度余生”，就无端想起它来。又看到李煜的“独自莫凭栏，无限江山，别时容易见时难。”也想起它。再后来读巴金的《家》，看到觉慧眼睁睁地看鸣凤死去那种惭愧和自责，以及永远无法弥补的伤心，也若有所动……想起当时趴在栏杆上，呆呆看了很久，终究没哭。也许暗自觉得，猫逃出生天，会过得更开心吧。

它离家出走得相当彻底，此后再也没有回来。

而猫在我童年的情感教育中，实在扮演了方方面面的角色。

妈妈有没懊悔，却不得而知。好些年后，她主动和人说起养过一只吃白菜萝卜的猫的笑话，说：哎，那时真没什么好喂猫呵。双职工就那么一点工资，老文还非要下海。

只能以白菜萝卜果腹的猫当然是可怜的。但是，想想非巧妇而更难为无米之炊的年轻的妈妈，也不禁怅然。

5. 大学的猫

中学时举家搬到深圳。也养过几次猫，终究不得善果，不是送了人，就是跑丢了。

高中最后一次养猫，是高三时学校门口小卖部的母猫生了一窝小猫。因为母猫怀孕时曾抓伤过我——也怪我下课后没事总去摸它，终于有一天，它刚被几个男生惹怒，我一过去就殃及池鱼挨了一爪——等小猫生下来了，店老板内疚地专门送了我一只，也是狸花猫，尾巴天生下来就残疾不能卷曲、俗称“麒麟尾”的。据说这样的猫不好看，但极聪明。我一路捧着装着它的纸盒回家，听见里面微弱如婴的猫叫声，无尽喜欢。

那个暑假我们家还住在廉租房里，但很快就要搬去关外的楼房了。我依旧不知道可以喂猫什么，但因为高中住宿，好歹有了一点零花钱可以买火腿肠。喂不起整条火腿肠，只能和黄瓜一起剁碎了拌匀当猫饭。好在麒麟咪不嫌弃。

没两个月我就要去广州上大学了。

上学前搬了家，麒麟咪也随着搬了过去。但据说第一个月，因为父母都要上班而且路程变远了照顾不过来，妈妈就把猫送给了新的邻居。

我又哭又闹，终于得到许可让这只猫再回来过一个周末。我不知道新领养它的家环境是怎样，但住关外出租房的人家，大多数都没有什么钱……咪咪会比在我家吃得更好吗？那家人喜欢它吗？这一切统统不知道。

麒麟咪瘦了一点。重新见到我之后是一种不敢置信的，惊大于喜的表情。有点冷淡，不太肯靠近我。

我轻声唤它的名字：咪咪，咪咪。——我以前所有的猫，路上见到的猫，都叫咪咪。这一点上面，我没什么想象力。但也因为，我曾以为猫只听得懂咪咪。

麒麟咪很慢很慢地，最终还是过来了。我把它用过的垫子找出来放在地上，它也不上去，继续用一种将信将疑的眼神打量，好像已全然对这垫子陌生了。

不知道它出去后遇到了什么。眼泪立刻就下来了，我跪坐在垫子上，轻轻地抱起它。几乎是一瞬间，麒麟咪就开始剧烈地呼噜起来。就好像压抑已久的热情被释放。它甚至开始舔我的脸。舔我的眼泪。温热粗糙的舌头，一下一下。就好像在说它原谅我。也好像在说，不要离开它。更多的眼泪汹涌地流下来。我背对着妈妈。

妈妈自顾自说：这边房租是低，但交通费高了不少。可能还是要搬回去，虽然这是楼房，比以前宽敞。

我只是紧紧地抱着我的麒麟咪，什么都没有说。

这样就好像我们千辛万苦搬到了关外再回去，只是为了遗弃这只小猫在这里。

那是我最后一次看见麒麟咪。它是一只麻灰色的小猫，一胎兄弟姐妹五只，它是里面唯一一只尾巴天生伸不直的，样子却最神气。它会剥虾，也能灵巧地吃到螃蟹里的肉——有一次在外面吃了海鲜打包带回去，它整个地疯了，把剩下的蟹脚虾壳吃得干干净净，吃了整整一个小时。香港回归的那一年，它正好在我家。夏天的雨后我们一起在外面的草地上玩耍，它有时候能扑到蝴蝶，旋即又很轻地放开爪子，让蝴蝶飞走。

这就是我对于麒麟咪的全部回忆。

6. 学校的猫

到了大二还是大三，在校外看到一个笼子里有一只两三个月的小黄猫在卖，三十块钱，走来走去犹豫再三，还是忍不住买下了。

在宿舍里养了很久，省下伙食费买幼猫猫粮给它吃。舍友也都喜欢它。

是秋天养起来的，到了冬天，小黄猫觉得冷，就呼地跳到床上来。那时候不知道为什么，被子总不够厚，舍友都把脱下来的大衣放在我床上。我也坦然地接受了。她们也知道猫会上我的床，却并不在意自己的衣服可能被弄脏。妈妈工作太忙，似乎一直对我是疏于照顾的，而我上大学比其他人都早，被舍友照顾惯了，也就懵懵懂懂地不以为意。到了十二月，我们所有人抱着那只小黄猫给一个射手座的舍友过了生日。寿星也喜欢猫，黄咪就在中间被她亲人地搂着，和人脸比起来猫脸特别小，又特别和谐，到现在我还留着那张照片。

接我回去过寒假的妈妈发现我在宿舍养了猫，不免震怒：怎么又养了猫！这样怎么学习！

她却并没发现我床上的被子太薄。我和舍友也都忘了提。

发作一通之后她说：还是把猫带回深圳吧。你们正好也要放假了。

没人留在宿舍里过年。我也不可能留下，只有答应。

寒假后再想把小黄猫带回学校却遭到了阻拦。对妈妈而言，猫好像一直是我成长过程中不断冒出又必须要不断清扫的路障。而且，在宿舍里怎么好养猫？她非常有道理地质疑道：你们是去读书，不是去玩物丧志的！我不记得自己当时说了什么，只记得争论不过她。我的青春期叛逆只剩下一点点了，更何况，和爱猫一样，我同样爱我的妈妈。

上学一个月再回家，才得知妈妈再次把猫送人了。这次就是送给了小区门口小卖部的老板，说店里有老鼠。

这时我家已经买了房子了，就在刚进梅林关不远的福田区。是个新楼盘，很小，真的就是“小区”，但也绿树葱茏，两栋高楼相向而立，物业保安俱全。门口还有小卖部。

我不知道妈妈为什么一定要把我的猫送人。更可怕的是，才一个月，小卖部老板就嫌这只猫发情老出去，怕走丢，私自给它做了手术。我之前不确定黄咪是只公猫，刚刚知道它已经永远不是了——也正因为此，一进小区，黄咪看到我，就向我飞奔而来。

我蹲下，看它向我飞奔过来的身影，心头痛缩成拳头。对不起，对不起，对不起。

妈妈在楼上大声喊我回去。整个楼的人都听到了，我得关铁门回家了。黄咪在门外撕心裂肺地叫，眼泪再次像开了闸。为什么不让我养猫？就因为“要专心学习”吗？我都已经开始有稿费了，可以买猫粮罐头给猫吃了，也有钱买猫砂不必偷工地的沙子了……

然而我最终还是懦弱地关上了铁门。我仍然没有违逆母亲的勇气。

那年我十八岁半。

又过了半年，听小卖部老板说黄咪还是跑了。我盯着他的脸看，一张很寻常的南方男人的瘦脸，不知道怎么就可以亲自下手阉割一只活猫。他被我看毛了，说：看我干吗？是你妈妈主动把猫给我的。

又说：你的猫很威水！之前周围好多母猫找它。一晚上猫叫不停，吵死了。

听说黄猫威风八面的情史之后，我更难过了。它原本可以成为一只多么魅力四射自由自在的公猫啊。现在它彻底离开了，带着人类留给它身体和心上的残缺，永远地消失了。会不会有野猫欺负它去了势？它还记得我宿舍床的一隅吗？还记得床褥和舍友衣服的气味吗？如果再遇到，我蹲下来，它会不会，依然不管不顾地向我飞奔而来？

对不起。对不起。对不起。

7. 大学的猫 II

黄猫被送走过了一年多，寒假后我和舍友去学校北门外的小吃街吃饭，偶尔看到了一窝冬天刚生的小猫。

张爱玲在《我们为何要生孩子》一文里写：

> 生孩子的可以生了又生。他们把小孩看做有趣的小傻子，可笑又可爱的累赘。他们不觉得孩子的眼睛的可怕——那么认真的眼睛，像末日审判的时候，天使的眼睛。凭空制造出这样一双眼睛，这样的有评判力的脑子，这样的身体，知道最细致的痛苦也知道快乐，凭空制造了一个人，然后半饥半饱半明半昧地养大他……造人是危险的工作。

而猫也一样。一过了冬天，大地上到处跑着幼年的新生的猫，前一年死掉的流浪猫尸体，被车辆撞死的猫，永远会被及时地清理掉……而新猫咪照样在这个世界繁衍生息着，一样是可爱的天真的眼睛，探究世界的好奇的心。

我这时已经被黄猫的事伤透了自己的心，不太敢养猫了。但小吃店的老板看我一直忍不住往那边看，慷慨地笑道：老熟客了，你挑一只走！

我便不再敢看，匆匆地离开了。下定决心如果不能对一只猫负起责任来，此后将不再养猫。但里面依然有一只三花给我留下了格外深刻的印象，那么小的一个毛团上，一双黑到发蓝的瞳仁，一瞬不瞬地看着我，可爱得教人融化，同时也让人生出即将动心的畏惧来。

没多久听说楼上宿舍的某某，也是隔壁班的好友，在小吃街买了一只猫，回来养了一天就说养不了了，只能给我。

我百般不情愿地上去看。无巧不成书，正是那只三花。

我问她：你养不了干嘛要买？

某某笑嘻嘻：那么可爱，谁忍得住啊。何况有你啊，你肯定会接手的。你连路上的流浪猫都喂！

最终还是成了我的甜蜜的负担。

那么小的猫，出生最多不过一个月，连把牛奶倒在碗里舔食都不会。只能找来空眼药水瓶，吸满牛奶轻轻捏开猫嘴，再挤出一条笔直奶线到它嘴里去。

待小猫啊呜啊呜，喉咙里发出来不及吞咽的声音，我便住手，它又不满足地急切地四处寻求，我又赶紧吸满一瓶子，再挤。如是数十次，喂完大半盒利乐砖燕塘鲜奶才罢休。

满两个月，才可以吃泡软的幼猫猫粮。这时候我已开始到报社实习，日常都有稿费了。开始挑猫粮的品牌，看成分表，虽然当时市面上最常见的，还是伟嘉和喜悦。

大概三个来月时，小猫身上的绒毛还没有褪尽，已经可以吃幼猫猫粮和妙鲜包了。它一直在我床头垫了衣服的鞋盒里睡，有天我一觉醒来，突然发现盒子空了。宿舍每个人的床底下都没有，桌子底下也没有。当时宿舍的厕所是蹲坑。担心它掉到洞里，急得发疯，翻箱倒柜找出手电来射进去看，并没有。

醒来才五点。好不容易睁眼熬到六点，爬上七楼从最远一间宿舍敲起，问有没有看到猫……翻天覆地一早上，惊起周末贪睡红粉无数，还好是女生宿舍，没人对骚扰者饱以老拳。

一路从七楼找到一楼，又从我们楼找到隔壁楼，一轮地毯式搜寻后，终于在高一级的女生宿舍宿管处找到了逃猫，阿姨说它昨晚就溜进来了，也不吃东西（也就是阿姨从食堂打包带回来的馒头），一直惨叫。连连道谢再抱回宿舍，喂了猫粮，逃犯一脸无辜地光速打起了呼噜，好像没犯过任何错的模样。

一早眼睛熬成兔子的我怒笑：嫌宿舍太闷想出去放风？那就出去溜达一下。

和带小时候外婆家的咪咪一样——这次的三花也叫咪咪，目的地同样是江——直接下楼带咪咪去了珠江边的北门，只是没有抱它。约莫流落在外一夜，猫同样惊魂甫定，非常害怕再走失。广州春日上午阳光猛烈，我打了一把伞，走很远才回头看猫一眼，猫还在后面跌跌撞撞地跟着。我用伞柄招它，三花以为我和它玩，作势欲扑，结果我又板起脸往前走。就这样一前一后一路相跟着走到江边。

三花累得蹲坐在岸上看我，像一只狗。我在牌坊台阶上坐下，它便怯怯地跳到我身上来。

我正色问它：还乱跑吗？

它假装悔改地喵叫了一声。

往返总有两公里。回去路上我便心软了一路抱它走。等进了宿舍，它往一个装满衣服的编织袋上一跳，就此四肢摊开趴在袋子顶上睡着，整整睡了十几个小时，连晚饭都没吃。也不知道是过了怎么忧思重重的一夜，又一路忐忑不安拉练到江边，当真是精疲力竭了。

三花从此以后再也没有逃出宿舍过。

养黄猫时是冬天，寒冷干燥，到了这只花咪，正好从春到夏，就有爱干净的舍友开始嫌有猫味。为留住它，我甚至创下了只要一听到叹气声就拖地、一天内拖六次地的记录。当时正好也准备考研，便和隔壁班的另一位好友（不是送猫给我的那位）约定一起出去租房。是朋友的朋友家，江边高层豪宅，精装修，三室两厅，总共才两千多，一个人一千二不到。只约法三章不许养宠物。也不允许外人留宿。

但我还是把咪咪带到了这个豪宅。而好友也偶尔带男朋友回来过夜。

我们共同和咪咪在江边度过了一个冬天加一个春天。第二年开春，就是著名的非典，北京成了弃都，而广州作为南方的重灾区同样风声鹤唳，草木皆兵。好友潇洒地去了广西旅行，我考完第一次研，因为英语涂错答题卡总分不够，还得继续复习一年。仿佛自动保护机制启动，也并不觉多么失望，只照常去羊城晚报实习，挣一点稿费。四月非典风声渐渐紧了，就不再去东风东路坐班，在房子里写稿。从四月到五月，差不多半个多月没有出门。在此期间咪咪一直陪我。在凤凰村买回来的一盆栀子花，也静静地全开了，一共二十七朵。

那个春天过得异常文艺。在房间里很大声地放卢巧音、王菲、黄耀明，写文章。深更半夜还在看圣经，但并不信教，只当做诗歌来看。有时到客厅里放DVD，待看不看的，手里一刻不停地做折纸手工。三花在春夏之交的午后阳光里卧着，毛皮呈现一种复杂美丽的琥珀色。与之相对的，是自己的前途未明，但心底十分宁静。

那是我和咪咪在一起最好的时光。

好友回来了，我们就一起给它拍照，对饮一种很甜的法国橘子酒，笑得裹在被子里打滚，我假装不记得那是她法国男友上次也盖过的被子。偶尔坐船去江对岸的福利院当义工，路上好友突然笑问：不知道咪咪坐船会不会晕？不晕的话下次也带它出来兜风。

我们像是暂时组成的一家三口。非常幸福。

又有一次，我独自在路上捡到了一只被车撞了的小猫，外表看上去完好，但尾部一直沁血，一滴滴沿着尾巴落在当时穿的白裙子上，带去兽医院说已经不能治了，还是坚持着要求给它打了一剂强心针，抱回住处，就放在三花的窝里。三花也在一旁目不转睛地看。初夏的阳光轻轻地打在那个旧窝和卧着的小猫上，一切看上去都很像奇迹会发生的模样，然而十分钟后，小猫死了。

是和外婆家第二只猫很像的，有白手套的狸花猫。大概也只有三个来月大。看上去很平静，也没有多少痛苦。大概是被一辆车撞飞了它，落在马路外面，所以没有被碾压，但是内脏大概都碎了。

好友不在家，原本宿舍的一个舍友过来帮我把小猫埋了。虽然养过很多次猫，也大多没好结果，但这仍然是眼睁睁看着死在面前的第一只猫。情感上的震动之大简直不能想象，我站在学校马岗岭的密林中哭出声音，没办法动手，是舍友帮我挖的坑，又把用布包裹好的小狸花猫轻轻放进去。虽然只和我一个小时缘分不到的小猫，却从此给我留下一个终身后遗症。后来学会开车，最害怕的事，就是路面闪过猫或者狗……必然心神大乱。

回到家里，流着眼泪抱了三花良久。

忘了说三花冬天已经发过情了，但我俩对此都毫无办法。后来发作得渐渐不堪了，终于决心带它去医院做手术，打了麻药以后医生才说，这只猫可能有心脏病，不能手术。

而这时三花已经完全被麻醉了。躺在那里，孱弱，僵硬，冰凉。眼睛没有完全合上，露出大片眼白。据说要不停地滴眼药水才不会干涸。那个穿白大褂的男医生又冷冷补一句：这就是只土猫吧？能不能醒来我也不确定。

舍友气得和他辩论。我就只剩下一路抱着咪咪痛哭。这次我们真的是坐船回去，但是咪咪已经不知道晕不晕船了。

回家又过了好几个小时它才醒。我抱着它，比那只小猫死掉之后抱了更久，它的身体好久才暖和起来，也许是因为我的眼泪把它的毛全打湿了。

没过多久……就大学毕业了。暑假好友要和男朋友去法国准备留学，而我还要继续复习考研，一个人租不起整套房，只能跟着退房。咪咪不能跟我颠沛流离，也只能送回家去。当时非典未平，坐火车通不过安检，大巴司机一开始也不同意，说全车人的安全怎么办，最后退一步说只能放在车后行李箱。也是气疯了吵了半天，害怕猫受伤、逃走、晕车……最终仍然只能屈服。一路看着窗外发呆。为什么猫这么弱小，而我也一样？

还好三花路上没事。这次回家和妈妈约法三章。我很平静地说：如果这次再把我的猫送人，我就永远不回这个家了。

她答应我说不会再送。

她也不让我在家复习。就还是回到广州，在学校附近租了房子。这次房东严令不许养猫，咪咪仍然只能留在家里。走之前买了最大袋的伟嘉猫粮，仔细告诉好每天喂的分量，也交代妈妈留意邻居家有没有合适的公猫——据说老发情是会加剧心脏病的。

回到广州，从八月一直复习到十一月。妈妈怕我影响学习，一直不让我回深圳。中间每次打电话回去，问起咪咪，妈妈都说：很好。有时候还唤它过来：咪咪快来！你小主人又问你了！哎，猫就是不听指令。

我在听筒这边隐约也听到了猫叫似的。很安心地笑着。

十一月外婆七十大寿，必得回去了。妈妈来火车站接我，路上才吞吞吐吐地告诉我实情：咪咪早就丢了。

什么时候丢的？！

你走后不久，它发情厉害，就跑出去了。

深秋深圳的阳光依旧煦暖。我站在大街中间，再次泪流满面。还是为了一只猫。还是为了把猫交到自己的母亲手里。

妈妈仓皇失措，不知道怎么办好，立刻把我推进一家最近的理发店：麻烦给她剪个短刘海。

她是觉得在陌生人的注视中，我就会情绪自动疏导好了吗？

但剪发全程中我一直在哭。控制不住地。理发师最后忍不住问：你十几了？

我泪眼婆娑：今年大学毕业，二十一了。

还以为你不到十五！怎么一直哭？

只能说实话：我的猫丢了。

镜子里面倒映出来理发师的脸，是一种难以形容的错愕。他一定是和我妈妈一样，不太喜欢猫的大人。

外婆在我回家前已坐立难安，看着墙上时钟喃喃自语：怎么办文珍要回来了。她一定会怪我的。

就因为据说外婆怕成这样，我相信了猫应该不是故意被放走的，是自己跑丢的。

妈妈说：你看你买的那么大一袋猫粮还都立在那里！我放走它做什么？

我没有和她们争辩，只在家附近漫无目的找了很久。好多天过去了，但凡看见三花，就怀疑是咪咪。但都不是。

又过了一年多。已是考上研究生的第二年春天了，有一次在楼梯里遇到很少碰面的邻居阿姨，她看见我冷不丁地说：你的猫……

我敏感地问：怎么了？

那猫就是发情太厉害才爬到我家阳台的。可能是被我推开阳台门吓了一下，才掉下去的……

这时一楼已经到了，她匆匆地走出去：你家里人不让我告诉你……

我还呆呆立在电梯。直到被上面的人按了，又开始上升。一直升到顶楼，从天台上俯身往下看，那么高，我家在十楼，邻居家也在十楼，差不多就是顶楼了。

滚烫的眼泪垂直地落下去。变成芥子大小，微尘大小，粉身碎骨。露珠粉碎成齑粉，扩散成云团，最终变成猫的形状。

猛然间想起在法国的好友当时在江上渡轮的笑脸：不知道，咪咪晕不晕船？

又想起在下渡看见咪咪。天真的瞳仁黑到发蓝。那么小，那么小的一团初生的温柔。以及它一路跟我跑到江边去，它那天是多么害怕我再把它弄丢啊。

可我最终还是把它弄丢了。

心脏陡然间一阵锐痛。痛得蹲下身来。医生也说咪咪有心脏病所以不能做手术。

咪咪最终死于情不知所起，而一往情深。没有猫爱过它。它也不知道真正的爱是什么。

但是，它曾用过一只猫有过的最大温柔陪伴过我们。在不太受情欲折磨的时候，它愿意陪我耐心地看二十七朵栀子花次第开放。它会温柔地舔去我的眼泪。并和我一起照顾着一只出车祸的小猫，把自己的窝让给它睡。

它至死都是少女。

8. 北京的猫

失去咪咪是 2003 年。后来到了北京读书，有时也会在校园里碰到流浪猫。当时喜欢我的男生看我蹲下摩挲猫头，就假装很懂地说：你可以去买一条火腿肠喂猫啊。我抬脸看他一眼，心想，我和猫之间的事，不必你管。

也曾和哲学系一只白猫成了朋友。我叫它猫格拉底。在北京微微有阳光的冬日午后，猫格拉底在院子的泥地上翻滚，亮出肚皮，我安静地在枯掉的紫藤架下看。每次去看，都带一小把猫粮或者火腿肠。我给它特意起了名字，和文花一样。三花咪咪离开之后，我好像再也不能够轻易唤出“咪咪”这两个字了，每次心脏都会骤痛。

第二年春天再去静园六院，已经看不到猫格拉底了。学校哪里都找不到它。心里虽难过，却也没有大恸。毕竟更多更残酷的离别都已发生过了：永结无情游，也就只能相期邈云汉。

也曾经在外边租过一阵平房。五四大街上的沙滩后街，人教社以前的宿舍，最早的京师大学堂。租一间很小的一室一厅，冬天七百五十块钱，因为没有暖气片，只能靠空调取暖，干燥得可怕。就这样难以想象地挨了一个冬天，在房子里除了抱着热水袋几乎什么都不能做，头脑都被冻木了，也并没有如我所想写出多少文章来。虽住在平房，鸡犬之声相闻，却也不认识任何邻居，倒是院子里有一只黄猫常来看我，我也经常在路口小卖部散称了猫粮喂它。这时候的我还不知道老北京有“橘猫压垮炕”的说法，只知它分外亲人，院子里好几户都在喂它，它也愿意一年四季在院子中间给大家表演亮出肚皮。后来我把这一段经历写在了毕业小说《第八日》里，那只撒娇又亲人的黄猫的原型，就是它。

别人叫它什么我不知道，我悄悄给它起了一个名字叫冰糖橙，因为它总是露天睡在一个装冰糖橙的纸箱里。毛皮也是橙黄色的，正好。

房租七月到期了，退了。可只要去美术馆一带，我还是会不自觉地走到那条街上，回到那个院子里。头几年去找冰糖橙，都还在。后来工作了，单位近了，再去反而看不到了。

但我一直记得它的叫声。非常柔细，动人心肠。

也记得那时冬天最冷的那几天，我害怕它在外面太冷，会打开门让它进来。它会睡在我房间的地垫上过一夜。第二天打开门再悄悄离开。

也有时不肯进来——因为知道屋里屋外差不多冷。睡不着的夜里，它究竟会去什么地方探险呢？流浪猫的世界，其实一直是我特别好奇的。如果可以，我希望可以和一只流浪猫互换灵魂，至少一个晚上。

咪咪离开后的第五年，也就是2008奥运年的那年春天。

有一个傍晚，我在单位附近的菜市场门口买菜，突然发现了门口有个老人，守着一个纸箱。

心中一动，知道最好不要去看，但依然不受控制地走过去。

纸箱里果然有五只小猫。和三花咪最初差不对大的几个毛团抖抖索索地挤在一起，在春风依然料峭的三月的暮色里，许多双黑得发蓝的晶莹的眼睛……我刚蹲下身，有一只身体纯白、头顶有一小块淡黄色的小猫没头没脑地往我的包里爬，像是突然闻到了什么气息。

但我轻轻地把它推开，茫然地在那一堆毛团里找接近三花的玳瑁花色。如果没有三花，橘猫也行。冰糖橙是橘猫，在大学里养过的第一只猫也是。它们都叫咪咪。

老人说，这一窝倒的确有只黄猫，但孙子的同学想要，放在家里了。

我说，我能去看看吗？

走街串巷，从朝内南小街过礼士胡同，又穿过几条竖巷，终于到了。小黄猫还在，但眼神漠然，绝不像我养过的任何一只猫。叫它咪咪，也并不看我。

又默默地回到了巷子口。回到了那个纸箱跟前。

天已经全黑了。那只小白猫还在，和其他毛球抖成一团。我再次蹲下。它再次离开队伍，继续向我跌跌撞撞地爬过来，目标很明确：我的包。

我由它费力地钻进去。抬头和老板说，就它吧。

十块钱。哪怕是十年前，也几乎等于不要钱。

老板说：自己家猫生的养不了，本来想不要钱，但转念一想，万一那起子坏人带回去虐待呢？

我问：万一坏人也愿意花这十块钱呢？

老板佯嗔：那我还不会观察吗？

……

就这样，我就带了这只主动选择了我的小猫回家。起名包子。

在同一年，还收养了一只好友因结婚不能养的三岁美国短毛猫当当。据说身价高达三千之昂。俩猫从小一起长大，感情甚笃。偶尔打架，我笑道：包子你只是当当身价的三百分之一知不知道？俩猫却毫无阶级观念，刚打完不久，立刻友爱地互相理毛。舔得对方浑身湿漉漉都是自己的口水。

至今包子和当当在我家已经十年了。它们的故事则纯然是喜剧了。

很早我就发现了当当对食物的执念非同凡猫。它可以让渡一切福利，只除食盆。再后来，包子做手术，我偷偷给它开了一个小罐头补充营养，被无意间溜达过来的当当发现了，从此它永远不相信我们给两只猫的伙食是一样的了……

再后来，当当就发展出一个恶习。同槽并食，它一定先离开。不多时，包子也觉得独食无趣走开，当当再从藏身处回去盆边吃包子的饭。但其实也就是朝三暮四和朝四暮三的区别，因为包子发现自己碗里的没有了，会去吃当当碗里的……

养两只猫，也热闹，更有趣。它们友好时互相舔毛，也会配合打斗以吸引主人注意力要吃的，所谓“周瑜打黄盖，一个愿打一个愿挨”。如果猫界也有奥斯卡，它俩也许也可以去角逐一二奖项吧？

它们日常吃两顿。早上干，纯猫粮。晚上那顿是干猫粮拌罐头，早先是妙鲜包，后来越来越高级，非纯肉罐头不能解颐也。这些年因为猫渐渐上了年纪，基本上买的都是不含淀粉的鲜肉制成的天然粮，几大百一袋，俩猫可吃仨月。上床并非刚需，只人在床上才会大驾光临。如人在客厅，则一起移步沙发，左右卧倒，猫奴如吾，常生出“左擎苍右牵黄”之豪情。

当当从小就喜欢舔包子的毛。有时包子也会回舔，但还是被打理的时候更多。它有样学样，跳上床来，有时会在枕上舔我的头发，抱在怀里也常舔我的手。后来上网查，才知道舔舐毛发本是动物界由地位尊贵者向地位低下者的教导。由此说来，包子是要教我做一只好猫了。

俩猫皆雄壮威武，体重巅峰时达十二斤左右。年纪大了，体重回落，渐渐固定在十点六斤左右——包子是白猫爱美，经常借故踏上体重秤。一听到电子触屏声，我即飞奔去看，每次都是 10.6 无疑。抱当当去称，结果竟精准地保持一致。

没什么人能再把它们从我身边带走。没什么比猫在身边更好的了。它们可爱，活泼，情绪稳定，对人类充满友善，让我渐渐淡忘忘记了很多关于猫的伤心往事。我第一次感到我有能力照顾好两只小动物。可以对它们的猫生负责。有能力保护它们。这让我感到幸福。

我从来不说往事，更习惯说：猫大人还有什么吩咐？

大人们总是抬起眼睛威严地看我。它们不知饥馁，是猫中

“何不食肉糜”的晋惠帝。

有一次，没及时晾凉每日必换的白开水，被大人连瞪了好几眼。但我心实喜。

9. 附录：给小黄的

——他们说，流浪猫突然从长待的地方永久消失，不会是好兆头。我不信。

小黄，我昨晚梦见你了。我以前有没有梦过你？也许有过。可忘记了。

一开始是梦见我们好几个人一起去找你。到底有哪些人记不清了，多半是平时一起喂流浪猫的同事吧。我们来来去去地唤你，你始终不肯答应。这个冬天，我看到一场雪，或者一场大风，或者零度以下结冰的天气都会想起你。你的空饭盆仍然孤零零地放在自行车棚里，放水的那边早已干涸，有几片枯叶粘在里面，很脏。我看着它，心里非常惆怅，这是你曾经存在过的铁证，可是你后来到底去哪了呢？

我们一大群人在我的梦里走着，叫着你的名字。咪咪，小黄，咪咪。我们走过大街小巷，荒野，以及空无一人的胡同，见人就打听你的消息（也只有在梦里，才会有这么多人当真为你奔走）。没人知道你的下落，你就好像世上任何一只突然消失的流浪猫一样人间蒸发了，除了那个粉红肮脏的饭盆之外，别无其他证据说明你来过，活过，爱过。

这样漫无目的又无所获的游行持续了大约好几个小时。从下午的明亮天光一直走到了昏暗傍晚。我们身处一个贫民窟里，凄惨的太阳将落未落，四处都是早春荒凉的野地，草还没有长出，空旷无人，只有一个公厕孤零零地伫立着（在许多梦里我都梦见过公厕。这对于我而言，尤其是一个悲惨、龌龊、让人恐惧的所在）。刚走进去就听见有人说你已经死了。一个看上去不像骗子的大妈，说曾经有一个男人把你带来这片荒地，用绳子把你拴在栏杆上，拴了很久也没有再回来。你就这样慢慢慢慢地死去了。

她说话时我还站在公共厕所中，粗陋的水泥短墙后面，一阵一阵冰凉的臭气里，我没办法把我的耳朵闭上。我大哭起来。

就在哭泣中你突然又神奇地回来了：变成了最初见你那般小小的模样，出生一个月不到的小黄猫，身上有老虎的斑纹，小兔般的粉红小鼻，温柔如童的黑眼睛。我一把将你抱在怀里，你不耐烦地挣扎，我把你放在地上作势欲走，再回头，天已经黑了，你一刻不停地跟着我，我过了街，就看见你小小的身子从街那边向我冲过来，兴高采烈地。

梦里天色越来越黑。而实际的时间是早上六点五十分。天亮了。

小黄，你知道的，我一直深深后悔没有领养你，更后悔把你所有的小猫咪们送走，一定是伤了你的心了。

是我们伤了你的心了吗？你如果没有伤心，怎么会突然离开呢？

这个冬天那么冷。每一次看见下雪，我都幻觉底下会埋着一只猫。小黄一直在下面。你其实一直不曾远离。

小黄，对不起。我一直欠你一声对不起。请原谅我，原谅我们吧。

只是我做梦也没有想到：把你的孩子送走，你会不辞而别。

你此时究竟在何处，这个过于寒冷的冬天，这个迟迟不肯到来的春天，你到底过得如何？

如果早知你会离开，我们当初还会那么坚决地把你的孩子们送走吗？——我不知道。一切的一切，无法假设的同时也无法作答。

你最早出现我们院子里，是在零八年的早春。我刚开始在一个出版社工作，遇到你像是天意：老天知道我最喜欢猫，所以我待的地方总有可爱猫咪。整个北京就是一个偌大的流浪猫乐园；而在我你却是唯一。我给你起名字叫小黄。如果我家里没有养猫，也许我是会把你带回家的，小黄。

然而既然家里已经有猫了，我就只好自欺欺人：也许你流浪惯了，更喜欢外面的广阔天地呢。何况我们单位有那么多人喜欢你。大家都时常给你一点吃的，食堂里吃剩的鱼骨头，米饭，面条，肉丸子。我甚至有一天在你的食盆里见到剩下的满满一盆苏打饼干。

喂你正经猫粮的人当然也有，比如我，和两三个同事。每个中午，只要我想得起来，就会去给你洗碗，再盛满新鲜的自来水。我给你在水龙头下洗过无数次碗，即使在天气最寒冷的一月，即使在双手沾不得冷水的日子。即使那碗曾装过我不吃的鸡肉或者其他剩菜变得肮脏不堪。就在这些洗猫碗的日子里我渐渐确认对你的感情：我是爱你的，小黄。虽然我从来不曾把你带回家，可那是不能，并非不愿。

而你同样也爱着我。怀着天真蛮暴的热情，傻气地爱着照顾你的人。你是一只多么善于“爱”的小动物啊！我每次走到院子里，你都会从不知道哪个角落窜出来，远远近近地跟着我，撒娇，打滚，喵喵叫。你的叫声非常之嗲，正如你的身体一样柔软，单薄，动人心肠。

我欢喜你的长相，你的叫声，你亲近人的性情；虽然你不过是一只甚为平凡的黄狸花猫。

闲来无事，我拍摄你各种姿态。在屋顶上的，在地上打滚的，大嚼猫粮的。你是我生活里唯一保持长久关系的流浪猫，也是我在单位里最早认识的朋友，是初上班朝九晚五的巨大慰藉。在你的成长期，你几乎不曾离开我们院子半步。你被许多人照顾，也爱许多人，但我多情地以为你最爱我。随时随地，只要我一在院子里高声叫“咪咪”，你十之八九会立刻出现在我面前，急切地，热烈地，脚前脚后。有时是真饿了，有时盆里却分明有食。这样我就知道你只是着急让我摸摸你——摸摸那并不顺滑然而温暖的，黄色毛皮。只要我手一靠近，你喉咙就发出呼噜声。你是想告诉我，和我在一起，你很快乐吗？

小黄，那也是我们最好的时光，不是吗？当我在院子的车辆中和你玩躲猫猫。当我蹲下轻抚你的头顶。当你向我飞奔，靠近了却又故意躲起来。我并不是在尽某种义务，出于道德感在照顾你，小黄。你是我的好朋友，也是我工作中的一点亮色。我爱你胜过爱许多人。我是真的以为可以一直这样照顾你下去。

然而世间好物不坚牢，彩云易散琉璃脆。

事情从你开始闹猫开始起变化。当 2009 年的春天开始，或者更早一点，2008 年的冬天，当你开始第一次闹猫、并招惹了许多公猫来院子里打转时，我就该知道，此事不能久长。

我们所不知道的是，这么活泼的小黄，原来是只小姑娘。在母猫中你多情，妩媚，让许多公猫为你发了狂。那段时间院子里来去的求爱者们就没有断过。黑猫，白猫，花猫和黄猫，长毛，短毛。有一只毛皮稀疏的长毛白猫好像是你关系最为固定的男朋友，它分享你的食盆，大摇大摆在你的领地走来走去，在你常晒太阳的车棚顶上乘凉，并且多半是它，让你怀了孕。

你怀孕后院子里公猫数量骤减。被猫叫春逼得要发疯的厌猫者们好歹获得了片刻安宁。他们不再向我们抱怨，也不再鬼鬼祟祟地拿着竹竿靠近你。你重新从一个小荡妇变成了小淑女，从没有生产的经验，却令人敬佩地产下四只健康小猫。它们大多黄白相间，像你。而它们的父亲是谁终于变成一个谜团。

不论如何，你这单亲离异的小妈妈都开始无师自通地抚养起孩子来；你把它们一只一只都养得多么好呵！藏在一个废弃的水房里，房间上了锁，只有窗玻璃裂了个大口子可供猫辈进出，准确点说，是大猫进出。小猫都太小了，爬不上去。人自然也进不去，因此你得以安心地在里面生产，哺乳。我去看过，从那个玻璃裂口望进去，全是废弃的办公用品。但是我真的无法想象，某一天小猫吃奶已不足够，你又是如何再一只只叼着越来越沉的它们，艰难地跃过那条狭窄且锋利的玻璃裂缝、并母子皆毫无无伤？你，连同你的孩子，总而言之，是来了一次集体的大搬迁，搬到了后楼楼道里。

此前一直隐山藏水的危险终于显露出来：对于厌猫者们，院子里一只势单力孤的猫还可以忍，但是两只，三只，四只……忍受极限就逐渐逼近。而到了五只（一只大猫加四只小猫），最后的稻草终于压垮了骆驼。厌猫者们彻底崩溃了。他们在后楼唉声叹气，对满楼乱窜的小猫视同瘟疫，并对我们指桑骂槐：喜欢猫也不要把猫养在我们这里！单位还是要上班的！

如此谩骂过几次后，更发生了发指的流血事件。小黄你当妈妈之后食量大增，我们喂你的猫粮，已不能够满足你要为四只嗷嗷待哺的幼儿哺乳的需要。因此你渐渐进化成一个好猎手，四处索食的同时，翻找垃圾堆，偷猎麻雀、喜鹊，以及……保安养的鸽子。因此你终于和院子里的实际统治者们结了仇。他们看你原本就不顺眼，再趁着有人告状的由头，在一个春寒料峭的中午，队长果真就来履行清理之责了——

他是这么干的：先用一根电线套成活结状，然后套住楼道里一只小猫的脖子，再高高拎起。据目击大姐复述：小猫惨叫不已，嘴角慢慢渗出血来。如此惨状，我们单位毕竟是文化单位，目击者费尽九牛二虎之力终于成功阻止，如此方救下一条猫命来。

此事一传扬，我们这些爱猫人便炸了锅。怎么办？小黄，一贯冷静的小妈妈，聪明机变的小妈妈，你告诉我，我们该拿你那些惊慌失措又踪迹无定、惹许多人怜又招更多人厌的小孩们怎么办？

想到的唯有找人领养。我在网上发了帖子，很快有人答复。其他同事也广为动员，终于所有小猫都悉数有人认养。这是好事，大家都高兴；恐怕只除了你，小黄。你看我们欢喜，也便喵喵欢叫，一定不知，我们是在庆祝你的孩子即将送人。

许是曾被人残酷对待，小小猫们不像妈妈，并不亲近人。我在楼道蹲守了整整一个中午，并没有一只小猫被我诱得靠近。然而带走小猫的时间日近。最后一天，领养其中三只的人马上就要来了。我狠心地想：小黄，纵然是对不住也顾不得了。你该知道这是为了你们好。于是就来了一场后楼大搜捕，三场愈演愈烈的人猫搏斗，人们戴了手套又戴口罩，状如神风敢死队，终于舍生忘死地抓住三只小猫，为此一个男同事甚至还受了伤，手套被其中一只小猫抓破，需去医院打狂犬疫苗。而小猫们当天就被装入纸箱送到顺义的农场去，一个同事的朋友住在那儿。

剩下最后一只小猫，不知隐匿在单位哪个阴暗的角落。它个头最大，也最难抓，那么凶又力大无穷，那么狡黠又绝望如受伤小兽，我们费了许多力气仍然抓不住它。明天它的领养人就要来了，怎么办？

最后关头，还是你，小黄，出来帮了人类的忙。

此前任凭我们翻天覆地，你并不过多干涉，只是远远看着，并不对我们哈气龇牙：或许你以为这场搜捕只是某种游戏。抓小猫的这些人，正是平日里和自己最要好的。小黄，你总是如此天真地爱着人类，你不相信照顾了自己一年多的人会当真对小猫怎么样。

最后一只小猫不肯出来的那夜，我们都绝望了，还是你一声声地唤：冷了吗，饿了吗？妈妈在这里，快出来吧。如此这般，才终于把它叫出来。出来的结果当然是小猫立刻就擒。

星期六一早，精疲力竭的逃亡者终于进了笼子。再有几个小时，即将领养它的主人就要来了。后来那姑娘给它起名字叫奔奔，这个彪悍的小逃亡者，最终过上了万千宠爱在一身的生活……可这都是后话了。当时，小猫在笼里惘然不知即将迎接自己的蜜罐命运，只低声地一径呜咽着。而小黄你守在笼外，静静地。

你们母子在单位后楼黑暗的宿舍楼道里整整相伴了一夜。作为一个初次失去三个孩子的小妈妈，你看上去不怎么忧伤，一整晚都不叫。被从小照顾的经验让你无条件信任人类，你仍然不相信我们会真的对你、对你的孩子怎么样。

直到最后奔奔被送走的一刻。

领养人来了。小猫得被带走了。你目不转睛地看着我们把小猫从捕猫笼里转入纸盒，然后用宽胶带层层密封。我说哎呀忘了让小黄再看一眼孩子。可同事们都说：小黄是猫啊。猫的记忆力不会有那么好。她只是现在难过一下，很快就会忘记的。她会很快发情，所以最好赶紧给她做个手术。

再次自欺欺人地，我信了这话。提着小猫下去的时候，小黄一直远远地跟在后面，小声而纳闷地叫着，态度并不激烈。

你从来都是那样一只温顺的猫，生离死别的关头，竟也如此温和。

我那天觉得自己做了一件好事，很高兴。我对小黄说，不要伤心。这个笼子还放在这里，过几天带你去做绝育手术，以后你就不会再伤心了。我们只要你，只要你永远和我们在一起，我们会好好照顾你一辈子。要乖啊。别伤心。

从你的平静表现我低估了你的悲伤：你那张小小的，天真的猫脸上没有一丝一毫的怨怼。或许只是因为你无法做出悲伤表情。你的痛苦全藏在你小小的、对人类力量无能为力的身躯里。不管你如何追随，守候，喵喵叫，都无法阻挡我们自以为是的举动，更无法阻挡命运规定的母子分离。

紧接着，下一个礼拜我就出差整整一周。回来后便被告知：你从院子里失踪了。

同事们说整整一个星期你都在院子里找你的孩子，那些尖叫的，呜咽的，吃过你两个月奶的小东西们，一个都不见了，就好像数月怀胎是场梦。梦醒了，你继续孑然一身，空空荡荡。你因此而失魂落魄，走来走去，夜里大声惨叫，不吃不喝，碗里面的猫粮一点也不少，好几天实在饿得受不了才去扒拉几口。我不在，不知道有没有人给你换水。你好像也想不起来喝。

那个告诉我的大姐并且面带一种怃然的表情：那种叫声……听起来真让人受不了。高一声，低一声。你们没当过父母的人永远不会明白。

我呆呆听着，像听一个故事，好久才反应过来：那么我见你的最后一眼，就是那个把奔奔送走的周六清晨了么？我将再也见不到你在单位的院子里打滚，在我手上撒娇，并狼吞虎咽猫粮了么？我将再也不能高叫一声小黄，就看到你小小身影迅疾如风般向我卷来了么？他们说我出差了几天之后你才最终离开。那么那几天，你一直在苦苦等我给你一个交代，一句解释吗？你在等我抚慰，等我告诉你这一切是为什么吗？

你那么爱人，你一定不曾怨恨，而只是在等。终于你等不及，自己去找它们了。可你怎么那么笨，找不到回来的路？在你新的居住地，还有没有人天天喂你，有没有人天天给你洗水碗，又有没有人高叫你的名字，然后你再冲过去，娇憨地满地打滚？

小黄，我昨晚又梦见你了。

我梦见你死了；我大哭起来。你神奇地又在我的悲伤里活过来，变成了最初见你的模样，出生一个月不到的小黄猫，身上有老虎样的斑纹，小兔般的粉红小鼻，温顺如童的黑眼睛。我把你抱在怀里，你挣开，我作势欲走，再回头，你还和以前一样不停地跟着我，像阵风一样兴高采烈地冲来。我过了街，站在对面，也能看见你小小的身子在人群和车流空隙跑着，雀跃地，快活地。可是那条街好长，天好黑。你向我奔跑，却永远跑不到跟前。

小黄，天长地久，我一直在街道这边等你。

你跑不过来。

尾声

我幼年的宏愿之一，除了要当联合国总统（长大后才知道根本没这个职务）、有无数银钿可天女散花发给天底下所有穷人外，还有一条，就是家里要养十八只猫。谁问都作如是答，而且是，“十八只又胖又可爱的猫躺在家里，横七，竖八。不，横八，竖十。”

博尔赫斯理想中天堂的模样是图书馆……而坐拥许多姿态各异自得其乐的猫，则是我想象中的黄金国度。

就像所有孩子的狂想一样，这宏愿同样地不能成真……工作后倒有一个据说家中养了二十四只流浪猫的同事，但人家住的是别墅。我从小到大，也就认识这么一位。

我此刻的愿望其实只是：能把包子和当当好好养到老，养到死。

曾编过一本绘本，作者记录她家白猫笨笨的一生，书名叫《谢谢你用一生陪伴我》。名字是我们一起想的，书出来后，很多同事和读者都看哭了。

时至今日，便也在此默默写下，自己和猫的“十八春”。

谢谢那些来过我世界的所有猫咪们。与它们未完成的缘分，几乎横亘了我整个青春期和求学生涯。

从小学到大学，并没有任何人给小孩子开一门课叫“情感教育”。而猫却正是我这一门课的启蒙老师。在那些数不清的眼泪、欢笑和别离里，我开始学习爱和爱而不得的痛楚，物质匮乏和观念差异导致的悲剧，以及世界展露残酷真相的同时，永远有一些温柔的奇迹在别处发生。比如说十年前那个春天的傍晚，我究竟何以鬼使神差去南小街买水果，又如何在茫然不知中靠近了那个纸箱。最后是包子选择了我，正如这个冬夜，它选择在我的脚底蜷成一团，甜蜜地呼噜。

遇到白猫包子时，它只有一个月大。现在它已经十岁零十个月。而当当十三岁，也已经在我家超过十年了。

这又是另一个很长的关于爱的故事了。

“谢谢当当爱包子。谢谢包子，教我如何做一只好猫。”

· 苏州 ·

小黑侠

叶弥 *

小黑侠的名字叫小黑妹，或者叫小黑。我收留她的时候，她大约才一个半月左右。

就像人的个性有千差万别一样，动物的性格也不尽相同。近十年里，我收留过六十多只猫，其中有四只猫是最有个性特别有趣的。我把这四只猫叫做“四大侠”。此篇描述四侠中的小黑侠。她是这四只猫中年龄最大的，活得最长的，是唯一的女猫，唯一的黑猫。

当然，她的身上还可以加诸许多“最”。譬如她是我养过的脾气最差的猫，最野的猫，最漂亮的猫……

十多年前的一个夏日傍晚，月黑风高，时有闪电飘过，眼看着就有一场雷雨从天而降。这个时候，一件精彩的事就要发

---

* 叶弥，小说家。出版有中短篇小说集《成长如蜕》《天鹅绒》《亲人》《钱币的正反两面》《桃花渡》等、长篇小说《风流图卷》《美哉少年》等。

生了，这件事改变了一位女士的生活，也改变了一只小猫命运。这位女士就是我，这只小猫就是小黑妹。我从街上散步回来，经过街角的垃圾桶那儿，见到两个调皮的孩子正在戏弄一只小猫。小猫身上沾了水和沙子，趁我和两个孩子说话的当口，小猫机灵地钻进车轮子底下了。我神使鬼差地趴下去抓起小猫拿回了家，一路上只觉得这小猫身上散发出阵阵恶臭。

嗯，我家里还有两只猫，一只是雪白的波斯猫，半岁不到。我儿子的同学带到学校，说家里不想养了，没人要的话，就要扔掉。我儿子一听，同情心大发，赶快带了回家，放在一只很小的铁丝笼里，就像放一只鸟一样。我一见头都大了，因为马上就要去外地半个多月，就吩咐儿子，在我出门的这段时间内，把这只波斯小猫还给他的同学。

等到我二十天后回来一看，那只波斯小猫在铁丝笼里长大了不少，笼子太小，他只能整天趴着，瘦骨嶙峋，毛发凌乱稀疏。不知道当时是什么样的时辰，我忽然产生了同情，在这之前，我从来没有同情过一只猫。我曾经养过一条京叭狗，有一次他去追一只野猫，那只野猫站起来，背靠着墙，扇了京叭两记耳光。我当时还怒冲冲地护了短，骂了野猫几句。见到笼子里的小波斯这么可怜，我马上行动起来，给他用垫子在角落里安了一个窝，给他准备了水和食物。放他出来的一刹那，有气无力的他看见水和食物，立马抖了抖毛。然后他有了名字叫“百合”。他后来大了，又漂亮又健壮，喜欢从隔壁人家偷女人的胸罩和短裤回来，当然，他偷回来的内衣裤，我是看不上的。有一阵子，他也捡一些香烟头回来，扔在家里。我家里没人抽烟，有客上门，如果客人需要，我们才敬烟。难道他认为这些烟头可以给客人抽吗?

除了百合，还有一只两个月左右的小猫，叫毛毛，小公猫。我去花鸟市场时，他与一群小猫关在笼子里待价而沽。我走过笼子时，他从笼子里伸出爪子拉住我裤子不放，仰起小脸定睛看着我。这个小囚徒让我感到一阵心酸，于是他就来到了我的家，第三天我就送他去了医院，给他治好了猫瘟，一岁不到时又得了牙病，拔掉了所有的牙。他几次三番大难不死，我在写这篇文章时，他还活着，有十二岁了，能吃能睡，肥硕健壮，喜欢睡在我的写字桌上，享受我打字时轻击键盘的声音。

小黑妹一来就把他俩比下去了。他们或许有趣、聪明，但小黑妹是传奇。

小黑妹的传奇从进我家门就开始了。我把她放在书房里，与另外两只猫隔离开来。雷雨很快从天而降，我没有给她水和食物，只给她擦干身体，放在一块干净的布里，她是那么臭，而且还是个瞎子。我觉得她熬不过今夜，那时苏州只有一家宠物医院，很远，一到晚上也就关门了。我唯一能做的就是这些了，让她在一个安静的干净的角落里死去，而不是死在雷雨交加的夜里，和垃圾桶边。

凌晨两点多，我醒过来，就去书房看望这只小黑猫，看看她死了没有。我打开灯，她从布上颤颤巍巍抬起头，朝我开门的方向转过脖子，就像葵花转向太阳一样，肿得像灯泡那样的眼皮里面，眼珠子骨碌一动。

哈，既然她的生命力如此顽强，那么我得帮她活下去。天亮了，风停雨憩，我骑着自行车去了宠物医院，给她配了小猫喝的奶粉、奶瓶、眼药水。回家给她点眼药水消炎，发现她污物封闭的眼睛上，仿佛有缝，只是一时无法打开眼睛。我给她泡了猫奶粉，把她用一张纸包着，放在膝盖上，以无比同情的心情，给她喂奶粉。没想到她根本不领情，拼命地扭头拒绝猫奶粉，把我挤进她嘴里的奶粉一个劲地朝外吐。这下我气坏了，把奶嘴强行塞进她的嘴里，她紧闭牙关，坚决不喝，还把奶嘴咬得“咯吱咯吱”地响。在她强大的意志下，我败下阵来，只好把她放下地。更没想到的是，她歪歪扭扭地爬到客厅里，找到一块掉在地上的小肉丝，津津有味地吃了下去。这下我知道了，她要吃肉，她不想喝奶粉。

于是就每天给她吃肉了。一个星期后，她变得有模有样了，一天点五六遍眼药水，眼睛也睁开了。她的眼睛没有问题，十分明亮有神。

然后就是一个最恶心的桥段：我给她洗澡，她身上一碰到水，虱子和跳蚤纷纷从她巴掌大的小身体上爬出来，大大小小，黑色的和深褐色的，全都油光锃亮。我来不及处理，只好拿了一只盆，放满水，飞快地抓住一只又一只，按到水里施行安乐死。片刻工夫，水面上飘了密密麻麻的一层……好了，恶心的时辰过去，小黑妹——她现在有了名字了，脱胎换骨，朝漂亮有个性的形象一路狂奔而去。

作为骄傲的脾气很臭的小公主，必须配上一位亦步亦趋的侍从。也巧了，英俊的侍从马上就来了。

也是一个月黑风高的夜里，我被屋子外面的猫叫声惊醒，这声音围着我家的屋子转，苍老惶急，拉长着声调，一声又一声，在安静的半夜里很瘆人。我以为是一只走投无路的老猫，披衣开门一瞧，原来是一只漂亮的花狸猫，看上去年龄比小黑略大一些。我让他进来，他不敢，我去抱他，他就回避，我一离开，他就嚎叫。我灵机一动，进屋去抱出小黑妹，小黑妹睡得昏沉沉的，浑身散发出热腾腾的气息。我把她在小花狸猫面前一晃，小花狸猫就像中了咒语一样，乖乖地跟着我进屋了。他长得虎头虎脑，傻头傻脑，一张斑斓的花皮，颇像一头小老虎。我当下就给他起了一个名字叫：小老虎。

但这个家伙一点也没有老虎的威风，他痴痴呆呆地挨到小黑妹身边，缩着身体睡了下去。小黑妹睁开眼睛，打个哈欠，一伸手搂住小老虎，一起沉沉地进入梦乡。

从此后，他俩形影不离。小黑走在前面，小老虎总是跟在后面，小黑吃东西，小老虎总是让她先吃。小黑要睡觉，小老虎就让她搂着当枕头。我们现在把小黑妹叫成小黑了，小黑这名字比较中性。但她是个母猫，这个事实无法改变，她一岁左右时，我听从宠物专家的建议，给她去宠物医院做了绝育。回家放在笼子里，她头上戴着头套，身上绑着腹带，浑身散发出麻醉、消炎止疼的药水味儿。毛毛看见她这样，并且散发出这种可怕的气味，大叫一声就逃了，一副无情无义的腔调。小老虎的态度与毛毛完全不同，他围着笼子转，并且把爪子伸进笼子，去抚摸小黑的毛发，给她安慰。小黑在笼子里很不安定，我试着打开笼子给她喝点水，她却一头窜出笼子，跳到院子里的围墙上，从围墙上翻到别人的屋顶，一转眼就没了。

那天夜里，我一夜无眠。小黑可是刚动完绝育大手术，十几个小时没吃没喝了，头上戴着脖套，身上绑着绷带。我唉声叹气，自责不已，眼泪模糊，就像天要塌下来了。

小黑失踪后的第四天，中午，她突然从别人家的屋顶上跳回院子里，头上的脖套没有了，身上绑的腹带也被她搞掉了。她从高墙上飞身而下的样子，比蒙面大侠佐罗还潇洒几分呢。我赶快给她食物和水，她看来真的渴了、饿了，大吃大喝一通，搂着小老虎睡了。我看看她绝育的伤口，干燥整齐，已经愈合了。

于是我打电话告诉宠物医院这件事，不无炫耀地说，你们不是说，母猫做过绝育后，要戴半个月的头套和腹带，不然就会感染。

宠物医生说，谁知道你家这是一只什么猫？

她就这么牛，她是一只超级猫。

她做完手术十天后，我们搬家了。从市中心搬到离太湖不远的一个乡镇结合处。那时候，这个地方还没有路灯，小区里也不开路灯，春夏秋三季，一到晚上，小区周围的农田里，虫虫们一起欢唱。

搬过来那天是2008年4月13日下午，乍来生地，几只猫一起缩在楼下的房间里，任我引逗，就是不出来。关键时候看小黑。到了傍晚，小黑从房间里露了个头，她想出门看看，但忽然改变了主意，转身把小老虎从角落里推了出来，小老虎低着头，她站在小老虎面前，不停地说着什么，时而推小老虎一把。我不懂猫语，但也知道，她时而呵斥，时而安慰，时而诱导，时而温柔，时而凶蛮，威逼利诱，种种施压，就是想让小老虎出门为她探个险。这一幕，不是我亲眼所见，决不会相信。

最后的结局是，小老虎坚决不出去，小黑只好自己出门去探了个险，她对新环境十分满意，尤其对乡村的夜晚情有独钟，从此经常夜不归宿，把小老虎扔在家里不管。

搬来乡间，小老虎的生活质量变差了。我呢，不是差不差的问题，我的生活变得很恐怖。当我夜里坐在电视前安心地看节目时，小黑回来了，把她送我的礼物扔在我脚下，等不及我说一声谢谢，回头就消失在黑夜里。她给的礼物不能看，一看就要跳起来，这是一条活蛇，盘在地上，昂头吐信。

她给我的礼物清单上，品种越来越丰富，大青虫、蜈蚣、蟑螂、鸟雀……她知道我不允许她捉鸟，有一次，她匆忙从外面回来，见到我，马上藏到门后。我心知有异，打开门，果然见到她嘴里叼着一头大鸟。我从她嘴里夺下大鸟，捧着朝外面去放生。这大鸟一肚皮鸟气无处发作，正好我的手指在它的脖子下面，便 口咬住我的手指不放，疼得我叫出声来。鸟是没有牙齿的，所谓的咬，不过是长喙夹住我的手指，没想到也这么疼。我放掉鸟，也是一肚皮的鸟气没地方出。

过了一些天，我发现她跳跃的时候，肚子上会发出“咕咕”的水声，一检查，才发现给她做绝育后，没有带她去医院拆线，造成缝合处化脓，烂成了一个洞。水声就是从洞里发出来的。也许医生忘了和我说，也许说了我没听见。这个不重要，重要的是，她根本不在乎，照样疯跑疯闹。

我也越来越怕她，最怕的是，她和我说话，她的语言很丰富，但我一句也听不懂。我常常在她的语言轰炸之下，禁不住怀疑人生。嘀嘀嘀，咕咕咕，嗯嗯嗯，喵喵喵……她专注地看着我，专注地和我说话，固执，孜孜不倦，一旦她认为我有意听不懂她的话，便中止语言沟通，上来就在我的脚面上咬一口。

她身上发生的事太多了，说都说不过来。一年四季，每天都是适合她玩乐的美好时光，每一处地方都是适合她戏耍的天堂。夏天暴雨成灾时，我见过她趟着积水朝外面去；冬天大雪满地的时候，我见过她浑身挂着雪和冰铃铛从外面回家。春天时，她在高高的树上玩花；秋天时，她爬上屋顶看云。

她的寿命也很长，“四侠”中，她是活得最长的一位，一直到今年春末，我发现她的肚皮上长出一只小瘤，我没有在意。后来小瘤便破了，出血，我当时正在进行长篇小说《风流图卷》的最后修改，还是没有太在意，觉得等几天修改完了再带她上医院也不迟。我把小说修改结束，带她去了医院，医生一看就说，这是乳腺癌。我脑袋里“嗡”地一声，如撞在了墙上。

我执意给她做了摘除手术，这个手术让她过了最后半个多月的安静时光。她去世的那天晚上，雄赳赳气昂昂，抖着一身乌黑发亮的长毛，从楼梯上走下来，她那时候并不瘦，十一斤，精神也挺好。她走到我后面的沙发下，伏在那里。我看电视，她看着我。这是从来没有过的事，她从来是独往独来的，不依恋人，小老虎去世后，她也不再与任何一只猫发生亲密的感情。我有点感动，蹲下去瞧了瞧她，她明亮有神的大眼睛睁大了看着我。我看完电视就休息了，临休息时，我看了看她，她还是那个姿势，威风凛凛。

第二天早上起来，她侧躺在我坐过的地方，已去了天堂。每当我忍不住难过时，我就会想起她生命快结束时，还那么威风凛凛。她死的方式很像她一向的作派。

· 西安 ·

与爱因斯坦通信：论一种圆乎乎的扁

周公度*

1. 猫咪是一种液体

猫咪，你去了哪里？已经是凌晨三点了，你还没有回家睡觉。

你又被关在对面的小超市里面了吗？为什么你要这样，偷人家小鱼吃，都要吃到撑得睡着？你是否还记得上次超市老板怎么羞辱我的？都上午九点超市开门了，人家都已经通知了我过来，站在你面前了，你还头枕着干带鱼，脚蹬着几听罐头，打着猪睡觉才有的呼噜。

你打过宠物市场的荷兰猪。只是因为你腾空跳跃抓一只鹦鹉时，落地不稳，砸在了卖荷兰猪的摊位前。也许你的指甲缝里有荷兰猪的毛发。你当晚临睡梳洗打扮时，不小心吞咽了下

---

*周公度，诗人、作家。出版有诗集《夏日杂志》《食钵与星宇》、小说集《从八岁来》《鲸鱼来信》等十几种。译有《鲍勃·迪伦诗歌集》（合）《旋转的月亮——叶芝的诗与童话》等。

去。这太恶心了，一只猫吃了几根宠物猪的毛。但已经足以使你的性格产生变异，有了猪的脾性。我相信这是科学的解答，你与猫迥异的呼噜声，只是其中一个“退化论”的表现而已。

有一次我去菜市场，你偏要跟着去。只好把你放进提篮里，但才出家门你就睡着了。等买菜回来，刚进家门，你就睡醒了。你以为我骗你，没有带你出门，瞪了我半个小时，突然扑过来，爪子抓进我的裤子，吊在上面，从厨房到客厅，再到阳台，直到把金鱼缸端到你面前，你才放过我。

还有一次，你睡在邻居家小孩的作业本上。你怎么过去的？又是闻着味道吗？咱们家是每天吃草虐待你了吗？人家把你抱下来，你就再跳上去。反复几次，激怒了邻居，拿着扫帚追打你。然后，邻居的怒火激怒了你，你追打他们全家。你可知道我陪了多少笑脸？多少作业本？还有一口锅。

当然，还给你买了一本作业本。你这个罕见的不学无术，却喜欢睡作业本的毛茸茸软塌塌脏兮兮坏兮兮圆乎乎的扁东西。你如此喜欢欺负我，为什么我没有生过一次气？

有一次你睡在仙人球上，软成破枕头与泄气气球的邋遢样子。我刚看到这个情景还以为你死了，眼泪一下子就流了出来。然后把你吵醒了。你小心翼翼地挪身而来，不由分说地跳到我的怀里，表达你的善解人意，把仙人球上的刺扎进我的胳膊上。我又流下了眼泪。

汤姆，作为一只猫，我觉得你需要读小学、中学、大学，需要基本的、系统的素养教育，需要表现出一点点儿猫的脾性，知道有所敬畏，有所为与不为，而不是整天一个无赖的模样、流氓的行径、强盗的脾气。你一直这么吊儿郎当的招摇撞骗，别人会以为你的主人，你的亲戚，朋友，我，也是这么个样子。

你是否记得有一次……你当然不得已，有一次，你跑到了离家两公里外的寺院里。盘在地藏菩萨殿门口的蒲团上。监院法师让人用一个布袋装了，送回来。寺里的师傅反复叮咛我，你已经不止一次跑寺院霸占蒲团睡觉了。这都没什么，游客与信众还觉得你蛮有灵性的，算是一个可爱的景观了。但是，你几乎每次出现胡子上都有鱼鳞，爪子上还有血迹。这非常非常不妥，会让旁观者以为你是寺院里的猫，在寺院吃了什么大餐。“要么，周老师，你把它的挂坠替换个大点儿的木牌？写上诗人周公度的猫，或周猫、非寺内所养字样？”

是一个避免误会的好建议。但没有想到你从此喜欢上了广告牌。家门口的大唐槐树上，有一个去省博物馆的路标，“距陕西省博物馆 600 米”，你睡在树杈上，尾巴刚好搭在最后一个“0”上。如果站在顶楼的窗口，向通往博物馆的路上看，常常有人在不远处的十字路口迷惘地看地图呢。

汤姆，你真的是一只猫吗？已经早晨六点了，你怎么还不回家吃饭。你，在外面，吃撑了，睡着了，吗？

2. 猫是思想家的前世

汤姆，你背对着我，已经坐阳台上已经一个小时了。

我觉得你是思想家。

夏天的时候，你喜欢坐在窗口观雨。秋天的时候，你喜欢抓碎所有的花，看着它们感叹时光。冬天的时候，你喜欢……在被窝里，延长夜晚。春天的时候，你四海为家，树杈和犄角旮旯为家，我几乎见不到你。

只有古希腊和中国先秦的思想家，才能做到像你这样，自我选择的独处空间，与享受沉默的傲慢时刻。你们的身上，都有追逐时间的敏感痕迹，又有一颗存意遥远的心。

孔子养过猫吗？在《诗经》里，他是观察过猫的。也许他觉得猫与政治家很相似，才把猫与虎并列。政治家的本质就是猫，表面上是温文尔雅的，内心早已有了心狠手辣的决断。政治家的成熟程度，就是对猫之心理学的掌握。如此推论，荀子应该是养猫的专家，寻找老鼠、开拓河流与获取鱼群的谋略大师，李斯和韩非子只是学会了猫的磨牙和蹭爪。谁能够想象得到，世界的政治格局寄于一猫？

你是否觉得和我，一个诗人，没有什么关系？

汤姆。我对你有足够深的了解。

我有一位写诗的美国同行，他反对猫是一种液体的观点。他认为液体只是猫的外在静止形象，其实猫是一种气体，具有一种罕见的随周围环境变化而产生的迟缓又迅疾的速度；更重要的论据是因为猫与晨雾很像，而且是森林沼泽地的雾。他的意思是，猫这种东西，看着轻柔，说不定还有毒呢。

还有一位法国诗人反对猫之液体、气体论，他认为这是一种肤浅的误解，猫在本质上是一种固体。他有三个证据：

没有人能和一只猫对视超过十分钟；譬如阳光里的针尖。

它具有完善的发热系统；譬如火山。

它即便舔屁股，也臭不倒自己；譬如……石头。

这些证据并不是那么严谨，石头怎么会舔自己屁股。但至少是一种活泼的论证。你无法用言语反驳吧？

当然，这些“答案”都不是那么精确。去年我阅读爱尔兰诗人叶芝的全集时，发现他还是一个非同寻常的科学家，专门研究人世间的一切灵异幻象。其中，他对猫咪与月亮之间的关系有一个独特的发现。在以往，大家认为地球上的兔子与少女，和太空中的月亮、地球上的海水潮汐有遥远而隐秘的关系。

米罗娜匍匐着爬过草地
孤单，傲慢，伶俐，
跟随着那变幻的月亮
抬起它变幻的双眼。

他的意思是什么呢？汤姆，我都在书房坐一个小时了，既然你还不回头，依然蹲成一个三角形，盯着窗外的树杈，任我怎么呼唤也不转身。那么我给你总结一下：诗人科学家叶芝发现猫咪的瞳孔，和月亮的盈亏有着一致的规律！也就是说，猫咪其实是一种发射塔。不是的。更进一步说，猫咪是一种太空间谍。它们在人间采集人类的懒，把懒转化成一种能量，发射到月亮；然后，月亮把这种罕见的懒物质，转换成和猫同一质地的、你觉得亲切其实却凉凉的月光。

诗人们太刻薄了。

中国古代的太极拳宗师比他们善意多了。我听说，太极拳的真实起源就是抱猫暖手。大架小架的区别，就是猫的产地不同；陈氏、杨氏、吴氏、孙氏的区别，就是猫的性格不同而已。有的猫需要掌心压着屁股，有的猫需要腕部摁着脖子。所谓两仪四象，只是抱猫的步伐口诀。所谓太极拳的八种劲，崩、捋、挤、按、采、挒、肘、靠，对应的正是抱猫的八种手法。按这种手法进行抱猫，按摩着猫的各个部位产生的巨大能量会使人与亿万里之外的月亮接上信号，从而产生巨大的能量。

是的。猫咪，归根结底，你还是一种太空信号发射器。

汤姆，虽然你的出生地不是中原温县，但你是古都西安的猫咪。你不要介意。从你的性格看，小小一个出生地的差异对你的品性毫无影响。正是因为西安，你才会成为了太极猫心中的思想家呢，也是太空间谍中的异数。也许你会反问，异数是什么，猫是思想家的前世吗？不是的。汤姆，你是思想家中的肉贩子。

3. 猫咪的胖有什么用

一只胖的猫咪有什么用呢？

它瘦小的时候，想舔牛奶，会急匆匆地跑过来，无论我在忙什么，都是用爪子在我的脚上抓啊，摸啊，挠啊，温柔得让我感觉欠了它什么，都愧疚坏了。但待它胖了的时候，它有了一颗骄傲的心，想吃东西也不理睬我了，而是自满地踱到自己的餐具那里，傲慢地瞥一眼，如果看不到食物，就一爪子把餐具扫到一边去。我知道，它在威胁我，在说：我警告你，周公度，我的青春都给了你！你却这么待我，终有一天我会离你而去的！

我不能让它离去。我喜欢它，爱它。我喜欢它青春时的欢快的容颜，爱它懒洋洋的不讲理的老年。于是，我识趣地、快速地把鱼形的猫粮给它续上，且在它没有生气之前，眼疾手快地换上新鲜的牛奶。

第一天，它吃完后，经过我时，会看我一眼，说："你做得对。"然后，就抱着尾巴睡觉去了。第二天，如果还是同样的食物，它经过我时，如果它还算高兴的话，或许用尾巴扫一下我的腿，说："你今天很聪明。"但第三天，如果还是同样的食物，它看到后，就一声不吭地转身走了，它不看我，不用尾巴接触我，对我生了鄙夷的心，它走去时的背影绅士而八旗，它说："熊样，你想让我倒胃口吗！"

我怕死了它。我一直想，怎么就没有在它年轻时好好虐待它呢？让它身不由己地养成一个小妾的心，自始至终，都只知道谨小慎微地服侍我，而不是如今我战战兢兢地服从它。它多厉害啊。像一个资深的特务，一个深藏不露的卧底，几年之间，不动声色地成了王者至尊，威仪我家。

我要去买鱼了。鲫鱼，新鲜的鲫鱼，味道鲜美。鲅鱼不要，刺少，吃着省心，但味道太粗，它会恼火的。鲢鱼也不要，小刺太多，味道也平淡。它年轻、而身体已经发福时，有一次吃鲢鱼卡了喉咙，坐在我的枕头上弄了一天，才平息下来。不，没有平息，之后我记得它跳到我的肩膀上，在我的脑袋上狠狠地拍了一巴掌，才算平息了。这次，我务必聪明点。

嗨，猫咪，鱼汤很鲜的，快来吃吧。它不回应我，它的脾气越来越大了。我明白了，它是胖的猫咪了，根本不可能理会猫咪这种平常的爵号。我走过去，从枕头上抱起它，说：胖猫，看，我今天很听话，主动给你换了鱼，刺也已经分开了。它抬起眼皮——它的眼皮也胖了——看我一眼，示意我把它抱过去，去进餐。它进餐时那么优雅，丝毫看不出坏脾气，它认为风卷残云是没有身份的事情，只有我才这么干。

胖猫，我向你学习。你给我个好脸色吧？我保证不再嘲笑你走路甩屁股了，也不再故意扯你脖子上的毛了，不再趁你睡觉逮你的虱子了。如果你再与其他猫咪打架，可不可以叫上我？就像你在拳击场上一样，中间休息，我可以给你递纯净水，擦汗，做肩膀按摩？你无往不胜，我以你为骄傲。我的胖猫，相遇是多么神奇、美妙的事情啊。我知道你在外面。你不明白我的孤单。哪天你有时间了，来看看我吧。

附：此文献给我的猫咪汤姆，它喜欢打架、钓女猫、掉毛、偷东西。它在西安长胖，在济南饿瘦，丢失。我梦见它。对不起它。

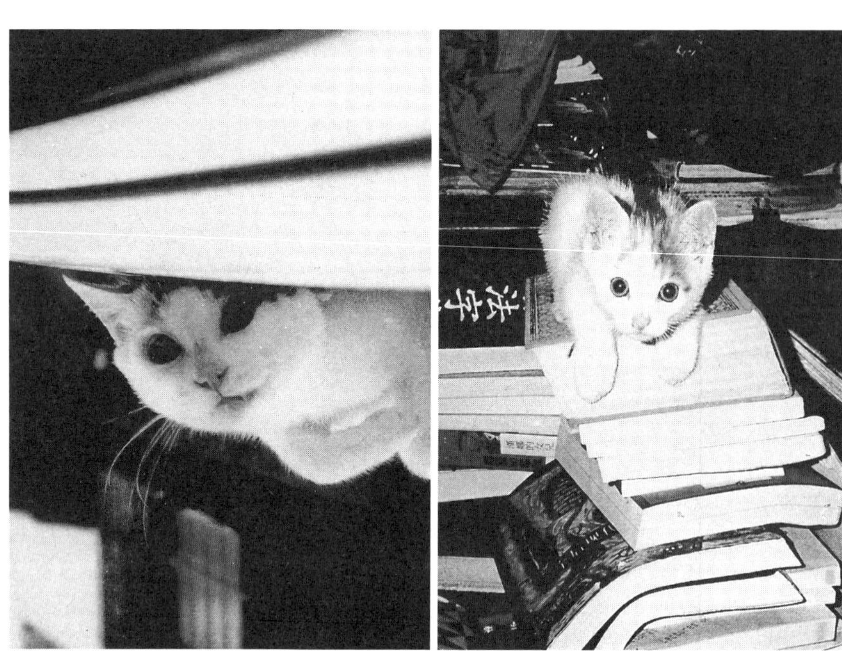

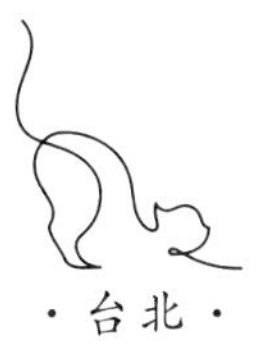

·台北·

李家宝

朱天心 *

李家宝是只白面白腹灰狸背的吊睛小猫，之所以有名有姓，是因为他来自妹妹的好朋友李家，家宝是妹妹给取的名儿，由于身份别于街头流浪到家里的野猫狗，便都连名带姓叫唤他。

李家宝刚来时才断奶，见到妹妹又抱只猫进门我便痛喊起来，家里已足有半打狗三只兔儿和一打多的猫咪！我早过了天真烂漫的年纪，宁爱清洁有条理的家居而早疏淡了与猫狗的厮混，因此一眼都不看李家宝，哪怕是连爸爸也夸从未见过如此粉妆玉琢的猫儿。

有了姓的猫竟真不比寻常，不知什么时候开始，他像颗花生米似的时常蜷卧在我手掌上，再大一点年纪，会连爬带跃地蹲在我肩头，不管我读书写稿或行走做事，他皆安居落户似的

---

* 朱天心，作家，从事动保工作多年。著有《古都》《击壤歌》《想我眷村的兄弟们》《猎人们》《初夏荷花时期的爱情》《三十三年梦》等。

盘稳在我肩上。天冷的时候，长尾巴还可绕着我脖子正好一圈，完全就像贵妇人大衣领口镶的整只狐皮。

如此人猫共过了一冬，我还不及懊恼怎么就不知不觉被它讹上了，只忙不迭逢人介绍家宝的与众不同。家宝短脸尖下巴，两只凌瞵大眼橄榄青色，眼以下的脸部连同腹部和四肢的毛色一般，是纯白色，家里也有纯白的波斯猫，再白的猫一到家宝面前皆失色，人家的白是粉白，家宝则是微近透明的瓷白。

春天的时候，家中两三只美丽的母猫发情，惹得全家公猫和邻猫皆日夜为之倾狂，只有家宝全不动心依然与人为伍，为此我很暗以他的未为动物身所役为异。再是夏天的时候，他只要不在我肩头，就高高蹲踞在我们客厅大门上的摇窗窗台上，冷眼悠闲地俯视一地的人猫狗，我偶一抬头，四目交接，他便会迅速地拍打一阵尾巴，如同我与知心的朋友屡屡在闹嚷嚷的人群中默契地遥遥一笑。

家宝这些行径果然也引起家中其他人的称叹，有说他像个念佛吃素的小沙弥，也有说宝玉若投胎做猫就一定是家宝这副俊模样。我则是不知不觉渐把家宝当作我的白猫王子了。

曾经在感情极度失意的一段日子里，愈发变得与家宝相依为命，直到有一天妹妹突然发现，问我怎么近来所写的小说散文乃至剧本里的猫狗小孩皆叫家宝，妹妹且笑说日后若有人无聊起来要研究这时期的作品，定会以此大做文章，以为家宝二字其中必有若何象征意义。我闻言不禁心中一恸，永远不会有人知道，仅仅是一个寂寞的女孩子，满心盼望一觉醒来家宝就似童话故事里一夜由青蛙变成的王子了。家宝是男孩子的话，一定待我极好的。

这之后不久，朋友武藏家中突生变故，他是飞 F-5E 的现役空军，新买的一只俄国猎狼犬乏人照顾，便转送给我们了。狗送来的前一日，我和妹妹约定谁先看到他谁就可以当他的妈妈。是我先看到的，便做了小狗“托托”的娘。托托刚来时只一个多月，体重五公斤，养到一年后的现在足足有四十公斤，这多出来的三十五公斤几乎正好是我的零食和买花的零用钱，而耗费的时间心力更难计算。

自然托托的这一来，以前和家宝相处的时间完全被取代。由于家里不止一次发现家宝常背地里打托托耳光，不得不郑重告诉家宝，托托是娃娃，凡事要先让娃娃的。家宝只高兴我许久没再与他说话了，连忙一跃上我的肩，熟练到我随口问：“家宝尾巴巴呢？”他便迅速拍打一阵尾巴，我和他已许久没玩这些了而他居然都还记得，我暗暗觉得难过，但是并没有因此重新对待家宝如前。

家宝仍然独来独往不理其他猫咪，终日独自盘卧在窗台上，我偶尔也随家人斥他一句：“孤僻！”真正想对它说的心底话是：现在是什么样的世情，能让我全心而终相待的人实没几个，何况是猫儿更妄想奢求，你若真是只聪明的猫儿就该早明白才是。

但是只要客人来的时候，不免应观众要求表演一番，我拍拍肩头，他便一纵身跃上我肩头，从来没有一次不顺从我，众人啧啧称奇声中，我反因此暗生悲凉，李家宝李家宝，你若真是只有骨气的猫儿，就不当再理我再听我使唤的！可是家宝仍然一如往昔，只除了有时跟托托玩打一阵，不经意跟他一照面，他两只大眼在那儿不知凝视了我多久，让我隐隐生惧。

家宝渐不像以前那样爱干净勤洗脸了，他的嘴里似乎受了伤，时有痛状，不准人摸他的胡子和下巴一带，因此鼻下生了些黑垢，但就是如此，家宝仍旧非常好看，像是很有风度修养的绅士唇上蓄髭似的，竟博得“小国父”的绰号。而我并没有注意到他的日益消瘦。

元宵晚上家中宴客，商禽叔叔的小女儿奴奴整晚上皆猫不释手，自然我也表演了和家宝的跳肩绝技，奴奴见了自是抱着家宝喜欢得不知怎么好，妹妹遂建议把家宝送给奴奴，反正家宝是最亲人且尤需人宠惜的，现在遭我冷落，不如给会全心疼他的奴奴好，我想想也有道理，一来见奴奴果真是真正爱猫，非如其他小孩的好玩没常性，二来趁此把长久以来的心虚愧歉作一了断，至于家宝的要生离此——到底是猫啊！此一去有吃有住，断不会如人的重情惜意难割舍吧，便答应了奴奴。

临走找装猫的纸箱绳子，家宝已经觉得不对，回头一眼便看到躲在人堆最后面的我，匆乱中那样平静无情绪的一眼，我慌忙逃到后院痛哭一场。

忍到第二天我才催妈妈打电话问问家宝情况，回说是刚到的头天晚上满屋子走着喵喵叫不休。现在大概是累了，也会歇在奴奴和姊姊肩上伴读。我强忍听毕又跑到院子大哭一场，解猫语若我，怎么会不知道家宝满屋子在问些什么呢。

一星期后，商禽叔叔阿姨把家宝带回，说家宝到后几天不肯吃饭。我又惊又喜地把纸箱子打开，家宝已不再是家宝了，瘦脏得不成形状，我喂他牛奶替他生火取暖擦身子，他只一意地走到屋外去，那时外面下着冷雨，他便坐在冰湿的雨地里，任我怎么唤他他都恍若未闻，我望着他呆坐的背影，知道这几天里他是如何的心如死灰形如槁木了，不错，他只是只不会思不会想的猫，可是我对他做下无可弥补的伤害则是不容置疑的。

由于家宝回到家来仍不饮食且嘴里溢出脓血，我们忙找了相熟的几位台大兽医系的实习小大夫来检查，说家宝以前牙床就被鱼刺扎伤一直没痊愈且隐有发炎，至于这次为什么突然会恶化到整个口腔连食道都溃烂，他们也不明白。

原因，当然只有我一人清楚的。

此后的一段日子，我天天照医师指示替家宝清洗口腔和灌服药剂牛奶，家宝也曾经有恢复的迹象。但是那一天晚上天气太冷，我特别灌了一个热水袋放在他窝里，陪着他，摸了他好一会儿，他瘦垮得像个故障破烂了的玩具，我当下知道他可能过不了今晚，但也不激动悲伤，只替他摆放好一个最平稳舒适的睡姿，轻轻叫唤他各种以前我常叫的绰号昵称，有时我叫得切，他就强撑起头来看看我，眼睛已撑不圆了，我问他："尾巴巴呢？"他的尾巴尖微弱地轻晃几下，他病到这个地步仍然不忘掉我们共同的这老把戏，我想他体力有一丁点可能的话，他一定会再一次爬上我的肩头的，重要的是，他用这个方式告诉我已经不介意我对他的种种了，他是如此有情有义有骨气的猫儿。

次日清晨，我在睡梦中清楚听到妈妈在楼下温和地轻语："李家宝最乖，婆婆最喜欢你了噢……"我知道家宝还没死，在撑着想见我最后一面，我不明白为什么不愿下楼，倒头又迷蒙了一阵，才起身下去，家宝已不在窝里，摸摸热水袋，还好仍暖，家宝这一夜并没受冻。

我寻到后院，见妈妈正在桃树下掘洞，家宝放在廊下的洗衣机上，我过去摸他、端详他，他还暖软的，但姿势是我昨晚替他摆的，家宝眼睛没阖上，半露着橄榄青色的眼珠，我没有太多死别的经验，我只很想摸暖他，凑在他耳边柔声告诉他："家宝猫乖，我一直最喜欢宝猫，你放心。"便去拨他的眼皮，就阖上了，是一副乖猫咪的睡相，他的嘴巴后来已被我快医好了，很干净洁白，又回到他初来我们家时的俊模样，可是，我医好了他的伤口，却不知把他的心弄成如何的破烂不堪。

家宝埋在桃花树下，那时还未到清明，风一吹，花瓣便随我眼泪闪闪而落。现在已浓荫遮天，一树的桃儿尖已泛了红，端午过后就可摘几个尝尝新了。

我常在树下无事立一立，一方面算计桃儿，一方面伴伴坟上已生满天竺菊的李家宝。

· 上海 ·

忆皮皮

陈子善*

皮皮是我家养过的一只雄性猫咪。

2002 年 4 月 8 日，我在日记中写下这样一段话："下午得学生赠小猫一只，长得与'玛丽'（原先家里的小猫，因肺炎去世）十分相像，即留在家中抚养。……小猫活泼好玩，十分顽皮，命名皮皮，只不肯好好进食，只能徐徐喂之。"次日日记又记："今天皮皮已开口吃饭，十分可爱。"这是我关于皮皮最初的文字记录。皮皮的出生月份是 2002 年 3 月，他来我家时，刚断奶。

把皮皮写进我公开发表的文章里已是两年之后。2004 年，我编了一本中国现当代作家散文选《猫啊，猫》，由山东画报出版社出版。在当年 4 月 12 日完稿的此书编者序中，我这样写道：

---

* 陈子善，学者，华东师范大学中文系教授。有二十多年的养猫史，最多时养了陈皮、陈弟、陈多三只猫。现陈多健在。著有《张爱玲丛考》《签名本丛考》《从鲁迅到张爱玲》《说徐志摩》等。

现在我又养着一只新的虎斑猫皮皮，二岁了，颇有静若处子，动若脱兔的优雅风度，同样善解人意，讨人喜欢。这不，我在撰写这篇小序时，皮皮就蹲在写字桌边上专注地看着我“爬格子”，好像它也识字，也知道我正在写它们似的。

这段文字写于我的新居，带着皮皮从华东师大二村旧居迁来不久。这次搬迁，对皮皮来讲，是次不小的磨难。猫是恋家的动物，皮皮依恋旧居，对迁到一个完全陌生的地方很愤怒，一进新居，闻到气味不对，就躲到北阳台水斗座与墙壁的空隙里，死活不肯出来。没办法，我们只能把粮食和水放在空隙处。他整整两天不出来，后来实在饿了，又有他最喜欢的河鲜的引诱，才出来，慢慢接受了这个新居所。

一旦适应了新环境，皮皮自然在新居里上蹿下跳，格外活跃。我母亲迁来同住，他与奶奶也相处甚欢，常去她的房间溜达。当然，大概因为是我把他带进家门，所以他对我最亲。晚上睡觉就睡在我脚下。到了冬天，他就非要挤进我两层棉被的夹层中享受温暖。

皮皮很聪敏。夏天和冬天，每当开启空调，他就会跑到空调下享受，又抬头仰望空调良久，他心里一定在纳闷：这是什么玩意儿，以前吹了凉爽，怎么现在吹了又暖和了？是猫就一定会有好奇心，皮皮注视空调应该可算一个例子。

后来，我家的猫丁又增添了两位新成员：黄猫“弟弟”（陈皮弟弟之谓）和“戴白围巾又四脚踏雪”的“多多”（寓意又多了一个）。那些年，我家猫丁兴旺。皮皮最大，愿意和弟弟妹妹和睦相处，但并不主动亲近，倒是弟弟常带着多多玩，追逐嬉闹。皮皮则摆出一副大哥老成持重的模样当旁观者，很少参与。它确实有资格当领头猫，我们卧室里的两个书橱橱顶，只有它能轻松地一跃而上。它站在书橱顶上洋洋得意地看着底下两个弟妹仰视并羡慕着，这是皮皮最高兴的时候。今年三月，它十六足岁了，仍能飞身登高，虽然动作没有年轻时利索。但弟弟和多多都始终没有上去过，书橱顶边至今留着被皮皮攀爬上去的爪痕。

当然，皮皮也有弱项。其实，皮皮是“宅男”，不是一般的“宅”，而是非常非常地“宅”。他从不迈出大门一步，大门口也难得去转转。皮皮的“宅”正好与多多的“不宅”形成鲜明对照，大门一开，多多常常会寻机冲出去，在公共走廊里巡视一番，兴致高时还会跳上自行车斗摆个 pose。

皮皮的“宅”还不止于此。它胆小如鼠，对陌生人特别警觉。只要听到门铃一响，它立刻就躲藏起来，躲到它自以为十分安全的地方。我的朋友和学生来访，都很想见见皮皮，合个影，却都无法如愿，亲眼见过皮皮的外人大概不会超过十位。有次韦力兄专程来拍寒舍书房，皮皮也躲着，一点也不给这位大藏书家面子。韦力兄只好拍了多多在书堆上的照片，算是不虚此行。

不要说对陌生人十分警惕，对熟人也不例外。所谓熟人，是指每周来一次的钟点工。按理说应该一回生二回熟，谁知皮皮完全不同，很长时间里一直对其充满敌意。每次钟点工一到，他就躲进专为它辟出的书橱底层，只要钟点工走近，他就怒吼。这怒吼声虽然低沉，却自有一种威严，足实令人生畏，有点像我们在动物园中熟悉的虎啸。一直到去世前一年，皮皮的态度才有所松动，不再躲进书橱底层。但是，如果钟点工的拖把离他近一些，他仍要发出怒吼。我后来想：皮皮之所以对钟点工保持如此高度的警觉，恐怕更多的是担心那把大拖把，才会有那么大的不安全感？

皮皮所遭受的更大的磨难是在他十岁的时候。我们突然发现皮皮小解困难，常常蹲在猫砂盆里半天没有尿，吃不安，睡不下，又跳到书橱顶上不下来。马上带他去宠物医院。医生诊断尿道堵塞，经过一周的吊针，病情有所缓解，可是好了一周，病情再次复发，医生建议切除这段堵塞的输尿管，否则皮皮就无法度过这一关。这是大手术。我问医生有多大把握？医生带我们参观了该院手术室，据说，手术台是当时上海进口的三台先进手术台之一，医生是兽医大学出身，对手术颇有信心，于是我们决定一试。那天，皮皮全身麻醉，手术时间很长，几个小时以后，他才被送出手术室，手术成功，皮皮得救了。然而，手术后的护理是件麻烦事，皮皮住院，仍需每天打吊针。整整十天，我们全家轮流值班陪伴。皮皮很生气，不明白我们为何把他放在这么个吵吵闹闹的地方，可能以为我们不要他了。他不吃少喝，每次我们送去他爱吃的食物，他都背对着，不理会我们，对我们生闷气。终于皮皮熬到出院的那一天，我们都为此而高兴，皮皮赢得了新生命，皮皮又看到了他熟悉留恋的家了。这一次成功的手功，使皮皮的生命延长了整整六年多。为此，我们感激医生，特地送去了大锦旗：“治病救猫妙手回春”。

皮皮复原了，活泼的弟弟却毫无征兆地突然离去。医生的解释是心脏病突发，我们伤心之余，将信将疑。弟弟有一个很不好的坏习惯，喜欢咬塑料袋，为此，我们已经藏好了所有家里的塑料袋，但难免会防不胜防，难道弟弟又吃了塑料袋？可是已无法求证。

在以后的日子里，剩下皮皮和多多朝夕相处。多多真是一只好骗的猫，只用三块钱买来的鞋带就成了它的玩具，一根长长的鞋带可以引得她玩转上半天。多多好动，与人亲热，只要外面来人，她都会紧跟示好，这与生来怕生的皮皮形成鲜明的对照。他俩一静一动，却也和平共处，相得益彰。皮皮和多多各行其是，各不相扰，晨起匆匆打个照面而已。一日清晨，偶见两猫相吻，我及时拍下这张皮皮多多接吻照，着实得意了半天。

皮皮一直善解人意。磨爪，是猫咪的天性。我藏书颇多，寒舍四处都是书，就怕猫咪的爪子抓挠，如何是好，我就把已不用的旧书报堆积一处，反复耐心教导皮皮“只能抓这里”，而且，只要他来抓挠这堆旧书报，就及时表扬他。他竟然明白了，从此就在此处磨爪，一直坚持到他去世前。

在饮食习惯上，皮皮和多多可算两个时代的猫。皮皮来时，猫粮显贵，多多来了，却已有众多有营养的猫粮可供选择。所以皮皮喜食一些鱼虾鸡肉。每次家里买了鱼虾，皮皮灵敏的嗅觉就会发现，来到厨房缠绕不去。多多却从不过问，只吃猫粮。生的鱼虾皮皮不吃，而烧熟的鱼虾鸡肉他却拼着命吃。所以每次吃饭时，只要一听到“吃饭了”的招呼，首先跑到饭桌前的总是皮皮。此时，需有人看着饭桌，它会乘没人之际，跳上饭桌。久而久之，皮皮不管有没有鱼虾，都会早早前来等候开饭，往往我们会给他添一张凳子，或者就坐在我身上，俨然一位正式的家庭成员。这样，饭桌前皮皮的照片也就居多了。

说到用餐，还必须提到皮皮的大度。弟弟还在时，皮皮让两个弟妹先吃，弟弟走后，皮皮就让多多先吃。有新品种的猫粮，只要多多吃得开心，他决不上去抢，而是耐心地守在旁边，等多多吃好走了再去品尝；如他已在吃，多多见了上来想先吃为快，他也马上礼让。这些年里，皮皮和多多几乎没有发生过争执，一直相安无事。

每天晚饭后，皮皮和多多就待在客厅里。猫咪晚上特别有精神，房中不开电灯，只见他们的双眼像两颗夜明珠，炯炯发光。多多调皮，我工作完了或看电视剧消遣告一段落，招呼他俩进卧室睡觉，多多四处乱窜，与你捉迷藏；皮皮就很老实，叫他名字，他就不再乱跑，让我抱起到卧室门口放下，自己走进去。他好像很享受这一过程，只要我在家，这成了我每晚必须做的功课，这些年里一直是这样。偶尔我赶写文章，到时忘了去抱他，待到想起开门要出去，他就站在门口等着，双眼直盯着你，仿佛在说：今晚你忘了，我自己来啦！

猫爱干净，吃喝拉撒都有规律，尤其大小解必须在猫砂盆里。皮皮每次解手完毕，就要欢叫，提醒你及时清理。去世前一天下午，他想从爱睡的窗台上下来，我推测他要小解，就把他抱到猫砂盆里，但他已不能站稳，小解全部洒在地板上，有点像人的小便失禁了。我看到这前所未有的情景，立即意识到问题的严重性，马上对他说：皮皮，没关系，没关系。他似乎听懂了,眼神无助地望着我,又好像在说:对不起啊,我已尽力!

2018年10月5日上午七时半左右,高龄十六年又七个月的皮皮的生命之火终于熄灭了!往生之前,他拖着摇摇晃晃的瘦弱不堪的病躯,到一个一个房间去待了一会儿,甚至爬上了我估计他不可能在爬上的小凳,似乎是在向他生活了那么多年的熟悉的地方告别。

皮皮的离去,不能不使我们全家伤感,虽然他已经长寿。一只猫就是一个世界。乔治·贝尔纳·肖尔说:"只有懂猫,一个人才算得上是文明人。"(引自F.维杜著《猫的私人词典》)对于皮皮,我写下了这些,能说我已懂得皮皮了吗?很难说。但我们朝夕相处那么久,现在梦中还会与皮皮见面,多少有点心有灵犀一点通吧。

我怀念皮皮。

· 京都 ·

玄米与金泽

吴从周 / 苏枕书

吴从周的话：玄米变成犀牛去了

玄米走的第二天，迷迷糊糊做了一个梦，梦见他变成一头犀牛来看我。草原墨绿，雾气如纱流动，灰白色的犀牛无声无息，走到近前。

玄米是一只八岁的猫。2010 年我刚从广东搬到北京，跑去天通苑接他回来，给两岁的白小姐作伴。推算起来，他的生日该是公历 7 月，狮子座。

玄米刚刚断奶，是一团绒绒的毛球，整天粘在白小姐屁股后面，受了无数呵斥。我那时候也才二十五岁，理想是念书和环游世界，总觉得来日方长，万事不必着急。杂志社的工作不

---

* 吴从周，编辑，爱好养鱼，和两只猫生活在一起，现居北京；苏枕书，作家，在读博士，著有《京都古书店风景》《有鹿来》《松子落》《岁华一枝：京都读书散记》等，现居京都。

用坐班，一周去开一次会，因此有大把时间看书，跟猫玩。

白小姐是枕书抱回来的流浪猫，白色长毛，非常貌美。但因为流浪生涯的缘故，对食物异常执着，善于偷窃，缸中鱼笼中鸟，都惨遭荼毒。玄米则一派天真懵懂，不杀生，不生气，跟陌生人也亲近。人叫他的名字，他一定会应。他容许人把他仰面朝天揉来揉去，如果我熬夜，他就会执着地在桌子上等着。他喜欢花，喜欢圆滚滚的东西，喜欢纸箱和纸袋子，躲在里面，不知道是不是像人类的小孩子一样也会想象城堡。

那一阵住在故宫附近的北河沿，就经常让玄米乘在肩上，去外面散步，或者一起去地铁站接枕书回家。小猫长得快，到冬天已经在肩膀上趴不住，就坐在羽绒服的帽子里。

之后几年，陆续搬了几次家，从晨昏闻鸦的北河沿，搬到东四环外，猫也跟着颠沛。跟枕书讲，希望将来有一个院子，猫可以在院子里玩。家里要有满墙的书柜，不用担心搬书的痛苦。这样的理想，说起来也是遥遥无期，但是猫都还小，也不着急。

猫能活十五六岁呢，十年之后的事，都可以慢慢来。到时我们也要步入中年。中年，这个词当时说起来，像银河之外的星辰一样永不可及。

何况玄米一直是少年的样子。他已经是大猫，但是在家里长大，凡事没有经过，还是喜欢跟人玩，跟白小姐玩，喜欢从果盘里掏走圆滚滚的小番茄、樱桃或者枣，满地乱追。他乐此不疲地把书架上的东西丢下来，然后面对呵斥，摆出满脸无辜，对人响亮地说“喵”。他的毛蓬松润泽，我们开玩笑说，将来拿他做帽子做围巾，他也不生气。

我和枕书长年两地，各有各的烦恼。玄米的天真欢乐，几乎是我们的日常治愈。

有几次，我们因为一些细碎的分歧和不满，吵架到不可开交，要断绝关系。最后难免面对现实：猫怎么办？也会几次发狠，说送人。明知道不可能如此，所以说完这样的狠话，也只能泄气，彼此原谅。

一直到最近两年，才开始担忧时间。不知不觉，玄米过了七岁，按照养猫指南，要吃老年猫粮。白小姐睡觉的时间也越来越长，还好玄米经常去惊扰她，和她追逐打闹片刻，保持日常运动。给他买了一个小竹筐，他特别喜欢，尤其是夏天，在里面睡成圆圆的一团，一个毛茸茸的猫月亮。

我经过了一家杂志从创刊到倒闭，又参与了一个创业公司的工作，沉溺于庸庸碌碌的日常烦扰，越来越没有时间读书，也越来越少给猫们拍照片。其间，也经历了几次长辈的故去，甚至还参加过一位大学同学的葬礼。我跟枕书有几次谈论何时团聚，觉得需要快点筹划，我们和猫年纪都大了。但无论她的学业还是我的工作，都难以奋身一跃。我们担心白小姐的身体，因她脾气乖戾，生活习惯又不大好，不知道能不能长寿。从没想过玄米会突然告别。

5 月 11 日上午带他出门，还想着是不是要住院，夜里守在医院，忽然就不行了。医生已经确诊是脓胸，在筹备隔日的手术，也没有想到心肺衰竭来得这么快。打了四针肾上腺素，先是从留置针注入，最后直接心脏注射，都没有起效。

如果七月份生日没有算错，玄米还有两个月才满八岁。

第二天，带玄米去火化。在北京东郊一个林场里，一间小小的房子，旁边设了灵堂，唱佛机循环往复响。林场地上开着黄灿灿的小苦荬，给玄米摘了一朵，小小的一枝，放在爪子上，又摸了摸脑袋和耳朵。跟他说，喵，不拿你做帽子啦。

作为一只猫，玄米一生见过最广阔的野外，就是我们偷偷带他去的公园草坪。所有见识的植物，不外家里的绿植和菜市场买回来的蔬菜。他不懂得捕食，不懂得有食物要争抢，礼敬爱人。搬离北河沿之后，也很少带他出去玩，所以他越来越怕出门，会在猫包里哀号。蓄养一只动物，给他饱足，但禁绝他的繁殖和自由，是否符合道德呢？这个问题始终没有想清楚。总归，现在玄米脱离了肉体，到辽阔的世界里去了。

枕书讲，玄米走了，是他在提醒我们，没有那么多来日方长，喜欢的事情要尽快去做，不要迟疑，不要顾虑迁延。世间万事皆可重来，重来不得的只有一个“来不及”。

我跟她说了梦见玄米变成犀牛的事。她说，玄米好了不起。

然后我反复回想了这个梦，为什么玄米会变成犀牛呢？荒野上不可伤害又温柔沉静的庞然大物，是他的理想吗？后来我想起来，犀牛的耳朵抖动起来，像小猫一样。我们家玄米很喜欢抖耳朵。

苏枕书的话：猫咪金泽

2018 年五月中，我家遭遇了一件事。素来健康活泼的猫咪玄米突发急病，送医后的当天夜里，在从周的眼前、怀抱里遽然离去了。

玄米是 2010 年秋初来到我家，当时我们尚住在北河沿，白小姐才两岁，风采照人。想着给它找个小伙伴，便看网上的领养信息，从天通苑抱回了刚刚满月的黄白小毛团。

据说幼猫出生后七十天内，是跟着母猫学习种种技能、情感表达、社交技巧的时期，倘若这段时期没有好好学习，未来可能永远无法习得。回想起来，有许多属于猫的技能或特质，玄米似乎都不太会，这也让它一直保留了少年的情态。

与玄米相比，白小姐则完全不可捉摸。在它来到我家之前，有过大半年的流浪经历，据说还曾遭遇前任主人的遗弃。它美艳、机敏、果决、孤傲，对食物有过度的热情及焦虑。玄米的到来一度令它非常愤怒，对这团不知深浅、总是跟在后面喵喵喵喵打滚儿的毛球，白小姐常常毫不客气痛打一番。而玄米泰然接受，终其一生，都对白小姐礼敬友爱。

从前，我们草率地以为，玄米应该比白小姐更长寿——它不挑食，爱运动，无忧无虑，年年体检都被宠物医院的大夫表扬。但凶险的乳糜胸病象发作只在朝夕之间，当医生还在准备玄米次日的手术、我还在想着为玄米转院时，竟传来残忍的凶信。是一瞬间呼吸不畅，想象中起死回生的抢救没有起到作用，寄托了我们无尽爱意、却十分脆弱的生命，突然消逝了。

而在 2018 年四月末，我们前一年九月初送养的一只猫咪的主人说，她猫毛过敏严重，可能要转送那只小猫。当时与从周讨论，既然如此，不如将猫咪接回家。从周犹豫：白小姐和玄米年纪都大了，家里地方小，再来个小猫，它们恐怕不高兴。又过几日，这位主人说，换了一种过敏药试试，到底不舍得送走猫咪。

那只小猫是2017年夏末，从周在小区地下室发现的。起初听到电梯底下有响亮的喵喵声，担心有猫咪困在什么地方，苦苦寻觅，在地下二层发现了一只出生没几个月的小黄猫。长手长脚，四爪皆白，长耳朵，小尖脸，嘴巴一圈亦白，像戴着小口罩。一见我们，嗓门更大，直扑到从周怀里，对从周的手指又咬又舔。我们回家取了猫粮和水，放在小盒子里给它。它嗷呜嗷呜大吃大喝，虽然我们都不说，但知道都很想把它带回家。猫咪对我们有神奇的吸引力，生命之光照耀，要下很大的决心才舍得离开，任它回到黑暗的地下室里去。

一连几日，我们都去地下室添粮水，确定这应该不是有主人的猫咪，或许是与大意的猫妈妈走失，或许……长安居对人而言尚且大不易，何况小动物？犹豫了数日，终于很有自知之明地放弃将它抱回家，而是决心为它找个主人。既然如此，就先起个名字。黄猫、大嗓门——不如就叫“黄钟大吕”的“大吕”。抱去小区内宠物医院做体检，大吕丝毫不惧，非常冷静地坐在大夫怀里，为它拍了照片与视频，附上收养条件和信息，发到网上。

为猫找领养人并非易事，很难轻易放心将猫交给网上的陌生人，要遵循严格的收养制度来筛选领养人，以免猫咪遭遇厄运。

大吕运气好，照片一发出去，就有很多人说喜欢——小猫通常更容易找到领养人。有一位认识多年的姐姐，从前也养过猫，说她有一位朋友非常喜欢猫，想领大吕回家。熟人介绍，总是比较放心。一番联络，对方果然非常喜欢大吕，领养的事就这样定了。

一般猫咪到新主人家，都会被起个新名字。譬如从前在我家的瓜片，后来去了朋友家，更名正山小种，以示开始新生活。大吕的过去得到了充分的尊重，去新家后仍用旧名。回想起来，这个名字起得实在有些潦草，一开始就没有进入我家猫咪“茶名”的系统（白小姐大名玉露）。大吕到了新家，新主人时常会发些照片来，小猫长得飞快，新家环境也比我家宽敞许多，更有自动喂食器、电动猫厕所等种种高级家具。我很为大吕感到庆幸。

五月上旬，又看到大吕主人发的文章，说新换的过敏药依然无效，不得不为大吕寻找新家。与从周商量：就把它接回来吧！但不曾想数日之后，玄米突然离开。我与从周心灰意冷，一时不愿收养新猫。于理而言，我们接回大吕，对大吕主人而言也可放心，免去寻觅新领养人的风险。但情感上实在不能接受新成员。尽管我深知，世上有无数流离失所的生命，应当尽力给它们安全与爱的环境。虽然将猫圈养在斗室，白天都没有办法陪伴，要为它们绝育，不让它们外出——不知道算不算“安全”或“爱”。我没有自信，没有办法揣测猫的情绪。反倒是我从猫身上得到太多，譬如长久的等待、毫无保留的信任与依赖。

我很惭愧，也常常惶恐。

从周最后拍板，接回大吕："之前约好的，如果玄米还在，一定能跟大吕玩到一起。"

大吕回家时，带回了它之前用的自动喂食器、电动猫厕所。前主人很惆怅，我们也说，想猫了随时来看。

那是玄米离开后的第三个七天，家中供奉着玄米看芍药花的照片，整日燃着线香，播放佛经或者弥撒曲。我们也不知道玄米是否喜欢如此，更多仅是自我慰藉。非得要被"失去"最切实地折磨，才能稍缓我没有给玄米更多陪伴与爱的愧悔。

大吕来到新家，心情颇不宁，整天只趴在阳台飘窗的角落，不食周粟般地坚拒罐头，对从周卖力钻研的猫饭（煮鱼、煮鹌鹑、煮鸡胸肉、煮牛肉。白小姐尤爱吃鹌鹑，肉虽不多，或许是让它体会到猎捕的错觉）更是不屑一顾，只愿意咯嘣咯嘣吃自动喂食器里的猫粮。我想，大概自动喂食器给了它自食其力之感，人类对它而言毫无意义，自然无须理会。

也常常在屋子里焦灼转圈，直着嗓门大叫："喵嗷呜！"人听不懂猫话，担心无济于事。从周气馁："咱们给它名字起坏了，黄钟大吕，声音太高。'大吕'又音近'大驴'。"我不许他这样说猫，但"大驴"二字实在震撼，过耳不忘，心道不妙，看来要改名。

叫什么好？茶名里倒也还有堪用的，但大吕的年龄与白小姐、玄米已差一辈，在名字里也应有所体现。用著名藏书之所的名字吧！猫咪自古便是保护图籍的功臣，配得上这些现成的佳名：足利（学校）、杏雨（书屋）、蓬左（文库）、静嘉（堂）……叫来叫去，不如就"金泽（文库）"？镰仓时期北条实时创立的文库，江户时代已衰落，藏书流散各处，多入秘府，许多书籍都能见到藏印“金泽文库”。况“金”也与猫咪毛色相符，与白小姐的大名“玉露”更是般配。

如此，新名就定了。

玄米断七之后，我们心情稍平，对金泽也开始有更多关注。猫咪各有各的脾气，不能勉强，要多多观察，尽量了解它的喜恶。大约过去一个月，它终于扩大活动范围，对不大的家充满探索欲，每一件东西都想摸摸，都想摔在地下。我们没脾气，一边捡东西一边留心把东西放到更安全的地方去。

金泽曾摔断过左后腿，因此坐下时会支棱一条腿，但跑跳皆灵活无比，特别喜爱家中自制的猫爬架，常常从房内窗台飞奔而出，蹭蹭蹭连跃而上，高踞架子顶端，俯视全场。一会儿又蹭蹭蹭下来，回房转一圈，哼哼一声又跑出来飞身上架。

和白小姐的大名一样，金泽这个名字叫起来有些郑重，日常则是金金、阿泽、小金一通乱喊。

“它毕竟不是玄米。”有时忍不住这样说。

“每个猫咪都是天使，怎么能把小金和米米比呢？”从周会立刻纠正。

“可是，你心里也是最爱玄米的吧。”

“那是自然。”

我们常常想起与玄米的往昔。以前从周的工作还没有现在这样艰苦，平时有很多时间陪伴玄米，给它拍照片，陪它玩，带着它出去遛弯。因此玄米见过天安门，见过东华门，见过南池子，见过夜色里宫墙的轮廓、花树的影子，进过可以带宠物的小饭馆，坐过自行车，在我们的帽子里睡着过。后来，我们从北河沿搬到八里庄，又到石佛营，乃至今日更远的地方。我们颠沛流离，不断远离城中心，可以陪伴猫咪的时间也越来越少。我们与玄米的时光不可复制，也是我们永远失去的青春。

白小姐似乎很喜欢金泽，虽也有不胜其扰的时候。金泽深知白小姐地位尊崇，玩心大起时想要埋伏白小姐，却往往虚张声势、做一通张牙舞爪的花动作，顷刻便被白小姐扑倒在地，饱以老拳。平时，白小姐像柔云一般，飞行与走动都没有声息。而打起架来则如闪电，迅疾准确，我们非常佩服。

“咕呜呜呜呜。”白小姐发出威严的怒吼，却精神抖擞，浑身雪白的长毛波浪般起伏，非常得意的样子，并不是当真生气。

从周买了两只白色的小毛老鼠玩具，金泽非常喜欢，又扑又咬，叼起来抛很高，又扑上去，乐此不疲。毛老鼠常常滚进柜子底端，金泽伸长小白爪够来够去，总有够不着的时候，很着急，喵呜喵呜，娇憨至极。我们赶紧帮它取出毛老鼠，看它继续扑来扑去。

——金泽接受新环境了吗？在我们家开心吗？想念旧家旧主人的时候怎么办？未来会如何？

想到这里，总是莫名其妙惆怅极了，忍不住要抱起猫，拿鼻子碰它鼻子。金泽水汪汪的眼睛看着我，狡黠又冷静，一如初见时，忽而又凑上来，舔舔我的鼻子，看看我，再舔几下。哦！我们是一家人，哦不，一家猫了吧？

· 北京 ·

野猫记

周晓枫 *

1

我对邻居的负评，因为野猫发生转折。

我们住一楼，门前有个下陷式小花园。我疏于打理，只种了一层敷衍的草皮，斑秃似的生长着。邻居家利用这块空地，搭建了半间玻璃房，剩下的地面铺满瓷砖。他家养了巨型狼犬，它还是条小奶狗时，就能看出是城市禁养的危险品种。幼年期的狼犬，每天还能放到院子里几分钟去拉撒。长大了，不行，它的样子接近福尔摩斯侦探小说里的恶魔。狼犬每天在玻璃房里狂吠一会儿——它炭黑的脸阴郁，骨白的牙冰冷，令我不寒而栗，路过的孩子有时会被吓哭。

---

* 周晓枫，作家。出版有散文集《斑纹——兽皮上的地图》《收藏——时间的魔法书》《你的身体是个仙境》《聋天使》《巨鲸歌唱》《有如候鸟》，童话《小翅膀》《星鱼》等。

邻居家的男主人彪悍，晚秋也光着膀子在外面走动——他的后脖颈上积着一圈发硬的肉。他直接跳入小区草坪，搬开井盖，拧动阀门，接上胶皮管，用公共水源，给自家院子浇灌花草。女主人样貌年轻，睡醒了，不换睡衣、首如飞蓬……但对流浪猫来说，她美丽如天使，明亮如圣母。

邻居家也养猫。两只名贵些：一只美短，背后花纹像地图上的等高线；一只布偶，脸上一团晕染开的阴影，像被防色狼的喷雾袭击过。此外，女主人还收养了两只残疾猫，一只路上捡的幼猫。猫猫狗狗加起来六口，家里不能再接纳什么了，何况小区里的野猫那么多。她只能把宠物的口粮，分给那些风餐露宿的小可怜。

流浪猫到离我只有数米之遥的邻居家取食、喝水、晒太阳。女主人不仅提供基础猫粮，还因为偏爱，给它们加餐猫罐头。一边喂食，她一边胡乱地抓起毛丛打结、藏污纳垢的猫放在怀里抚弄。最胆怯的野猫也敢把身体平放在女主人的怀里几分钟，状若婴儿，然后才从这种不适应的体姿摆脱出来。

这些流浪猫一点都不消瘦，除了个别天然有着整容脸追求的尖下颌，多数都有圆实的小腿、胖胖的指爪。如果不仔细看，就注意不到它们的毛皮有种隐约的雾灰，缺乏缎光——那种精心保养才能闪烁的缎光。不过，至少从仪态上看，它们一点儿不颠沛流离，倒有些养尊处优的架势。有只大狸猫的体型，简直胖成了短腿的柯基犬。

它们或野心勃勃，或自命不凡，它们也被自己的缺陷所害，比如一只猫蹿到了让自己下不了台的高度，在二楼阳台上发出阵阵不顾体面的哀求……后来被女邻居和孩子，搭着梯子，拯救下来。

2

许多孩子童年都有养猫的经历，我也有，前后养过三只。过程愉快，但总是以惆怅和悲伤结束，回忆起来有阴影。

第一次养猫，我还上小学。小伙伴掏猫窝带回来的黑白狸，起名小偷。它刚开始是贼眉鼠眼地偷东西，很快演变为公然抢劫。印象深的一幕出现在厨房：拔光了毛的光裸鸡，鸡头被小偷死死咬住，紫瘦的鸡腿被爸爸拽住，双方都在一边咆哮，一边较力。小偷每天在院子里自由玩耍一会儿，它和第二只名为肖邦的爱听音乐的猫一样，后来自愿选择流浪和逃亡。第三只猫泡泡，在我的宠溺下，反而性格怪诞，也许是因为我当时缺乏喂养常识，吃了过多的熏鸡肝而导致它患上肾病。泡泡形销骨立，瘦到失去猫形，腹侧像是搭在脊椎上的一张猫皮……我泣不成声，无望地眼看它被一个擅长救治的朋友接走。我后来不敢追问泡泡的下落或下场，以至疏远朋友，断了彼此音信。

看样子，我不是个理想的主人，猫比我更早认识到这点。

前两年，我发现一只母猫在我荒凉的杂草院里产仔。我生怕惊动它们母子，我知道即使喂食，也会引起猫妈妈的警觉和不安，并将迅速转移幼崽。所以，我每天克制自己的好奇，始终坐在外飘窗台上，观察两米之外那些活动着的小毛球。

有一天，哺乳之后的猫妈妈出门打猎，只剩几个小崽子，在草地上踉踉跄跄、跌跌撞撞。阳光晴朗，它们的毛丝有着芒尖，状如晶簇。我打开阳台上的推拉门，从露台走了几级台阶，走到下陷花园的草皮上。我什么也没干，只是近切观察了一会儿那些可爱的小家伙。真的没有碰触，我只是隔着几十公分近距离问候。三只萌物走路都不稳，还是坚持着摇摇晃晃地挺直身子，试图用凶悍而嚣张的表情恐吓我。停留了大概十几秒，我快速后撤，我怕留下自己的气味，惊扰到它们多疑的母亲。

数小时之后，母猫回来看望孩子。

我没有留下踪迹，我几乎倒退着走在自己来时的脚印上。我确信自己毫无破绽。然而，母猫当天搬家，逃难般，把自己的孩子转移到某个秘密巢穴。幼猫在草丛里的轻微压痕还没有消除，院子一下就撤得空空荡荡。问题是，那些不会说话的小崽子，它们是怎么告的黑状？我百思不解。

3

猫和狗是不同的。土耳其一部关于猫的纪录片里说：狗以为人类是神，猫不这么看。猫，神秘得迹近诡异的动物，它本身被认为具有超能力。

通常认为，狗有憨厚的忠心，猫有灵巧的狡诈——甚至在身体条件上，猫都灵活到诡谲。缩骨术是人类里的杂技与绝学，表演者并非真能缩小骨骼体积，而是通过训练，压缩骨间隙，使得全身骨头有序地紧密叠排。猫的骨头有 230 根，比人类还多 24 根，显然出自更精密灵巧的组装。猫天生就会缩骨功，大概跟它没有锁骨很有关系，使它的前肢能在躯干轴线上幅度更大地活动，从而更加灵活柔韧。它简直可以像水流一样，摊溢并塞满窄口的玻璃圆罐，以至有人说：猫是一种液态。

九条命的猫，擅长的奇技淫巧颇多。既可以上树，行走在细悬的树枝间；又可以高空翻转，完美落地。热爱晒太阳，在弱光环境乃至黑暗里也畅行无碍。被公认为是最具好奇心的动物，又是极尽谨慎的蹑足者。猫的野外生存能力很强，并且能保持优雅和克制。有只猫潜入养殖户的院落，它每天只偷一只鸡，视之为羽毛包装起来的点心——猫有节制地享用，控制得近于自律；不像狐狸，有着作恶的乐趣，饱腹的狐狸也会无端咬死许多无辜者，不为明天节省口粮。

我们小区有假山和池塘。人有两只手也捞不起来鱼，猫可以。仿佛会下蛊，猫凝视水面；鱼见到水面之上那双矿物质般的眼睛，就丧失反抗能力……呆滞也好，听从也好，反正结局是被猫捞出来吃了。据说鱼的记忆力不好，它们的确不长教训，每天上当，日复一日上演剧情单调的悲剧——就像单恋者倾心于让它绝望的爱人，不惜用生命去喂养自己钟情的杀手。有时两只陌生的猫相遇，它们一言不发、一动不动，长时间彼此凝视，直到瞳孔深处……我怀疑它们是在彼此下咒，比拼谁的法力更厉害。

猫不仅是城市里的宠物，乡村也爱养猫，据说只有它们能看见鬼魂渐近。出殡时要有专人守夜，陪伴逝者最后的旅程，尤其要防范着猫：传言猫若跳上棺木，里面就会诈尸。也许，因果相反。猫有狱警般的使命，它要监督关在肉身监狱里的魂魄。如果发现风吹草动，魂魄想趁机逃亡，猫就跳上去，按住棺材；魂魄疯狂挣扎，所以才会诈尸。都市里没有类似的机会，猫不会跳到棺材上，要跳，也只有一个狭小的骨灰盒——诈尸不能，顶多，腾起一团由灰烬构成的迷雾。我听到过，徘徊墓地的野猫嚎叫得，就像孤儿院里的弃婴——那里面有一种表达不清楚的内容，我不知道那种情绪更近于神秘，还是更近于愤怒。

猫对死神的气息格外敏感。有个故事，说主人善待他的猫，猫忽然不肯好好吃饭，整晚发出凄伤地惨叫。主人以为猫病了，马上带它去看病，医生却查不出个所以然来。回到家以后，这只猫一反常态，惊恐挣扎，无论如何也不肯待在主人的怀里……主人抱怨这只被宠溺的猫，直到他的抱怨变成呻吟，一头栽倒在地，死了。

猫能看透白昼，也能看透暗夜；能看透生，也能看透死。所谓暮色和虚无，只是为了人类设置的障碍，对猫，构不成任何威胁，它畅行无障。也许，这是神明对猫的偏爱，为了凸显它们的神异。

4

我和这些游荡的野猫关系密切起来，是因为一次偶然。我发现，猫对生死的参破，确有天赋。

我爱吃螃蟹。朋友们知道我的饕餮爱好，每到应季时节，纷纷快递给我。我每天乐此不疲地拆卸，餐桌上堆积着赤红的甲壳、圆实的钳子还有细而弯折的腿。直到有一天，吃到肠胃寒凉，腹腔痉挛且疼痛。冰箱里还剩下三只生蟹，我如何也消化不了。我稍一犹豫，眼看两只公蟹就咽气了，一只母蟹也气息奄奄——它们的生死间距，大概只有二十几分钟。河蟹昂贵，我不忍弃掷，还是把它们放进蒸锅。我把三只升腾热气的熟蟹拣出来，盛在简易纸盘里，拉开阳台推拉门，端到外面的平台上，看看野猫们有无食欲。被吸引的它们隔着距离观望，很快从邻居家跑过来，一探究竟。

它们灵巧、警惕，有着超乎想象的生存智慧。对这种它们从未见识过的生物，能分辨细微死亡气息的猫，竟天然知晓刚死的螃蟹也会积聚毒素——它们吃死鱼，不吃死蟹。它们把那只母蟹吃得很干净，找不到一丝肉屑；两只公蟹，它们不屑于尝尝一条小腿。也许，野猫把我鱼目混珠的行为视为对尊严的挑衅，它们把两只公蟹踢出盘子，让它们四仰八叉地翻倒地上。它们能够分辨，精确到分针的死亡。

隔着推拉门的落地玻璃，它们与我对视……睥睨，然后一哄而散。

5

也许它们的眼神真让我羞愧了。虽然出差频繁，但只要在家，我总会放置一些食物和水。我谨慎选择，我知道含盐和含添加剂的食物对它们的健康不利。除了清蒸鱼、白灼虾的头尾，还有家几乎像是专为高血压病人准备的所谓熏鸡：只有肉香而毫无盐味，我又用水反复泡过，才敢喂过两次。剩下时间，我都选用猫粮。

它们挑剔，猫粮口味不同，它们有的喜欢，有的不。我出于科学上的理解，坚持喂些天然材质的猫粮，可它们自有鉴赏力，尤其喜欢人类的鲜食。如果我喂食可以共享的食物，是否在鼓励它们的僭越？还是说，我们靠食物建立的某种等级制度，并不能约束这些流浪而自由的灵魂？我怕随意喂食，营养配方不全面，影响它们的健康，乃至重蹈泡泡身上的覆辙，我下决心断供别的，只喂口碑之选：各种猫粮、猫罐头和猫零食。

它们逐渐前来，依然高度提防。发现我在偷窥，即使我站在绝对安全的距离之外，猫也会停止进食，转头，纵身跳入灌丛。我猜它们不是害怕，是难堪。猫被视为一种高自尊的动物。它们热爱清洁，每天精心打理自己，这几乎占据醒着的三分之一时间；来努力掩盖排泄物，这是被视作羞耻心的表现。排泄难堪，接受嗟来之食也难堪，这些小东西的内心戏丰富；除非信任，它们才肯施展撒娇卖萌的绝技，否则，它们维护着冷傲。

猫是如何判断人类，如何建立信任感的？前年冬天，地下车库有只行动迟缓的年迈猫，每次见到我，无论隔得多远，都乐颠颠地疾跑过来。它不停蹭磨我的裤角，让我蹲下来，替它搔痒或摩挲腮骨。这只老猫对其他路人非常警惕，几乎缺乏直视的胆量；最初它与我并无交道，它的直感从何而来？老猫乐于与我亲近，会随行数百米；哪怕我手里没有食物，它也能跟入电梯间和房门，信任得就像它从小就是我的家族成员。后来看不见它了，也许它没能熬过随后的冬天。

我又想起一件事，不知是聊天中的戏言，还是生活里的实情。刘亮程说他从村庄经过，所有的猫都跟随，并且向他跪拜。猫到底是出于敬畏，辨识出他有虎之威仪；还是出于好色的求欢，嗅探出他身上有撩动的气息——如此迷魅，以至它们不惜降尊以求？我难解其意。不过从此再见刘亮程，我就怀疑他有怪力乱神的能力。

随着喂食时间和频率的稳定，野猫们越来越多地光顾我的平台。它们早晨会集中来一会儿，没有谁守在这里。它们从不抢食。无论是多么诱惑的食物，它们都心如止水，团起爪子，以标准的猫式立姿站着。一只吃过早餐，不慌不忙地离开，下一只慢条斯理地靠近陶瓷的饭盆。它们三三两两，看似毫无规则，其实是按照隐形秩序在排队。

多数猫看起来年纪不大，像是青春期，只是即将成年，若算作成年就有点勉强。它们平常在哪儿？想象中，我把它们当作在公园里晃荡的流浪少年，有陪它们一起浪荡的问题少女，有随遇而安的住所和食物。喝水的时候，它们弹簧般的小舌头快速进出，比弹簧刀还快。还有几只成年了，也让我想起电影镜头里，桥洞里围拢篝火餐风饮露的流浪汉们，在勉强可以避雨的夜晚抵足而眠。也许正因江湖险恶、兄弟情深，所以无论大猫小猫，它们都不抢食。

过了数日，我才反应过来。之所以不争，到底是超乎生存的情感力量，还是这本身就是生存技巧？它们一只一只有序地尝试食物，并未一拥而上——不过是，免得集体中毒？对陌生的善意，它们并未丧失警觉。

6

它们来来往往，新面孔此起彼伏，像缺乏管理的流动人口。有的毛色斑斓，如海龟里的玳瑁；有的表情忧郁，甚至像是有了熬夜后的眼袋。有的猫一看就是江湖出身，野力十足；有的可能经历过从宠物到弃儿的命运转折，它们依然保持着良好仪容和典雅举止，包括与人亲近的强烈渴望。有的体型优雅如芭蕾演员，有的走路骄傲得像只猎豹。它们绿松石或蜂蜜色的眼睛，闪烁着童话之美……不过，猫的视力不如人类，并且还是色盲。

野猫开始比小区保安还殷勤地巡查我的露台。虽然喂的都是品牌猫粮，不存在什么厨艺大赛，但邻居女主人和我，依然像两家在门口竞争拉客的服务员那样，殷切盼望到来的客人走向自家的餐桌。

渐渐地，我总能在附近发现它们的身影，拿我的露台当猫客栈；即使没有食物，它们也来此小睡。它们卧在植物已经枯死的花盆里。它们藏身在露台下面的阴影里，一旦我抓取猫粮，撕开零食的包装袋，或者拉开铁皮口的罐头……它们就像登台的谢幕演员，瞬间集体涌现。

更熟悉以后，它们喜欢透过落地玻璃向里窥视，像一群间谍。它们更喜欢溜进打开的推拉门，小心翼翼地勘探环境。如果我坐在沙发上，它们不敢前进又不愿后退，就站在它们认定的心理安全线上，观望。

猫能够长时间不眨眼睛，所以显得特别专注。最初，它们总是标准立姿，笔直地站在对面，仪态有如奢华酒店的西餐侍者，只是表情有些呆萌。后来画风变了。我感到迷惑，它们为什么一见我就乏困。无论刚才多么闪转腾挪，我们的目光只要对视超过数秒，它们就微眯眼睛，很快半闭半挤，合拢的眼睑一线隐约。屡试不爽，简直无一例外。我仿佛突然成了擅长催眠的巫师，我对自己陌生的特异功能颇为不解。许久之后，我反应过来，这是向我示意信任的表情语言：比抛媚眼更端庄、诚恳。我体会到小小的暖意，只是这个景象有些诡异。进门来的六七只猫，都冲着我的方向形成小扇面，它们立姿，挤着挤着眼睛，就变成紧闭双眼……我就像面对着一个盲人乞讨团。不过，我也像一个沙眼症患者那样，频繁地挤眼，以回应它们的示好。

7

我给它们取了名字。

邋遢王子、团豹、沙漠、毯子、芭蕾……哎呀，群众演员可多了。有几只猫，每天前来报到：海盗、警长、大花生、斗斗和梦露。我承认，自己对后几位有些偏袒，它们更像是家里的常住人口。

海盗，身体是白色，尾巴是黑色，脸也是半白半黑，左边像被斜下来的眼罩覆盖。其实我最早管它叫蒙娜丽莎。因为，它以不变应万变，永远只有一个神态，总之是那种做不成表情包的猫。像达·芬奇的蒙娜丽莎一样，让人分不出微笑还是感伤，可以说它是零度表情。我无法判断它的情绪起伏。不仅如此，它的专注超乎想象。它盯着我，如果是用七分脸的角度，它能始终不移半寸，连眼神的角度都不差分毫。它适合当画家的模特，它不挪动，不眨眼，甚至不会抖落身上的光线。它的削腮狭眼，有点像狐狸或者奸佞那种。它谨慎，习惯怀疑，从不只身进入房间，行动之前，它至少需要两名试探者或陪伴者。即使其他猫已经在房间里假寐了，它依旧选择离门最近的位置，以便及时逃脱。我想，这是只可远观、不可亵玩的猫，它排斥亲密。我说得对，也不对。事实上，它竟是最早与我有肢体接触的。

有一天，它们溜进阳台，准备在房间里小小午休。很奇怪，尽管在客厅里停留时间短暂，而且容易被打扰和打断，它们对登堂入室却乐此不疲。我拿了零食尝试靠近，它们倒着身子退后，一起向外撤离。我手里捏了一条很小的鱼干，向蒙娜丽莎示好。它毫无征兆，闪电般伸出前爪，打落了我的贿赂。似乎在表达，它在意室内和态度的温暖，远胜过区区口粮，我的表面笼络、实则驱逐的行为，迹乎羞辱。我的手指，感受它指甲的坚硬和锋利。因为无法从表情上猜测蒙娜丽莎的心理预谋和动作变化，我从此，对它多了生分和警惕。感觉它是女性，没想到这么凶。不叫蒙娜丽莎了，改名海盗，从近似的相貌到强悍的逻辑——虽然也有女海盗，但好像不会蒙上一只眼？管它呢，那么凶悍，就叫海盗。

我是很久以后，才理解海盗的心意，原来它只是想跟我玩。

海盗的动作没轻没重，有一次它竟咬我的脚踝，留下一道拉长的牙齿划痕……它不知道怎么表达亲热，才是合适的分寸。

黑猫警长，长得和我小时候看的动画片形象一模一样，简称警长；大花生是只老猫了，黄白花，嘴巴上面的胡子斑，形状像颗大花生；护士，它热衷照顾和看护，总是在帮助别人打理皮毛——它们只能叫自己的名字，没有替换的。不像海盗，是从蒙娜丽莎改名过来的；不像斗斗，也改过名。

8

斗斗，长得难看。

不像别的猫眼那样晶亮、圆润、微凸，它的眼睛平，并且下陷。它的瞳孔不居中，明显向上眼角倾靠。我分不清，这在猫世界里算近视还是斜视。斗斗也不像别的猫——胡子是集束的射线，或是微弯、在嘴巴两侧呈现小幅的扇形——斗斗的胡子，没有神气地上扬，甚至没有支撑起码的直线，而是像老鼠须一样，弯曲得厉害，对称地塌下来，就像快合拢的括号。

斗斗和梦露的毛色相近，都是橘猫，只不过它是混沌的橘色，不像梦露那么层次清晰。梦露漂亮得惊人，一看就是女孩；斗斗从样子到性格，都是典型的男孩。它特别淘，胆子大，它总是率先大摇大摆进入客厅深处；等我离猫群近了，它总是最后一个撤离。斗斗，能像越位的足球运动员那样超过我的防守线，得意地钻到沙发底下，和我兜圈子、捉迷藏。它与我的互动最强，热衷追逐逗猫棒上的毛绒挂物。

我不知道，斗斗的勇敢，来自它的好奇与热情，还是因为智力上的缺陷。它的样子，就像没有正常发育，至少是在某方面还未完备。我从未见它在斗争或男女情事上有所挂碍，它每天热衷在玩耍中自我挑战。

它走路，从来不走已经好生狭窄的边台，而是走在台上架起的只有半寸宽的金属栏杆上，它就喜欢杂技般的挑战感。即使是梳舔毛发，扭头又劈腿的，它也很少在平地上完成。它喜欢跳到露台四周的防腐木桩上——那个平面，大概只有十厘米见方。斗斗得把四爪拢紧，才能维护站立。它的胸部高耸，头颅后仰，很像拴马石上雕着个小狮子。不仅如此，斗斗竟然喜欢在上面睡觉，旁边，就是落差两米多的草地。不明白，它为什么选择在悬崖般的险境里安睡。让人担心啊，可它就那么一直待在上面，简直有着孟姜女般的决心。猫群里，只有斗斗，保持着这么古怪又执拗的爱好。

它的胆子，大到贪婪和妄想的程度。我后来发现，斗斗一点儿也不迟钝。树上落了两只喜鹊，眨眼之间，斗斗就电流一样蹿升到高高的树杈上，觊觎这两个被羽毛包裹的肉团。喜鹊无动于衷，因为它们站立的枝条非常纤弱，根本承载不了斗斗的体重。另外有只喜鹊，甚至从相隔二十米的邻树上飞过来，更靠近也更戏弄斗斗这个杀心已起却难以得逞的阴谋家。

狩猎无望，斗斗潦草地跳下树。捉鸟失败，但它捕鱼技术很高，我两次看到它从小区池塘里捞鱼回来吃。海盗也捕鱼，但失手失足的时候多，杜担水上英雄的虚名，每每半截尾巴像被沥青粘住似的，湿得像根老鼠尾巴。斗斗别说尾巴，还爪子都不带湿的。的确，斗斗不笨，我发现它是动作最灵活的，体形更大的公猫比不上这个少年的迅捷。

我甚至怀疑胆子大，与情感丰富相关。斗斗的自尊心特别强，假设它已经表达了兴趣和渴望，而我当天并没有放它进入房间，我明显感到斗斗的情绪和情感都会后撤；再见面，它会蓄意和我保持一个对待陌生者的距离，让我意识到它的不快。家猫尚且不喜欢被颐指气使地对待，何况这个骄傲的少年。

我曾管它叫斗眼，后来它的好奇、勇气和热情征服了我，我因这个称呼感到失敬和抱歉。我两面三刀，背着它叫“斗眼”，当它的面儿，我尊称它“冒险家”。是种巧合，从我用“冒险家”跟它打招呼的当天，它就中了虚荣的蛊符，肯于放心地在我脚下吃饭、喝水，无论我离得多近，它都不带抬眼皮的。它勇敢得，迹近草率和鲁莽。

“蒙娜丽莎”改名为“海盗”的数天之内，它的名字也从“斗眼”定格为“斗斗”。猫不认识你的时候不叫。开始，是短促的一声。渐渐，声音变成拖腔，这就算是熟了。斗斗回应我的时候最多，因为它的拖音，我得以观察它参差不齐的乱牙。

9

和斗斗形成反差，梦露极具美色，而且行为谨慎，从来不会离人太近。它习惯远远地待着，待确定安全以后，才肯靠近。梦露的旁边从没有缺过陪伴，有时我怀疑那是它的警卫班。院子里的橘猫那么多，可无论混杂在多么近似的橘色系里，你一眼注意到的，都是梦露被其他色彩所烘托的姿色。

我们小时候，称既漂亮又不羁的美人为小野猫类型——看到梦露，你几乎立即就能领会修辞发明者的当时感受。我的惊艳，来自于它是一只天生经过全套美容之后才降生于世的猫。梦露有张粉雕玉琢的俏脸，有双勾魂摄魄的美目——它盯着你看的时候，是那种令人怦然心动而它自己却无动于衷的眼神。同是橘猫，它是澄金色与亚麻色结合，脸部和肚皮的部分白色，是童话里才配有的雪白。猫的瞳孔形状跟光线强弱有关，可我觉得，梦露的眼睛很少出现锁孔般的细线，它的瞳孔又圆又亮。天真、俏皮、傲娇、慵懒、羞怯，又敏感、好奇、不乏端庄……这就是传说中的风情万种吧？梦露就是这么绝妙，它显然是只少女猫。眼神清亮，梦露之所以有这样具美瞳效果的眼睛，是因为瞳孔经常也是圆的，带有轻微的吃惊感。不像大花生见多识广，不再被许多事情惊扰，瞳孔总是细线状。也不像正值青年的警长，眼角像老人那样经常蒙着一层隐约的泪水。梦露的娇俏模样，能让人把它的缺点都当特点。一只美得浑身发光的猫，离开阳光，它也自带光环。难以置信，它的嘴角竟然颗美人痣，所以我管它叫梦露。

不仅容貌，梦露的姿态尤为性感。猫喜欢伸懒腰，把自己抻到长度的极限。它们两只并拢的前爪尽量前探，塌下肩膀，然后重心转移，用力蹬直两条后腿，伸展弹簧般的脊椎。它们还喜欢拱成一个U型磁铁的样子。每只猫都是动作轻松的瑜伽大师。只有梦露，把伸懒腰时两只前爪常规的并拢动作，改为交叠，一条玉臂搭在另一条玉臂上。这么一点儿变化，就如同外八字变成了模特步——你观察一百只猫，也找不出这样百里挑一的妩媚动作。梦露侧卧的样子格外娇嗔，它只差支起一只前爪托住自己的香腮了。

我沿客厅落地窗摆了一排花，溜进来的猫都喜欢嗅探一番。唯梦露，香花美人，相得益彰。它沉静的时候，就像中世纪油画中的女贵族那样典雅；它饱餐以后，用小舌头舔净唇边的油脂，看起来比情色明星的海报还要性感。我的露台上也摆着花盆，不过，植栽没有熬过刚刚过去的寒冬，花都死了。别人家种花，我的花盆里种着猫——梦露躺在里面，我的盆栽美人猫。它就像貌美而挑剔的白雪公主，在摆放的六个花盆里轮流试过，寻找最满意的床。因为有的花盆大，有的花盆小，有的土深，有的土浅，这样它或低于边沿，或溢出边沿。光线稍有转换，它就要换个地方睡。只有频繁调换，才能在不同时间和气候下，让睡眠感受最舒适的温度、风力和阴影面积。梦露最喜欢的和相对固定的卧榻，是靠内侧的一个中等大小的白瓷花盆。过了两天，我看到它刚从朦胧的睡意中慢慢醒来，微风吹拂它披光的毛丝，我才发现它最为钟意的瓷盆，上面有着牡丹图案，旁边手书的毛笔题字是:“国色天香”。

竟然是若干天之后，我才得知，自己中了美人计。梦露根本没有痣，那是不知在哪儿吃东西时蹭上的难以清除的食渣或污渍。它怎么聪明呢？竟能如此化解尴尬，不洁之物都有了点睛的妙用。不过，没有痣又怎么样呢？它那穿越人神之别的美，其征服力，随时能够得到证明。

10

梦露每天用很长时间梳妆，它热衷打理自己，有时跑着跑着就骤停，开始频繁地舔洗，舌梳毛丝，咬通毛结。它蹲坐，斜直伸开芭蕾舞者般的后腿，埋头清理腹部的皮毛和隐私处。这是猫的日常动作：大角度劈开后腿，仿佛鞍马里的托马斯全旋——别的猫像体操运动员；唯有梦露这样做的时候，春意盎然。

风情之所以迷人，在于它是如此自然，没有刻意的修饰。它以那么轻盈甚至是轻佻的姿态跳回那个破旧的沙发套，就像跳进了席梦思的床垫上。它以杨贵妃的体态斜倚在垫子上，又有茶花女的作派。它的身材一点也不单薄，可就是让人产生娇惜之感。它大概相当于猫里的梦露，突破瘦小抵达丰腴，可就是感觉玲珑的那种分寸感，实在是太难拿捏……它做到了。

梦露是典型的美貌有余，美德欠奉，既馋又胆怯。嘴刁，有今早新做的就不吃昨晚的，有立等可取的就不吃放置一会儿的。它吃到一半，不忘去邻家看看，主要是吃个变数，它不喜欢餐食单一。我因为被嫌弃而略感羞愧，希望能自己争气些，能提供更令它满意的食物。这加重了我和邻居之间的微妙竞争。梦露对食物饶有兴趣，是只挑剔的馋嘴猫；不像警长，即使正在进食，如果有哪个迫切者挤靠着它的头去吃饭，它就若无其事地让开。警长对梦露宠爱有加，它看着梦露吃饭，就一副心满意足的样子。

我和斗斗、梦露见面最多。久而久之，难免偏袒，我总为它们准备口味获赞的鱼罐头。不好看的斗斗，在我眼里，越来越长出一种可爱的喜剧感。我喜欢斗斗的与众不同，喜欢它不谙世事的英气。像个肉质小闹钟，斗斗每天来得最早，准时伫立在高高的方木桩上，歪着呆萌的脑袋等待。

梦露呢，吃什么都心安理得。后来有点让我尴尬。梦露有一天带了男朋友，我高兴，以为它带到我这儿跟见家长似的。男友是只白色长毛狮子猫，能看出是以前的高富帅，可流浪之后，这种毛色最显邋遢。两位到我面前，二话不说，演春宫。这么富有牺牲精神的色情，是为什么？不拿我当外人，还是觉得我有这样的重口味爱好？我怕路人看到作为观众的自己，只好劝梦露："别这样，不就是为口鱼腥吗？何苦啊，你都快赶上卖身的了。"

11

事情没那么简单，猫群有着复杂的情感交错。

隔了两天，我得知了梦露和黑猫警长的关系。黄昏，梦露停在一个被丢弃的沙发套那里。沙发套里有根散落的条带，它万般活泼地玩耍，时而身体拱成彩虹，时而像瑜伽一样绷直两只前脚趴伏下来，时而柔媚地翻转，露出雪白透粉的肚腹……它沉浸在自己的游戏之中，但对警长来说，撩惹不已。虽然经常见面，但这一幕，警长如同初见娇娥：梦露玲珑的身影，梦露迷魅的风情。警长浑身颤抖，就像面对一个新娘。此后几天，警长经常情不自禁地咬住梦露的后颈，意欲骑跨。梦露的表情，真的比绿茶女还无辜，它文文静静，不在姿势上做撩拨和配合，它就那么安宁，无论蹲卧，还是翘臀，都显得无动于衷、随遇而安。这种无为而治，让意乱神迷的男猫们，更无从下手还是更顺利得手？看不出端倪。

正当我以为，梦露和警长结成了稳定盟约，它又换伴侣了：白底黄花的大花生。大花生是只老公猫，有着狡黠的生存智慧。不知道哪儿来的直感，很少有什么美食能逃过大花生的视线，无论任何时候，只要我拉开猫罐头的环拴，可以读秒了……它保证在一分钟之内抵达。这个老家伙狡猾，即使吃饱了，有时也要假装沉浸在美食之中咀嚼几下，以强调某种认领感，强调它可是你家喂养的宠物。这只混迹江湖的老猫，最大的爱好就是登堂入室，只要门上留出一道窄缝，大花生就在做着愚公移山的努力，试图用脑袋和前爪挤出可以容身的通道。这回，梦露陪在大花生旁边——大花生嘴唇上修剪整齐的小胡子，像是别了个小型蝴蝶结，也许这回大花生要对情感认真了。

不过，梦露和所有猫都关系美好到暧昧。和斗斗两小无猜，和警长如影随形，和邋遢王子露水姻缘，和大花生相处甚欢。每只猫都喜欢和它相偎相依。梦露更换的性伴侣最多，每次都能维护几天，和警长在一起的时间最多最长。它俩像法律婚姻那样堂皇而形影相随，见到前任毫无尴尬，如同陌路。倒是前任邋遢王子，某次经过我的露台，想起春情浪漫的往昔，发出两声短暂而撕心裂肺的怪嚎。从此，我很少见到它落魄的身影了。

猫有时发生情绪上的摩擦，眼神乃至肢体的挑衅，无论别猫怎么抵牾，梦露一定是不惹麻烦的那只。梦露对人类的态度并不亲近，始终隔着谨慎的距离。当女邻居和我尝试抚摸，它的双耳向后紧贴，愤怒龇牙，发出“嘶嘶嘶”的警告。但是和猫，它的瓜葛多，公共关系却处理得极为妥当。梦露与别的猫互嗅，像是潦草、礼貌或庄重的亲吻。不像是其他一些猫，喜欢嗅其他猫的尾根，对性腺的气味比对食物的味道更感兴趣。我隐隐怀疑，梦露与其他猫关系良好，是因为与它们多有“私交”。它在情爱中表情寡淡，让我怀疑，它仅仅是和平爱好者——是以身体换和平，它不觉得颠鸾倒凤有什么了不起。即使旁边就是情欲高涨的猫侣，梦露只是沉迷盘中美餐，不为所动，任由二位忙于苟合。也许这种事对它来说，总是太多而不是太少。它结识新欢，又不忘旧爱，和警长的关系最是分分合合又情深意笃。它到底是用纵欲，还是用淡漠，支配了它的情人们？

梦露必是以情商处理情爱，所以没有绝代佳人和寡妇门前通常会发生的那种事非多。梦露绝少引发冲突，它只是平静地离开一个又一个男性，平静地和一个又一个男性依偎，看不出什么暗战或隐恨的迹象。我猜测不出，到底它是自由奔放的女权主义者，还是水性杨花、随波逐流的风尘女。梦露对围绕而来的追求者，既不谄媚，又不奴役。它仿佛置身事外。

12

春日渐暖，窗下传来一阵鬼哭狼嚎。

是狮子和团豹。我最初没听出这是挑衅还是挑逗，分不清楚这是男人之间的决斗，还是情侣之间的调情。食盆之上，狮子和团豹的脑袋相抵，以微距逼视对方，眼睛的睫毛都快碰到一起了吧？五分钟，它们从各自喉咙里发出变调的长声——长时间保持这样的姿态，看似嚣张，但它们谁都没有挥拳，也没有亮出尖牙，只是怪声怪气地嘶鸣。我倒了杯咖啡的工夫，它们就不在原位，已经在五米开外的另一地点继续这种对峙了。

我从它们的侧后方向观望，两猫的间距略微拉开了一点。狮子的表情看不见，倒是能从双耳向后紧贴、躬起脊背的团豹身上，感到气氛的紧张。三分钟过去了，团豹有点走神，高度专注导致随后的疲惫，让它乏困般眯了两下眼睛。也许春困是传染的，也许团豹通过眼神，暗示偷窥者的存在——狮子向我这个方向扭过头来看了一眼，长毛披拂的它，面部表情迷离。团豹趁着狮子走神，缓缓移动，以最看不出动作的动作在动作，比电影中慢动作的步骤分解得还要慢……等两者之间离开半米之距，团豹突然连跑带颠地逃离了。

第二天，我近距离见到团豹，才发现它的鼻翼留有明显抓痕，右耳边缘的血痂还未彻底干透，不知是和谁殴斗所致。团豹的体格健硕，粗朴浑圆，特别有健力者的粗犷感。本是极具威胁的体量，它应该晃着膀子过来，人人避让三分的；可偏偏，哪只猫见到它，都会乖戾地叫起来。凡是听到起伏而鼎沸的打摇声，我放眼一看，十之八九，对阵一方是团豹，且明显被动的一方。

这些从少年转变为男人的公猫，这些从少女转变为妇人的母猫，让原来安静的院子，偶尔传来怪叫，像哭声，哭得像过气的旦角。只有斗斗，还是少年郎，即使和梦露嬉耍，也只是小伙伴之间的嬉耍，没有发现梦露的其他妙用。未经性启蒙的斗斗，像梦露一样，从不参与恶斗。我怀疑打斗的公猫中，有个暴躁而任性的拳击手，有着和拳王泰森一样的爱好。泰森曾在比赛中咬掉霍利菲尔德的耳朵，我在这些猫中，竟发现两三只的耳边，都有微小却能辨别的残缺。难道，这是猫王格斗的规则、获胜的记号？

春天的花苞酝酿着，可我好像能闻到野猫皮毛里的土味，以及发情季节里它们到处渍留甚至沾染自身的尿液气息。

13

有一天，我的腰侧长了几个小包，锐红而凸起的点状，集中在拇指指纹那么大的区域里，有种渗透体表的痒痛。

我立即聚焦，划定了嫌疑范围。它们高频率地用后腿蹬挠下巴颏发痒的部分，畅快地发抖，我看到脱落的毛丝在光尘里上升。不知道是温差、过敏还是流感，我听到它们接二连三地打喷嚏；当陌生的猫尝试尾随着进入，脸上有着可疑的眼神和血痕，皮毛上有缠结或裸肉；它们发情时节，不知节制地滥交……还能是谁？它们接触不洁的食物和水源，它们滋生危险的细菌和病毒。我大吃失色，越想越害怕。

尽管经过医生鉴定，皮肤上的炎症并非猫癣，不知是什么感染，但我也从此谨慎，不再热情好客到让它们从容出入，我很少再打开禁室之门。我戴着防护手套，清洗它们用过的器皿；假设苍蝇落到没有及时吃掉的罐头上，我会很快倒掉，以防止病菌通过它们的肠道传播。那几天，我饱受搔痒之扰，但并未减少对它们的喂食。因为，无法辜负它们仿佛是从瞳孔晕染开来的信任。

是的，它们逐渐像一堆我甩不掉的麻烦，每天麇集而来。野猫们从聋哑般沉默地盯着我，到哼出若有若无的一丝鼻音，再到一见我就喵喵喵地招呼起来。那些性格最羞怯的猫，一旦开始信任，会比其他猫更积极。它们不再冷傲，也开始邀宠。我只要出来，它们就一路赶来，绕着我的腿，嘀嘀咕咕地示好。它们随着我的作息习惯而改变出没规律。吃过早餐之后，它们在平台上，横七竖八，躺得哪儿哪儿都是，它们一动不动，简直像被我喂了蒙汗药麻翻了一片。大太阳晒着，它们的尾巴有撇有捺，有问号有句号，它们就这样边睡，边完成愉快的消化。以前，它们只有躺在虬结成网的灌木乱枝下，才敢这么放心睡眠。

我们之间形成一种依赖关系，是相互需要，并非简单的寄生与供养。因为它们偶尔的失踪，也会让我失落。2017 年元宵节，完全不知道什么原因，门前一整天的空旷，它们没来。它们像坐上春运的火车去过节了，留给我一座空城——安静得异样，令人发慌。所以，第二天我做早餐蒸鸡蛋羹，看到两只猫站上露台，我几乎受宠若惊。以至于，慌乱到犹豫要不要也给它们蒸一份鸡蛋羹——它们是去度蜜月了吧？有些母猫怀孕了吧？我担心猫的孕期营养，只差要照顾它们坐月子了。

14

我远远看到，一只猫嘴里叼着一团模糊的阴影。隔着距离，我看不清那是什么，比雏雀更像幼鼠，被猫咬住的脖颈，它看似头颅的部分搭垂……褐灰的小生命，它将死于无效的保护色和无望的迟疑。

人们喜欢卡通中的老鼠而憎恶现实中的老鼠。我相反。米老鼠，为什么喜欢它，迷恋它爆米花一样膨胀起来的脑袋和手脚？我对米老鼠无感，倒不怎么讨厌老鼠。作为啮齿的底层动物，它谨小慎微，是个从未放松警惕的卑微者——从鹰，到蛇，再到猫，哪个不吃它？可怜的家伙，它就像革命文学里必然要被消灭的反面人物一样，每天都在苟活中艰难求生。

远处的猫带着猎物潜入灌丛，去享受杀戮和消化的快意。近处，低头喝水的大花生，身上有着黄花斑，偶尔还有飞鸟掠过的灰影。一只白水煮的童子鸡，它们能吃得渣骨无存。我明白，它们更喜欢活物。这些玩偶般的猫科动物，无一，不是伶俐的杀手。

我想起小时候，邻居家那只异瞳的白猫。性情温顺的猫抓到一只麻雀——它的眼睛柔情万种地看着主人，它的齿锋插在麻雀最后喘息的胸腔里。麻雀的翅膀偶尔抽搐一下，但无论我们劝诱还是追逐，麻雀都将成为无法夺回的尸体。猫死死咬住麻雀，跃上屋脊，过了许久，才跳回院子。我记得那幕场景：满树落花，树下走过那只无聊的猫。雪白的猫，刚吃过一只羽色斑驳的鸟，会飞的肌肉融化在它摇晃的胃囊里。

事实上，我正陷入轻微的焦虑。喂猫，来了越来越多的喜鹊——观察之后，它们叼走猫的剩饭。

我的露台，往好了说是小资情调，往坏了说形似拳击擂台，长宽几乎均等，边上竖着几根木桩——斗斗每天冒充拴马桩上的石狮子站在上面。木桩间用粗麻绳拦着，拦绳下是被修剪得整齐而低矮的冬青丛。一个非常有力的拳击手，都只能应付正面袭来的拳头，无法防备来自四周的偷袭。我数次看到觊觎猫粮的喜鹊靠近，既有大喜鹊，也有灰喜鹊……我担心它们没有及时察觉从隐蔽在灌木丛中并悄悄上升的杀手的眼睛。

猫有时饕餮，有时不怎么吃食。我开始怀疑，存在口味偏好的问题，但会不会是它们蓄意的省俭——留下饵食，用以猎杀活物？

露台上铺的是青方砖。猫粮还好，若是水煮肉类，猫经常把它们从食盆里叼出来食用。大约有半平方米的地面砖，被脂肪里的油渍弄污了。如果喂食大鱼头，过一会儿，拆碎的鱼骨零件都一一摆在这块污暗的区域——就像在黑绒布上摊开工具箱，摆了全套的五金件。这块被油脂浸染之地，是否将成为觊觎者的断头台——我怕有一天，上面躺着一只喉管浸血的鸟。浸透砖石的油脂，其实早已包含着血，只是陈旧、隐蔽、不让伪圣人难堪的血罢了。我尤其害怕喜鹊死在眼前，死在门口，我怕寓意上的不吉利乃至凶险。我的善念与真正的慈悲，貌合神离。

15

喜鹊的翅膀有那么美妙的钢蓝色，猫的眼睛有那么动人的琥珀色，我却无法同时偏袒。因为我的喜猫会给喜鹊带来灾难……当倾心捕食者，就没办法同时倾心猎物。

如果，我把给喜鹊的食物放到树枝上，离野猫的餐台远些呢？一是枝叶繁密，喜鹊未必能发现觅食点；二是我不具备攀援的本事，心有余而力不足；三是我能抵达的高度，对猫更是易如反掌，喜鹊并未减少安全隐患。如果不改地点改时间，我选择黄昏之后喂食呢？那时倦鸟归巢，而猫是夜行者，有红外线望远镜那样不受黑暗阻碍的视线。可是这意味着，我不仅惠待肉食者，不仅不公正地厚此薄彼，还进行了让弱势者不知情的黑箱操作。何况，不知道猫群中，哪个夜游神享用了我的夜宵——我付出却没有得到形象上的认知和情感上的回报，这让我失去喂食快感。

我想看管猫，不许它们轻举妄动；可当我成为守护者的时候，喜鹊也吓飞了。我想一、三、五喂猫，二、四、六喂喜鹊；可当事者不遵守设置的时间表。我想，我想……每个设想的后面，都是困局。

统治苍生的大神，面对困局或许同样难解。当我们说命运残忍，也许正因神在给予他者慈爱；我们也难说，神，在空降的爱意和美意里，是否潜藏未来的灾难。

16

何为均衡，何为公正？

如果我不喂食，似乎喜鹊照样健康，飞起来，能感觉它们的翅膀承受着肉身轻微的超重；似乎猫照样幸福，圆墩墩的身材，直到圆墩墩的指爪也像袖珍象足……大神也许基于同样理由而拒绝现身，他已在世间制造了相互制约的规则，从此，生命可以相爱相杀、自给自足。那么，人类的喂食，到底是在巩固秩序还是在破坏节奏？也许对猎杀者的帮助，就是在帮助被猎杀者。饱食的猫，不必因迫切的需要去捕杀，而是在餍足中酣然入睡，从而让雏鸟可以从容试飞它们借以自救的初羽，让小鱼可以安心游到石隙之外的明亮水域？

猫，以一种奇妙的混合体方式存在。如此柔媚妙曼的杀戮者，如此爪牙锋利的萌物，你到哪里去找这么刚柔并济的宝贝？我们不由自主地被吸引，不由自主地宠溺它。有时，我甚至由此理解，人类何以能够接受恶……有时，恶，就像降临到命运里的猫一样，残忍，却既美且萌——结果，它们都能作为宠物受到欢迎和照顾。

猫能够捕食鱼鸟，即使它不能出入河流和天空；可假如没有人类的帮凶，猫是吃不到牛肉的。奢侈品牌的无谷物猫粮，价格高昂，使猫的食谱里增加了火鸡、龙虾、扇贝等等它捕食能力之外的食材。我们宠爱这些样貌迷人的杀手，以至于，大量羽翼未丰的幼鸟死于猫齿尖利的咀嚼。然而，怎么才算偿清血债？是否喜鹊吃了猫的幼崽就算公正？在猫面前，喜鹊之力多么弱小，何谈复仇。

可难道，喜鹊不是肉食者？它们垂涎托盘上的鸡肉，我帮这些掠食者撕开了它们无法像野猫那样用利齿撕开的胸腔。那么我们所谓的不公，只是不均的分配而已。多少饲料鸡一辈子的命运，只是把自己愚蠢地吃肥，然后一只从天而降、至高的手，夺命而来——人类仿佛出于慈悲才杀戮，他们分配并讨好自己所喜欢的飞禽走兽。世间存在着一种由不均衡达到的均衡，存在着一种由不公正达到的公正——这个跷跷板上的世界，永远在，生生死死地起伏。

一切，不过杀手之间的友谊。

猫能喂养喜鹊吗？答案是可以。

更换猫粮，要循序渐进。当一个品牌的猫粮即将喂完，需逐渐加大新粮比例，有时一周甚至更长时间才能完全替换。即使我格外注意，斗斗对新猫粮还是不适。它像呛奶的孩子那样身体抽搐，要呕吐；它似乎经过艰难的反刍，又咽下去了。

过一会儿，我听到喜鹊集结，叫声剧烈，我不知道它们是出事故了还是在过节。站在窗口观望，原来，斗斗在台阶上干呕之后，在灌木丛边吐了。猫粮颗粒带着黏结的胃液，很快，被喜鹊兴高采烈地叼走。

17

一连两天，来访猫的数量锐减。到了这个三八妇女节的早晨，我发现，竟然不见了每天报到的斗斗和梦露。

木桩上是空的，肉质小闹钟没有按时站到自己的岗位。梦露馋，可浓郁汤汁浸透的入味小鱼，也失去诱引力。难道成精了？此前我当着梦露的面，批评它的脸型尖了，不如胖了好看，我怀疑和它纵欲过多有关。难道，它们马上就给我脸色，就此退避三舍，受辱般的它们，报复般不来了？或者，它们是为了躲避黑社会？最近来了一只肥硕的斑纹猫，眼角下耷，长得逆来顺受，其实是个沿途挑衅的恶霸——眼睛直盯，爪子半抬，它突然施暴，无端乱拳和发疯追逐，打得其他猫或落荒而逃，或连声惨叫。抑或，什么变化也没有发生，小野猫们狡兔三窟，其实还有另外的供养者、另外的行宫？

食盆里的猫粮没动，基本保持最初的丘形。

只有大花生一只猫，趴在空调的室外机上，睡觉。睡得太多了，它简直像瘫痪了一样，很少活动，满足于神游。它茶晶色的眼睛，即使睁开，瞳孔任何时候都是一条细线，处变不惊——这几乎是违反生理规律的平静。大花生是个混久了江湖的老油条。利用我家，它已经热情地邀约两次客人了，陌生猫在它的带领下，来此赴宴。作为一只男性老猫，大花生仿佛全无指爪，见到我立即发出小婴儿一样的谄媚叫声。它热衷于闯入人类的生活区域，喜欢向房间里冲锋，即使窄得难以容身的门缝，它也乐此不疲地向内窥探，并妄想用愚公移山的决心和指爪，一举撬动沉重的推拉门，创造一线可能的机会。只要溜进来，大花生立即选择地下室或床底的隐蔽之处，赖在那里，很难再把它弄出去。如果不是我用拖布杆刻意驱赶，它会不动声色地猫上很长时间，就像家里一件滚落地下的摆设。

大花生的叫声至贱至媚，可我判断，它对我并无什么情感牵挂，不过生存技巧罢了。不像斗斗，有种天真的赤诚，每每都能感觉到它热忱的交流渴望。大花生，多少是在表演热情。我怀疑，大花生之所以强行入户，并非真想被我收养，它只是在猫群面前，尤其在群猫面前，找到一条自证勇气的捷径。好勇斗狠的大公猫，一脸凶霸，但只要人类靠近，哪怕不是立即跌跌撞撞、连滚带爬，也是气概全无，瑟瑟发抖地躲在暗处，再也不敢现身。大花生呢，别看对人类婴儿般呢喃，假若年幼公猫与它抢食，它毫不犹豫挥掌就是一记教训的耳光；可与壮年猫相比，大花生已年老而乏力……但它勇闯人类禁区，让那些所谓的猫英雄相形见绌。工于心计的大花生选择我，作为黑社会的靠山。

18

以猫科动物命名的，有老虎和狮子。狮虎都有一种雄风，可按比例缩小体积的猫，却是阴柔的。狮虎远比猫大，可猫，艺高人胆高，只有它们敢于跟世间最危险的猛兽：人类，比邻而居，乃至同床共枕，甚至把人类当作服务于自己的奴隶。并且，猫矜持地使用这种智慧，和狗相比，它们可以表情淡漠地获得人类的青睐和偏爱。但谄媚者总能得到更多的好处。大花生的撒娇并不体面，假设它不增加表演成分，以它的长相和年龄，未必能赢得一勺美味。

在人类社会里，我们抱怨谄媚者获得好处，我们抱怨当权者不能做到公正——假设我们自己成为当权者，同样不能摆脱对宠物的纵溺，如同不能摆脱对谄媚者的亲近。我们轻易动摇，无论是想品尝一勺美味的时候，还是想赐予一勺美味时候。人类啊人类，满是无法克服的弱点，根本做不到神那样。神有凛然的公正，他平静对待靠拢者，所以祈祷者也许如愿，也许不。

其实，我们捷巧而畏怯，崇尚权力而习于谄媚。猫身上的特点，我们都有……每个人都是猫科动物。我们有猫科动物的优美，有猫科动物的狡黠，有猫科动物的懦弱，有猫科动物的权衡，有猫科动物的无情，有猫科动物的嗜血。人类，集合猫科动物的柔媚与残忍、猫科动物的伎俩与暴力。

所以，无论是猫的地位，还是猫与人类的关系，都非常微妙。当猫向我们靠拢，我们不由自主地和它们亲近；不仅因为秘密的相似，更因为形象上的毫不相似，我们有一种完全不像它们的自我麻痹中的美好错觉。对，养猫还可以满足人类潜在的虚荣心：看，世界上最凶猛的狮虎那样的猫科动物，等比例缩小为人类的玩偶……这就是我们懦弱而自欺的勇气。

我们自身的角色，是主人亦是宠物。或者说，我们既是宠物样的人：奴隶，我们也是人样的动物：禽兽。

19

黄昏时分，远远的，在我的露台之外，一对扶着自行车站在那里窃窃私语的男女，引起我的注意。

小区人车分离，自行车有专门放置的区域，少有推车穿行林荫道的。最为可疑的，是自行车后座上的两个矩形笼子：网密，黑铁丝的，宽高也就三四十公分，可足有一米多长。他们站在野猫日常玩耍的区域，左盼右顾，似乎在搜寻什么。我心头一紧，有种没有来由的预感和直觉：今天没有见到斗斗和梦露，和这两个人有关。

等我穿好运动鞋，追出家门，他们已经推着自行车向另外的楼区走去。从背影判断，他们是那种质朴的劳动者，衣着和自行车都半旧。自行车除了驮着醒目的长笼子，车把还搭着拉锁坏了的黑色人造革包，已被里面装着的东西撑得变形。

两人在一个窗前停下。窗下小小的平台，有用塑料泡沫箱改造的猫窝，用以抵抗尚还料峭的春寒；两只三花的小母猫，正在窗台上熟门熟路地散步。观察之后的女人对眯眼抽烟的男人说："就这两只吧，一起逮。"

果然，他们是捕快。

我正想上前阻止，女人隔着窗户喊了几声："高阿姨，高阿姨。"没有得到呼应，她打手机找这家的主人。耳背的高阿姨这才打开窗户，是位头发花白的老者，她边和女人说话，边用手轮流胡噜两只向她撒娇的小母猫，显得熟悉已久。高阿姨说，一只母猫刚刚下崽，还在喂奶阶段；不能抓走猫妈妈，否则猫崽活不下来。女人同意。她们商量，暂时放过，等小猫断奶之后再来抓年轻的猫妈妈。

高阿姨是爱猫之人，她为什么会心平气和地讨价还价？

因为拿着铁笼的缉猫者，同样，也是爱猫人。

20

聊天中，我才反应过来，自己并非第一次见到大琴。只是从未近切看到过，她戴着小型头灯，射出一道强烈而具侵犯性的光亮，让人无法辨识她的脸。大琴经常晚上九十点钟来喂食，不让流浪猫饿着肚子入睡。

大琴没有孩子，从小喜欢猫的她，家里常年收养着五六十只猫；那个推着自行车的男人，是她无可奈何的丈夫，早已接受现状。她的经济能力有限，但救一只是一只，她不忍它们颠沛流离。为了救助流浪猫，他们把自己有限的退休经费都花在为它们购买粮食和医治病患上。大琴对所有的猫，都自称“妈妈”。她的家已被全面占领，每个角落都是猫，再也没有空间接纳了。所以，她每晚巡查若干地点，弥补她的歉意。大琴不住我们小区，但她的喂食点包括附近若干小区。她太爱猫了，而爱的前提，就是你的情感甘愿被对方所剥削和剥夺。大琴提到流浪猫的饥饿和寒冷，她说着说着，流下眼泪。她为它们购买罐头，为它们治疗眼睛和皮肤的炎症。她逢人便劝，用收养代替购买，让流浪猫进入家门。长久喂食，使院子里的猫对大琴格外信任，它们每天等待大琴送来夜宵，并允许靠近的大琴抚弄后颈和脊背。

一方面，猫超强的生育能力，使数量激增，大琴他们这样的爱猫人已无力供养；另一方面，闹猫季节的怪叫声，会引起居民反感——有人用滚烫的开水泼溅，有人蓄意投毒，有人生生切断了猫尾巴。大琴说，她刚刚在另一个小区处理了五具被毒杀的猫尸体。

能怎么办呢？为了避免出现僵寒的小尸体，当每个危险季节到来，平常省吃俭用的爱猫人，在笼子深处用最鲜美的食物诱捕，把它们捉去做绝育手术。大琴丈夫车把上挂着那只拉链坏了的人造革包里，除了罐头，这回装了专门对付利爪和利齿的防护手套。

猫的弱点特别明显。鱼没有那么明显的弱点，鸟没有那么明显的弱点，狗没有那么明显的弱点，而猫坦然地呈现自己的弱点，无论是馋还是傲慢，都让人迷恋——除了，发情。别的动物不像猫这样，歇斯底里地表现欲望。对于人类来说，绝育手术减少了猫带来的诸多麻烦，使它们成为完美动物，几乎相当于野猫从良。

狂热的欢愉多么短暂，沉迷的性爱多么脆弱——这些自由的野猫不懂，它们不知道，走夜路不能放声歌唱。对人类来说，情欲也会令人难堪。失控的呻吟、抽搐的表情、抖动的身体，有些性格极端的害羞者，甚至因难以想象让陌生人目睹自己尴尬和失控，宁可独来独往或循规蹈矩。这些猫，不知道在人类的管控下，私情不能制造喧哗，不知道肆意带来的后果——手术的刀剪，寒光四射，将切除它们令人感到羞耻的表达。绝育手术，就是身体和情感上的绝望手术。

是啊，一只猫怎么能够理解大琴的苦衷，怎么能够理解人类曲折的逻辑呢？它们只是恼恨于自己的轻信，即使，这种信任是用半年一年中的每一天点滴积累而成。它们最后发现，所谓的爱，依然是一种误解，是最爱它们的人带给它们最严重的伤害。人类的伦理至为复杂，岂是猫能够猜测和判断的？你甚至不能说，杀手不喜欢甚至不爱慕他自己的猎物。看，人类把鱼类图案绘满各种用具，杯碗、衣服和窗帘，玩具、灯具和床具，他们为鱼制作模型和雕塑，甚至把鱼的图案纹上自己的身体。那又怎么样呢？爱，甚至不能阻止杀戮——人们就在绘有鱼图案的餐盘里，分割鱼的骨和肉。爱与恨，远远不如骨与肉那么便于分离。

21

得知大琴白天抓了斗斗和梦露，虽然时间已晚，我还是奔向它们即将被手术的宠物医院。三月的树，还没有萌发叶芽，光秃秃的。灯影下的乱枝，在地下铺开疏而不漏的网。想起格外勇敢的斗斗和格外谨慎的梦露，想起它们均属无效的防范……一级戒备和十级戒备有什么区别？最后还不是殊途同归，都在牢笼里。想起梦露的多情，我忽然有些难过，它一生的欢情已尽。

晚上八点多，我戴着低檐帽、口罩、围巾，选了一副深色墨镜。连露出帽檐的头发，都被我重新编织，算是换了个发型。我努力遮盖自己，我怕这种时候被它们认出来，我怕自己说不清楚，摆脱不了干系。它们的眼睛能够看穿黑暗，难道，看不穿一副墨镜的阻挡吗？也许，我的乔装是幼稚的。我是为了自己，我没有勇气直面即将被小型刑具收拾的它们。大琴是猫信任的人，我是它们刚刚尝试建立信任的人，我怕它们看到曾经最为信任的人联手欺骗它们——我的畏怯里，除了对自我形象的维护，还有对它们脆弱情感的怜惜，我怕它们由此摧毁所有对人类的好感。远远看到医院的广告珠灯，我甚至把手机也静音了，我怕它们辨别出曾经听到过的旋律。

这是个最简陋的宠物医院，塑钢板搭建，很小。推拉门里就是分诊台。左侧，用玻璃隔出个值班室，年轻的大夫低头沉迷手机屏幕，丝毫没有注意，我拉开推拉门，溜进了右侧的隔间。

大大小小，屋里有七八个猫笼。角度最高的位置，网笼里并排趴着三只橘猫。左侧那只冲我喵喵叫了两声，听不出是示好、求饶还是抗议。旁边两只并排躺着，它们身下有个矮矮通常被当作厕所的塑料容器，它们俩对我的临近没什么反应。

斗斗和梦露呢？怎么没看见？突然，我注意到，三只并排猫的后面，还有一只。没错，就是那张俏脸。梦露的身体试图埋在其他猫的尾部，它的眼睛睁得极大，明显惊恐，它的耳朵完全耷下来，像只品相失当的折耳猫。当我试图用一支圆珠笔，碰碰梦露的小爪子，它动作幅度剧烈地跳开了。与此同时，三只猫里最右侧的公猫，发出混合着“嘶嘶嘶”摩擦音的低哮——我不知道它是意欲保护梦露，还是误以为自己受到威胁而发出虚张声势的恐吓。只有中间那只猫，岿然不动，对我的进犯视若无睹。

我在幽暗的光线下，迷惑地凝视三只橘猫：左边那只是母猫，瘦；右边那只公猫，也见过，不算熟，但中间那只，让我感觉非常奇怪。我好像没见过，但它说不出哪里和斗斗有点像。

我蹲下来，仔细看，迷惑地在心里反问："难道，你是斗斗？"这只猫的眼睛竟然是压扁的六边形，像蜂巢被施力变形，六角形的眼角斜拉上去……我用力分辨：天哪，竟然就是斗斗！它一夜之间变了模样。斗斗一点萌态也没有，有一点点愤怒，但更多的是轻蔑。它沉默，一身威严。我不知道，斗斗能在一夜之间，从少年长成青年。它是那么好奇和淘气，没想到大难临头，却是勇敢。也许，命运的转折，对情感丰富者的影响更大。

这些猫，它们或睁大或挤小的眼睛，我曾接收到它们英文里叫做 WINK 的那种眼神。特别微妙的眼神，我反而不知道中文里用哪个词合适。飞媚眼显得轻浮，挤眼又显得不够优雅；眨眨眼显得轻了，眉目传情显得重了。我喜欢它们假装乏困眯起的眼睛里，流露出羞怯的示好。现在，它们的眼睛里，丧失了那种由信任而产生的暖意。

绝育手术会在第二天上午进行。这些猫，被二十四小时禁食禁水，以避免手术中可能出现的呕吐，那会引发呼吸道阻塞和异物性肺炎。猫是记仇的，而我不想被当作仇人记住。出于必要的谨慎，我在宠物医院停留的时间很短，蹑手蹑脚，我倒退着溜走。

这个晚上，小区特别宁静，没有乱人心智的惨叫。天亮了，门外同样没有悬念，是空旷得像被掏出一个洞的早晨。

22

我选了一件平常不怎么穿、以后也不打算怎么穿的羽绒服，用超长围巾把自己围裹起来，又加上墨镜。我希望有一件阿拉伯罩袍，尽量少地暴露自己。在前往宠物医院的路上，我从沿途的橱窗和汽车反光镜里，再次辨识和检查自己。可到了地方，才早晨八点，见到的是一把横锁和挂链，宠物医院没有开门。玻璃窗拉着严实的厚帘子，看不见里面。

我回家，晃晃悠悠度过了两个小时，忍不住又去了医院。一进门，就看到地下多了一个笼子，被很大一块米老鼠图案的粉色布包着，顶端系了绳结……花布上，到处都是喜笑颜开的米老鼠，男老鼠打着领结，女老鼠打着蝴蝶结。我从布幅露出的三角区域空隙里，看到了栅栏后面警长放大的眼睛。它从昨天的抓捕行动中逃脱了，原来只是稍晚落网罢了。这个窄长的笼子里，只关着警长，没有任何同伴。不知命运所终，警长的眼神，变成了一个孩子甚至是一个婴孩的眼神。

我看到了即将被送进手术室的斗斗和梦露。这是晴天，明亮光线照耀下的梦露，在落难中，依然美得不可方物，它的下颌枕在塑料扁箱的边线上。可昨晚成为勇者的斗斗，现在已从应激状态的对抗里被打回原形——耳朵和昨晚的梦露一样，成为 45 度的斜角，拉直线条的紧绷感暴露出它的恐惧。斗斗的眼睛，恢复为巴旦木果仁那样扁长的杏核状，昨晚魔幻的六边形消失了，它的冷傲也消失了。

医生和大琴依据经验，怀疑斗斗是母猫；但这只是猜测，流浪猫具有狂烈的野性，处于防御和对抗状态，不便近切观察，结论只有麻醉以后才能得出斗斗的准确性别。我非常意外：斗斗有可能是女孩子？黑白黄三花的是母猫，橘猫毛色相近，远观没有那么明显的判断依据，只是母猫通常头颅小巧一些。

麻醉的过程并不顺利。两个男医生配合作战，需要用中空的不锈钢管把猫胁迫到笼子角落，才能完成瞬间的注射。几只橘猫疯了一样在空间有限的笼子蹿跳。斗斗闪躲得尤为剧烈，快得看不清移动，它就轮流出现在笼子的各个边角。梦露试图躲在任何一只别的猫后面。一只跟我不太熟的橘猫，先中了针——它倒下去，丧失反抗能力，被医生抓住后颈，直挺挺地被带进了手术室。

我中午有约，没等到斗斗和梦露的手术，就离开了。

23

下午回来，它们的手术已经做完了。

情况不出医生和大琴所料，但对我来说非常意外——斗斗果然并竟然，是只小母猫！最令我意外的，是它怀孕了。随着绝育手术，斗斗也失去了子宫里刚刚孕育的三个宝宝。这是它第一次怀孕，也是最后一次。

公猫只需要摘除两个睾丸，住院三天，它们恢复较快是因为创口很小；母猫切掉卵巢，需要开腹和缝合，伤痕是纵贯的切口，需要住院一周。为了避免猫咪恐惧，笼子外面有所遮盖，里面蜷缩着术后的三只橘猫：斗斗、梦露和瘦母猫。它们比手术前靠得更近，紧紧依偎在一起，以使刚刚发生的灾难不那么令人战栗，它们艰难地用受伤的皮毛传递仅存而有效的暖意。

为了防止舔舐伤口造成感染，术后的母猫，由纱布包裹全身，像穿了亚麻束衣；系在背后几个绳扣，使它们看上去像被蝴蝶结装点的礼物。当我揭开避光的厚布，背向而卧的梦露回头看了我一眼。它的面孔依旧精湛，只是紧身织物和小巧绳结，使它像穿了维多利亚时代的束身衣——我立即想起《乱世佳人》的电影开头，那个被勒束身段的郝思嘉。三只中的两只，所经历的都是绝育加流产的手术。斗斗怀了三胎，瘦母猫怀了四胎，只有梦露——没有怀孕，它的子宫是空的。摘除了生殖系统的梦露，从此成了真正的绝代佳人。

我恍然大悟。没有怀孕，这解释了梦露为什么被公猫如此追逐和纠缠，并非是它的淫荡，公猫争先恐后，它们想让梦露怀上自己的子嗣。其他母猫有孕在身，说梦露是少女猫没错，因为它比其他母猫都发情晚，它是真正的豆蔻年华啊。把一切归咎于梦露的水性杨花是错误的。梦露和斗斗是一对姐妹花，自然之间没有性事；梦露和大花生来往，也并非在勾引，倒更像是慰问孤寡老人——因为，我看到了梦露的耳朵边缘被剪掉了，和大花生有所残缺的耳尖一样。无论是斗斗，还是明天手术完毕的警长，它们都有肉红色的、溶洞迷宫般的耳道，它们的耳尖都会像火车票被检夹剪过一样，留下残缺。我的假设是错误的，在猫群中，并未隐藏一个爱好咬掉耳朵的拳击手；这是人类打上的耳标——公猫左耳，母猫右耳。

爱护动物的志愿组织对流浪猫捕捉、绝育、放归，为绝育后的猫做耳标，不仅为了减少志愿者的劳动，更是避免母猫被重复手术，导致它们疼痛、受罪、伤害健康。猫的生殖力超强，能够以灾难性的几何量级增长。对人来说，绝育之后的猫不乱尿，不怪叫；对猫来说，可以减少生殖系统的癌变机会，更健康，可延长寿命。尽管几乎是必然，但对绝育猫来说，耳标，是羞辱的红字标记。

当晚，我有些失眠，我记得斗斗、梦露和警长它们眼睛深重的恐惧和悲伤。睡不着，半夜，听到有种小动物的叫声。我起来查找，窗外没有，我怀疑自己是幻听。过了一会儿，声音又响起来了。还是有叫声，短促，断续，不能连缀成音，像只是哽在喉咙里的一阵颤抖。好像是幼猫。很奇怪，也让我很紧张，是不是它们哺乳期的母亲被抓走了？过了很长时间，我才明白过来——不是幻听，是错觉。北京的春夜格外干燥，室内需要辅助加湿。是加湿器，生涩的转轴被摩擦，发出一种介于猫鼠之间的幼弱之声。

24

七天过去了。

我一直计算着日子，要不要去接斗斗和梦露出院呢？它们住院的日子，我都是乔装改扮探望的；如果以真面目出现放归它们，我能否冒充解救的英雄，把施恩者的形象坐实？我还是不去的好，彻底撇清干系，也许它们那双能看穿黑夜的眼睛，早已识破我背后的某种参与？我犹豫不决，优柔寡断。

后来我还是和大琴一起去了。大琴哭得眼睛都红了，因为她的小棉袄死了。这是大琴养在家里的小母猫，提早发情了。小棉袄长得漂亮，身体雪白，白得都有点玉石的晶莹色，只有一条尾巴墨色深重。这只玩具般的小猫原本脾气温柔，近来突然暴躁，情绪极不稳定，乱拉乱尿乱咬乱叫，闹得太厉害。小棉袄体重轻点，但也勉强算到了绝育手术的适龄期；大琴本想晚些再给它做手术，一念之差，就在斗斗它们做手术几天之后，她把小棉袄也送去了。没想到小棉袄对麻药过敏，转瞬休克，怎么也没抢救过来，就死在手术台上。小棉袄为自己的情欲而死，也算是一种殉情吧？情欲里能够为所欲为，有一种狂荡不羁的自由，也许小棉袄是那种不自由、毋宁死的刚烈之猫。

大琴哭，因为绝育手术前二十四小时的禁食禁水，她悔疚于小棉袄临死前也没吃顿好饭。作为志愿工作者的大琴，每天忙于保护流浪猫，推广“领养代替购买、绝育代替捕杀”的理念，她却没保护好自己的宝贝，让小棉袄死于一场手术的意外。

大琴不知道，我这两天也目睹了一场意外。在地下车库，一只野猫被撞死了。它来我家吃过两次饭——它来得少，我还没来得及取名。是只黑白花的公猫。所谓白，已经污暗得近乎灰色；在后背，有个画得不太规整的圆圈——如果我跟它熟了，我可能会给它起名“句号”。我有时怀疑，猫一旦被起了名字，它就不再是野猫了。没有来得及，它就死了，头枕在一汪阴沉的黑血里，腹部不知道是不是因为内脏出血的原因肿胀起来。我不敢接触，反应也迟缓，听任保洁员把它铲除到异味浓烈的垃圾筒里，而没有安葬它的小遗体。我也由此，怀念起那只生活在车库里总是向我示好的大黄猫，它的失踪，到底是死于寒冷，还是死于一场类似的车祸？

听我描述，大琴说，院子里的猫多已打上耳标，而死于车祸的这只猫一直没有捉到，它还没有做绝育手术。去年漏网几只猫，它们生下斗斗、梦露、海盗和警长等一大批新生命；所以她今年加紧诱捕，对这只黑白花格外注意。那么对于这只横死车库的猫来说，也许相遇一个保持天性的伴侣是艰难的。它呼唤着，却没有呼应，它原始的野力难以延续，孤掌难鸣。这只孤独又狂热的猫，不得不从露天到地下去寻找……直到，死于突然的灾难。

25

宠物医院里，只剩下三只橘色母猫。

警长几天前就放了。失去法力的野猫会怎么面对自身的悲剧？如果是家养宠物，据说在经过数天的沮丧和对抗之后，反而会变得与主人关系更为密切。性格暴烈的海盗和绅士风度的警长，也会如此吗？当令人震颤的恐惧远离身体和记忆，它们是否从此安心坦然地混吃混睡、无所挂碍？或者它们开始亲近行刑官，反而向人类寻求保护？也许，它们屈服了，因为它们发现，自身弱小，只有依附一部分人才能抵御另一部分人。比如，野猫之所以热衷在我的露台上休憩，是因为遛狗人路过时，它们的宠物犬再好奇或凶暴，也不敢或不能跃上别人领地，所以，对猫而言，寄人篱下反而是种保护。

何况，如果猫真的像人类，那么它们必然是健忘的动物，并且会像我们一样——更尊重有能力伤害自己的人，更愿意投靠有能力帮助也有能力毁灭的大神。只是，它们永远无法预测，恩威并施、翻覆云雨的人类何时会脸色陡变，何时会生杀予夺。再看野猫总是睡在隐蔽处，甚至睡在陡峭处——并非炫技，而是让敌人接近困难，要在入睡时防备偷袭。自保几乎成为天性中的必然，因为，它们从未丧失至深的恐惧。

我一直没看到警长的踪影，它是出于自惭形秽而隐匿，还是出于愤怒而远走他乡？是否经过时间的缓冲，不久之后，它也会像两年前手术的大花生一样，进食和溜门之外的兴趣淡漠、斗志全无？大花生终日昏睡，以至让我曾怀疑它患有某种濒死的绝症。天冷时，它壮大的身体一半钻进邻居放置的露天棉窝里；天晴时，它在我的花盆里，像湿泥一样摊平。当猫群集体出行，只有它不分时不分晌地沉睡，似乎已经过暗夜里毫不停歇的奔行。大花生不活动，养精蓄锐，除非哪家拉开了门，大花生立即变得身手矫健，试图变成新的家族成员。除了与梦露关系良好，它和其他的猫既无仇恨又无缱绻，形同陌路；它的兴趣，全放在跟人类交流上。

据说，萌声萌调的“喵喵喵”，是猫对人类使用的专用语。除了人类，它们不对任何动物甚至很少对同类发出这种声音。猫只在降生不久，对哺乳期的母亲使用这种声音，求得关注和照料。所有被人类喂养的猫，都自愿变成终生的婴儿。也许它曾经骁勇，被收拾后就威风全无，彻底臣服了。大花生作为一只高龄男猫，尤擅“喵喵喵”，这是天性，还是因为遭受器官的劫掠，康复之后的大花生，从此坚定地寻找来自人类的有效庇护？“喵喵喵”，大花生不断发出谄媚之声——权力庇护之地，自由必然缩减。也许对大花生来说，混得坏，就是在饥饿和寒冷中自由地奔波；过得好，就是成为被家族收养的囚宠。猫是最具有独立精神的宠物，也不过尔尔。

26

外带箱壳体是厚塑料，格栅侧门有插销。橘猫分别装在三只箱子里，转动身体的空间有限，也许这对刚刚拆线不久的它们来说，反而意味着安全。大琴丈夫带梦露和瘦母猫走在前面，我跟着大琴的自行车，后座上驮着斗斗。

曾经给予我隆重信任的斗斗，它不看我。我现在的真面目，对它来说反而是虚伪吧？即使透过格栅，它短暂而淡漠地瞥了我一眼——我们之间的友谊结束了。人类就像最凶狠的窃贼一样，从它的肚子里，把它最重要的宝贝掏走了。那个活泼的、好奇的、明亮的、淘气的、独立的斗斗消失了。它被终身的伤害所终身教育。它因为信任，断送和终结了自己作为母亲的未来。

梦露爱吃鸡肉罐头，这一口的贪图，使它成为绝代佳人，再也不会有自己的孩子——从此，它还有否勇气尝试这样的口味，和身体被撕开的记忆捆绑在一起的口味。对这些未满周岁的猫来说，生活的训诫未免太严厉了。

大琴和我边聊天边走，走着走着，捆绳没有系牢的箱子从自行车后座滑脱，垂直跌落……受限而无法施展平衡技能的斗斗被重重磕了一下。我惊慌，透过栏栅观察：斗斗的鼻子里碰出了血，但它一声不吭。一方面，它经历了更大的身体劫难，这点伤害微乎其微；另一方面，它没有可以撒娇的人，它丧失了可以申诉委屈的愿望和依靠。

征得大琴同意，我把三只外带箱带回家。我准备第一步，先把它们从笼子里放出来，放到它们出入过的客厅；然后再打开推拉门，放到它们熟悉的露台上——我这么做，不过是想让它们加深印象，我想让它们记住，是我释放了它们。

27

先放那只瘦母猫。只需拇指和食指捏合，格栅上竖直的小铁棍回缩，自由之门就打开了……可它不动，依然头冲里趴着。我的箱子都快垂直了，纤瘦的它依然试图保持不动，像个用于室内装饰的雕塑。我轻轻抖动箱体，它还是不动。我开始怀疑，它有什么地方骨折或腿瘸了。我走到露台上，叫住外面的大琴，让她看看出了什么问题。我小心地竖起箱子，让瘦母猫尾巴着地，慢慢地往外倾倒……它的脊椎仿佛丧失支撑，它的身体状若液体，就这样软塌塌地，倒在地面上。数秒之后，它突然醒过来似的，它一下跳进离自己最近的灌木丛。往日有猫走过，灌丛顶端的叶片会轻微摇晃；这次，纹丝不动。受到惊吓的瘦母猫，太小心了，无论它的躲藏还是移动，都一片死寂。

我关上推拉门，想让斗斗和梦露在室内停留一会儿。我同时打开了斗斗和梦露的狱门。由于超乎想象的错愕，它们延迟了两秒，才飓风一样冲出外带箱。斗斗和梦露四处蹿跳，频繁撞在落地玻璃和推拉门上——一共有两只猫，但我有种火药被引爆后光痕溅射的错觉。助跑中的肉身与硬物直接撞击，发出连续的钝重之声。巨大的恐惧之下，两只猫弹跳得如此之高，频频蹿至天花板。斗斗借助纱网，但仿佛是用爪子钩住玻璃向上攀爬的，最后停在所能达到的高度极限——斗斗只用锋利的爪尖和收拢的上臂，把自己悬吊在纱网顶端，把脸深埋在内墙和天花板的夹角里。长时间，纹丝不动。一动不动。

我安静地看书，希望斗斗和梦露逐渐感觉安全。

十分钟后，它们躲在窗帘后面，无声无息。再过十分钟，它们尝试小心地露出头尾。又过去了十分钟，梦露不时跳入墙角那只鲜黄色的塑料拖桶里——平常是用于洗涮墩布的，随即开始了日常的梳洗和打理。

梦露认真舔舐和咬噬，四根雪白的脚趾因用力而分开。偶尔，它会出神，在中断动作的间歇看我一眼。梦露的眼睛依然清亮如露滴。其他的绝育猫都瘦了，脸型薄削，梦露没变。也许梦露的美太强烈，经得起摧毁，什么也不能阻挡它的光芒。劫难之后，它还是妖异又清纯，果真是只倾国倾城的猫。梦露继续打理自己，从容中有种凛然。

斗斗紧贴着落地玻璃，用刚才跌伤出血的鼻子，一路深嗅，焦灼地试图寻找可能逃出的裂隙。从正面看，斗斗除了略瘦，没什么太大变化；甚至像经历整容手术一样，它比原来好看。也许得知斗斗的性别，使我重新调整了审美角度，我越看它越有一种异域风情。因为刀口缝合的问题，它的腹毛被剃掉了，延伸两侧，各有一块伤湿止痛膏药那么大面积，皮肤光裸。看起来，斗斗的腹部向上紧贴，腰部狭长，像只饥饿的豹。

忽然，外面来了一只猫，是海盗。

28

大琴说海盗前一段时间生病，差点死了，送去救治，顺便做了绝育。这解释了海盗的失踪。就像我弄错斗斗的性别一样，海盗耳标在左，是男孩。此时到来，我不知道是巧合，还是猫除了丰富的语言系统外还有奇妙的传递信息方式，使海盗现身，前来迎接同样患难的亲人。

我打开推拉门。巡察中的斗斗，没有像我预想的那样疯狂冲刺；不，它的步伐一点不像逃离，反而有了几分庄重。斗斗平静地迈出那道分野世界的门槛，走向探询中的海盗。海盗贴近斗斗，仿若人类外交礼节那样贴面，这种交流方式，对猫来说不像是礼貌化了的热情，更像小心而深挚的问候和安慰……看到那种碰触，我猜它们是情感依旧却永生永世再也无法亲密的爱侣。

随后，斗斗和刚才那只瘦母猫一样，纵身跳入灌丛。整个过程中，斗斗都没有回头看我一眼，它视若无物。最专情，因而伤害也会最深吧？斗斗也许再也不会回到这个人类的房间了，因为，它再也不能和曾经的自己相遇。整个冬天，这里都是斗斗嬉戏的乐园；现在是春天，它不来了，它身体的花朵关闭了。斗斗一声也没有叫，携带着默哀的身体，远离。

尽管我把推拉门很大地敞开，来回出入，示意梦露可以离开。可梦露不动，继续待在那只塑料拖桶里；斗斗的解放，没给它带来任何影响和启发。表演失败的我，回到躺椅上凝视着它，正如它保持警戒地凝视着我。

我中午要出门，可我们竟这样，僵持了二十分钟，毫无变化。我想目睹它的历史转折时刻，看样子，得放弃。它执意不遵从，像是宁愿被囚禁，也不愿让我以恩人自居……它从来不愿把“恩”和“人”这两个字联系在一起。我假意去接个电话，回来看，梦露已经不在那只塑料桶里。它离开了吗？走到跟前检查，在窗帘和塑料桶之间，我发现一团橘色的毛丛，似乎有些高频率、小幅度的起伏。自由，是如此巨大的礼物，难道它接受起来有一点震动之下的害羞？

我再次离开，去洗漱台刷牙。牙膏泡沫丰满的时候，我听到极短的一声“喵”，几乎，只相当于喉咙间一个不动嘴唇的颤音。是狂喜、感恩、挑衅还是畏怯，我猜不出来，但那一定是梦露的声音。门外，是汹涌的、澎湃的、扑面而来的像整个世界那么大的自由……它那个叫声，几乎是对自己的鼓励。果然，纱帘下只剩人去楼空的一个小小凹痕，它就像一个美的传奇那样消失。

29

这是2018年3月17日，北京下了今年第一场雪。

亿万的雪花，各不相同，每一片都精湛。雪，来自高空却如此柔缓，来自广阔却如此均匀，神是怎么做到这一切的？他的赐福无声，他给予的美凛冽，他有覆盖万物的公正。

应该是开花的季节，却有如此奇异的春雪。玉兰花苞已是蝶蛹大小，雪就落在它们细腻的茸毛上。从零零星星，到浩浩荡荡。本来以为，这个时节的雪，只是个象征的意思，没想到，竟然下得如此意外，如此稠密，如此急管繁弦。原来风中，隐隐能闻到动物浊暖的膻腥气；随着这场雪的到来，闻不到了。

大花生蹲在空调室冰冷的金属外机上，见到我，立即“喵喵”地靠拢。闹钟一样的斗斗，魅惑的梦露，这对姐妹花没有来；其他猫，也没有来。曾经群猫簇拥的下陷式小花园空荡荡的，雪覆盖了泥土、尚未萌芽的枯草以及猫的爪痕。这个世界，有多少爱以伤害的方式进行，又有多少残酷以拯救的面目出现。大雪无声，我听不到野猫的叫声。它们将熟悉这种阉割，将不再为欲望而燃烧。这是一个哑巴的春天。

我想象劫后余生的它们和其他猫在一起，在这样弥漫天地的大雪之中，紧紧簇拥在某个不为人知的幽暗角落……身体之外，全是寒意。

· 杭州 ·

假如听到喵喵叫

黄咏梅 *

养猫的人，身上逐渐会长出一只“猫雷达”，无论走在什么地方，闹市、旅游区、住宅区甚至荒野，都比别人容易发现那一只只猫，或蜷缩在车底，或匍匐在绿化丛里，或在垃圾桶边撕咬一袋厨余，或伪装成一棵植物趴在花盆里晒太阳，或蹲在街边塑像的大腿上作“农民揣”，或大摇大摆穿过田埂……养猫的人，会视每一只遇见的猫为毛孩子，不计较品相，亦绝不跟自家那只猫相比较，猫的宿命清清楚楚地写在了外表，如自娘胎就被调错色的阴阳脸、下巴一团希特勒胡子状的黑毛、鼻翼左侧无端一撮黄斑……明白无误。人类在很多方面都可以后天修改，他们“后天”修改的命运大体也只有一种——成为被人豢养的家猫。养猫的人这么一想，既为自家猫的命运感到庆幸，也会为一只转瞬逃远的流浪猫心生凄楚。

---

* 黄咏梅，作家。出版有小说《一本正经》《给猫留门》《少爷威威》《走甜》等。

朱天心在《猎人们》一书里写到对一只流浪猫的怀念：“我永远记得她的模样，凝神端坐在那儿，想办法捕捉风中一丝丝我的讯息，小小神气的独眼海盗——临终时，光速闪离我视网膜的画面，必定有这一幅。”以前读到这里，觉得这是作家的夸张和矫情，因此印象深刻。直到养了猫之后，我再看到这个“临终时”的断言，我想，我会有两幅。猫奶奶和小黑弟弟。

猫奶奶

喂这只猫奶奶已经一年多了。第一次见她，是在小区的一块石头上，褐色的毛发跟石头的颜色接近，如果不是她朝我发出了“喵喵”几声，我不会发现她。小区里有不少流浪猫，她是第一只朝我“喵喵”叫的。并不仅仅是这几声使我对她萌生了怜意，而是她发声的嘴。她的左边嘴角缺了一块，从脸颊处陡峭地凹陷下去，皮毛再茂盛也掩盖不住这个缺陷。一眼之下，是让人觉得丑的。我猜是流浪猫之间为争地盘，互相斗殴所留下的伤。除了这个缺陷外，她还是属于那类好看的狸花猫，身上间隔的花色斑纹匀称，尤其是眼睛，圆溜溜水汪汪，朝我叫那几声的时候，也跟家里被宠着的猫无异，眼神里流露着与人相认相识的热望。

每天黄昏，我就会到那块石头上去找她。那块石头成了她天然的猫食盘。由于她的牙齿不便，几乎没法吃下硬食，所以，我持续地买一种湿软的猫粮给她，一闻到这个味道，她就连我也熟悉了起来。她的活动范围并不大，因此，只要我一接近那块石头，就能看到她不知从什么地方蹿了出来，“喵喵”地迎着我。

一段时间以来，我觉得这是我与她的一种缘分。几乎从第一次我们相遇，她就跟我亲昵，用脑袋蹭我的裤脚，竖起尾巴在我的两腿之间绕行，并且一路跟着我绕过小花园、游泳池，如果不是我小跑着离开，她估计会跟着我回家。对于流浪猫敏感、无安全感的特性来说，这种缘分实在太少见了。即使她是一只又老又残缺的猫，我都会对她很牵挂。逢着雨天雪天这种日子，躺在温暖的被窝里，我会想，不知这只老猫在哪里躲？

有一个大雨的冬夜，我撑着雨伞打着手电去那块石头找她，站了几分钟，学着她喵喵叫，四下寻找，影子都没一个，想着她肯定躲在一个干爽安全的地方，心里既欣慰又有一点失望。正要转身回去的时候，从对面那个车库出口处听到几声嘶哑的“喵喵”，很快，就看到她冲进雨里，一路朝那块石头小跑过来。我蹲下来，她就跑到了我的伞下。我把她抱了起来。这是我第一次抱她。我始终对她有隔离，家人也一再警告，流浪猫很脏，跳蚤、蜱虫之类的一旦跳到身上人会患皮肤病。所以，我从不用手碰她，更不要说抱了。但在那一刻，我的所有隔离防范的想法都消失了，只想把她抱起来，抱到不远处那个凉亭里的长椅上。我在那张长椅上喂她吃了一包湿粮。吃完之后，我也没有急着回家，就像一个被暴雨滞留的路人，跟她一起坐了很久。她先是满足地梳理着自己的毛发，不时用眼睛斜瞄我。很快，她的喉咙就发出了均匀的咕噜声，这是一种放松、愉悦的信号。

她咕噜咕噜地慢慢挨近我，试探性地用手搭上我的膝盖。我用手去抚摸她的脑袋、下巴，甚至她那残缺的半边脸颊。我的手所到之处，能感觉到她的回应，充满着享受、依赖。她的咕噜声越来越大了。最终，在我的鼓励之下，她整个身体爬上了我的膝盖，蜷缩在我的怀里。逐渐，我的怀里也暖和起来了。

从那以后，我去石头那里找她，就会引她往凉亭走，在椅子上喂她，然后停留一阵，用手抚摸她的脑袋、下巴和那残缺的半边脸颊。这些，都成了我和这只猫奶奶的默契。

直到有一天中午，我无事可干，拎着一袋猫粮又去那块石头找她。远远的，看到几个女人在石头旁边聊天，那只老猫就围在她们脚边转悠，“喵喵”。直到我走近了，她似乎还没看到我，还在用脑袋蹭一个阿姨的裤脚。这个阿姨手上拿着一包吃剩的鱼骨架子，一点点地用手将剩下的鱼肉剥下来，扔到地上给她捡。阿姨一边喂，一边跟其他几个人絮絮叨叨地说：“这只老猫，最会讨吃了，没得吃，还懂得跑到楼上，蹲在人家家门口叫个不停。”根据她们聊天的内容，我才知道，原来有很多人都在喂这只猫，因为她遇人不怕，相反，会跑过来缠人。阿姨看我手里拿着猫粮，就说：“你也来喂她的吧。”我点点头。阿姨说自己就住在这块石头旁边那个单元楼上，每天上下楼会遭到她的纠缠，而她的女儿几乎每天早上上学前，都会将猫食放在石头上。阿姨又告诉我们，这只老猫刚开始并不是流浪猫，是她那栋宿舍一楼家养的，后来那家搬家了，没带她走，所以，她就一直在这附近讨吃。“哦，难怪不怕人，这老家伙讨吃还很有一套咧。”好像她们在讲的不是一只猫而是一个流浪汉。

其中一个女人说完，用脚推了推她。她吃得很努力，当然应该也是很开心的吧，即使被人用脚推了几下，都不为所动地吞食着。

大概基于得知猫奶奶是一只吃百家饭的猫，我对她喂食的义务和责任减轻了许多，刮风下雨、太热太冷、工作太累不愿下楼等这些原因，都会让我心安理得地不去那块石头找她。我想我的这种懈怠还因为对她的情感有所减弱，毕竟她不是那个我单方面认定的缘分，确切的说，她对我的需要不是唯一。

夏天的一个黄昏，刚给一个小说结尾，心情有点激动，我下楼慢慢散步，不自觉又走到了那块石头附近，只听到草丛一阵窸窸窣窣，她从里边钻了出来。有一种久别重逢的感觉。因为没准备，我两手空空，对她生出了愧意。对于一只讨吃的流浪猫，除了吃，我还能为她提供些什么？她似乎认出了我，不，她一定认出了我。因为她一边叫着，一边将我朝凉亭方向引去，走几步就回头看我是否在跟着她，直到我们在凉亭的椅子上坐下来，她才停止叫唤，不断地用脑袋蹭我的胳膊，我的手指刚一抬起来，她的鼻子就凑了上来，将那歪斜的脸颊从我指尖划过去，并且很快发出了愉悦的咕噜声。我们重新找回了那种久违了的默契，我用手一遍一遍地抚摸她的下巴、额头和脸颊，她高兴得在椅子上翻滚，亮出了米色的肚皮，她把两只手掌张得开开的，放心地摁在我的膝盖上。我记得一篇动物知识的文章将这个姿势称为“掌上开花”，猫咪做这个动作，表示她很放心也很开心，就像人们心花怒放的时候。

我想，我大概忘记了，除了提供一些生存的必需，我还可以给予一些抚慰，或者说情感，而这些东西，无论对人还是动物，无论身处贫穷还是富足，同样也是本能的一种。如同这个世界永远需要鲜花，我们总是愿意看到那一幕幕掌上开花的时刻，让人欣慰和满足。

我和猫奶奶默契地相处了一年多。一个下雪的冬天，我出差十多天回来，像往常那样带着猫粮去那块石头边等她。然而一个星期了，我都没能等到她。天冷，也没什么人在楼下聊天，我无从打听猫奶奶的踪影。我的心里升起了不测的念头。我不是不知道，每年冬天，死于寒冷的流浪猫不计其数。但我坚信猫奶奶既不会被饿死，也不会被冷死，她是一只吃百家饭的猫，人们说她在这里已经好几个年头了，有一年冬天罕见的极寒，春天照样能在花丛边看到她臭美地晒太阳梳理毛发。那个单元楼一楼住户的阳台上，装有一个半人高的电热水器，聪明的猫奶奶懂得到那上边取暖，肚皮紧紧贴住电热水器，两只小手揣在前胸，甚至把鼻子都埋进柔软的肚皮里。我出差前去喂她，还看到她在热水器上边蹲着，背对着我，毛发蓬松地开启着御寒机制。

后来，我遇到那个常常被她纠缠的阿姨，她叹气着说，大概有二十来天没看到，怕是被冻死了。怎么会？我指着那只高高的热水器问。阿姨说她也是最近才知道，一楼那对老夫妇，刚入冬就跑到海南儿子家过暖冬，走的时候电闸都拉掉了。即便如此，我也不相信，或者不愿相信。我固执地每天揣着那包一直没能喂掉的猫粮，我寻找的范围慢慢地扩大了。我做过很多侥幸的猜测，大概哪个好心人见她可怜抱回家养了，又大概是她聪明地又找到了某家阳台电热水器取暖去了……直到有一天，遇到那个负责东南区的保洁阿姨，问她有没有看到一只缺嘴巴的猫。保洁阿姨拉下口罩，指着不远处忍冬丛下一块石头告诉我，早些日子那只猫死在那里，她把她装进了垃圾袋。太不可思议了，这里完全不是猫奶奶的地盘，她几乎要穿越半个小区才能来到这块石头。我想大概不是那只猫奶奶。不过，保洁阿姨很笃定地说，肯定是，已经有几个人找过来问了，谁不知道云苑那只黏人的缺嘴猫？

这事情过去已经快一年了，到现在我还不敢到那块石头附近散步，看到葳蕤的忍冬藤，我会想起猫奶奶，这只忍耐不过严冬的流浪猫，弥留之际，恐怕连植物都羡慕过。事实上，每次经过那个单元，下意识望向阳台上那个硕大的热水器，我的鼻子都会发酸，甚至眼前出现幻觉，“喵喵”，猫奶奶敏捷地从那上边一跃而下，积极地奔向我，那样子，明明还是一个等着母亲下班来接的孩子。

小黑弟弟

小黑弟弟目测不到一岁。遇到他的时候，肚皮瘦得像刀片，通体黑毛都遮盖不住一身骨架，如果不是一双圆溜溜的大眼睛，他看起来有点凶的。不知道什么时候开始他在我们单元楼下徘徊，而且不怕人，懂得朝人喵喵，释放出与人社交的信号。据说猫与猫之间的交流，并不会“喵喵”叫。假如听到猫发出喵喵的声音，它们多半是认出了你——这种它们以为可以仰仗的人类。

小黑占据了我们楼下的地盘，朝每个进出的人“喵喵”，以此获得善良人的喂食。每天吃过晚饭，我用一次性纸碟装上猫粮，下楼如果没看到他，只要稍站片刻，朝着远处喊几声“小黑”，必能看到一条黑影，屁颠颠一路小跑过来，边跑边“喵喵”，发出因为跑动而发颤的欢叫。我不确定他是否知道“小黑”就是他，他应声而来，跑到跟前，先是用脑袋蹭我的腿，接着在地上打滚，朝我亮出他隐秘的肚皮，如果我故意逗他，不把食物放下，他就会双腿直立尽量站得高高的，用两只圆溜溜的大眼睛盯着我，萌态可掬，叫人不忍再捉弄他，乖乖将食物送上。

放下小黑的食物，我会在小区散步消食，留他独自享受美食，走出好几步远，还能听到他咀嚼时发出嗷嗷的满足的声音，我的心情也随着生起岁月静好的满足。

如此喂养有一个多月，眼见小黑的肚子慢慢圆润起来。有天，把食盆放下，照常去散步，不到一百米，想起忘戴耳机，又折返回家。走到楼下，竟然目睹到一场战争。在小黑的食盆边，一只花脸猫，一只大黑猫，距离小黑不到一米的地方，发出此起彼伏的呜呜叫，叫声震天响。三猫对峙，小黑从小小的胸腔发出压抑的呜叫，只坚持了一会儿，寡不敌众，仓皇逃窜。我赶过去的时候，那两只猫见人即闪。食盆里还没吃到一半，我呆呆地站了一会儿。哪里有什么岁月静好？在我转身看不见的地方，原来是一次次争食之战。我朝远处喊“小黑”，这次，等得久了一点，那条小黑影还是欢呼着回来了。我一直站在小黑身边，打算等他吃完。小黑吃得很没有安全感，吃两口，就抬头朝四处张望，耳朵雷达般前后左右摆动，边吃边发出那种低低的、急切的呜呜声，那是一种软弱的威胁。我想，他一定闻到了伺伏在周围的危险气息，那不远处低矮的草丛里，一定有一双两双虎视眈眈的眼睛。

此后，我喂小黑，都站在他身边为他赶走同族的觊觎，以家长的身份撑腰，直到他咽光最后一口粮。但我万万没想到，这种做法给小黑带来的却是灾难。

我们这个单元楼因为小黑的食盆成了猫族的战场，他们抢地盘，先是低声商量，互不妥协，然后高亢地威胁，继而大打出手。无论白天还是夜晚，叫声惨烈，震慑人心。有时我在书房写作，听到楼下战斗打响，赶忙下楼干预，不过，待坐回电脑前一小会儿，那些被我驱散的猫又聚拢来，重新开战。物管工作人员有一天敲我家门，说有人投诉我喂流浪猫，弄得猫犬不宁。我自知理亏，于是想了个新办法，将小黑引到远离单元楼的一个河涌边，那里没有住宅区，估计他的同族也不会在那里出没。这一个多月来，小黑对我已经建立了坚实的信任感，我拿着食盆一路走，他也一路跟，竟然没跟丢。河涌边四下无人亦无猫，小黑也不见得吃得很放心，大概是新环境不适应，但总归是独自能吃饱了。吃完，他赖在我脚边，心安理得地舔毛，一扫我此前那些忐忑。

没想到在河涌边吃过几次，又被那只每日盯梢的花脸猫跟过来了。她总是站在离我们不到五米远的地方，眼巴巴地看着，尝试亦步亦趋接近，出于一种护亲扶弱的人类本能，我竟然狠心地捍卫着小黑的食盘，从不容许花脸猫挨近半步。直到有一次，花脸猫看着大快朵颐的小黑，竟然朝我发出两声低低的“喵喵”，她叫得很陌生，似乎是在模拟小黑的叫声，眼中闪烁出一种软弱的、服膺的光。我不止一次看到过她朝小黑叫嚣的样子，毛发耸起，目露凶光，眼前的她跟那只母夜叉判若两猫。这叫声使我对她产生了歉疚。在她的字典里，本来就没有“喵喵”二字，她在后天里没能驯化成与人相识、交流，更遑论信任、依赖，但这难道不是一只猫的先天？人总是容易被那些向自己低头甚至谄媚的人俘虏。动物从来没有这个法则，它们按照自己的天性攻击、争夺、死守，直到头破血流也不明白。

“喵喵”，只是为了一口吃而已。我为自己的狭隘羞愧得掉眼泪。眼前的小黑和花脸猫，到死也理解不了这个在它们面前抹眼泪的女人。

那次之后，我打定主意，带上两个食盆，一只给小黑，一只给花脸猫。但是，我这个想法最终没有得到实现。我再也没看到过这两只猫。几天之后，我在楼下一块隐秘的石头上，找到了小黑弟弟。他已经听不到我喊“小黑”，再香喷喷的猫粮也无法唤醒他。我也再看不到那条可爱的小黑影，一颤一颤地喵喵欢叫着奔向我。他死于一盘掺入了毒药的甜蜜诱惑，死于对人的信任和依赖，而不是同族的威胁。说实在，那一刻我被吓傻了，怔怔地看着眼前那条冰冷的黑躯，就像看着一个死去的老友、亲人。我害怕得像一个凶手，奔跑着逃离现场。回到家，闭紧门，我才敢放声大哭。

我自责过很多次，如果不是我为小黑弟弟养成的这种“习”与“惯”，就让他接受自己的宿命，像成千上万的流浪猫一样，觅食、争地盘，苟延残喘两三年，最终死于饥寒交迫，他会不会更快乐？他会不会也能基本地、自然地完成他的流浪猫生？如果是的话，那他朝我毫无保留地打滚、翻肚皮的那些时刻，是不是就不能称之为快乐？对于他来说，我是多么危险的存在。

隆冬，窗外飘起了雪花，小区里不时还能听到流浪猫的叫声，我无法判断它们是在求救还是撒欢。事实上，现在我走在路上，遇到一只惊慌避闪的流浪猫，我只敢用余光去追随，假如它朝我"喵喵"叫，我就会狠着心转身，逃得比它们还快。我怕自己那些垂手给出的善与爱，施予的不是简单的一饭一水，而是更多的伤害。

记得一位戎马一生的老将军，曾经跟我说，自从养了一只柴犬之后，人变得柔软多了。我渐渐害怕这种柔软。我暗自发誓，如果可以选择的话，下辈子当一块石头好了。然而，石头也有可能会遇见猫奶奶和小黑弟弟的一次次弥留之际，那么，如果这真是一种宿命的话，我想，我转世的那块石头，一定会释放出自己最大的热量，温暖地拥抱它们。

· 北京 ·

小白传

崔曼莉 *

你说猫的命运靠什么？

小区里有一只灰白间色的长毛猫，扁圆脸，灰绿色的大眼睛，尾巴蓬得像只狐狸。她受了一点惊吓后逃窜几米，停步转身侧脸遥望的表情，神似电影《乱世佳人》的女主角郝思嘉。

她被原来的主人用一根铁丝勒住脖子，不勒到死也无法吃饭，勉强可以喝水。她饿瘦一点，原主人就把铁丝拧紧一点。也不知她饿了多久，解救到小区流浪猫求助站时，一层薄皮粘着一副骨头架。猫义工们流泪了。他们用尖嘴钳钳断了铁丝，就着取铁丝的经历，取名“拿铁”。

拿铁不肯再靠近人类，无法收养了，好在小区花园里定点

---

* 崔曼莉，作家。出版有中短篇小说集《卡卡的信仰》《求职游戏》，长篇小说《浮沉》（一、二）《琉璃时代》等。

放着猫粮与水，她活了下来，一天比一天长得美丽。冬天下雪时，她团缩在花园当中的大树下，树上已无枝叶遮挡。其他猫都下了地下车库，可车库有人走动，更别说单元门门口或谁家院落。她在雪中一动不动，微微闭起绿朦朦的眼睛。

拿铁的眼睛妩媚；大黑一身纯黑，眼睛发碧，阴森森的；球球一身雪白，眼珠是黄的；三花叫小麦，眼睛也有点黄。小麦和我很亲近，可惜我对猫毛过敏，他几次表现出想跟我回家，都被我走脱了。

流浪猫来的来走的走。三年前的春天，正是海棠花艳时。小区里栽的都是西府海棠，大树成林花枝如云，走于粉红潋滟之中，虽北方春寒仍胜，不由心神荡漾。我走着走着，忽然见一片青翠竹下，站着一只半大的雪白猫儿，抬着头正嗅尖尖的竹叶，竹枝错落着从一小块湖石间穿过。

我走过去，问：“你闻什么？”

他转过头，湛蓝蓝清澈的一双眼，喵了一声。

我同他厮混一会，便走开了去物业办事，物业离得不远，正交着费，就听见有人叫：“谁家的猫儿啊，这么好看。”

只见那只白猫文文静静地踱到我的身边，坐了下来。

众人轰动，问我这猫儿怎么训的。我解释说不是我的，也没有人听，齐齐地围着他，说从来没有见过这么好看的蓝眼睛，像希腊的爱琴海，像家里孩子玩的玻璃球。

我只得抱着他出门，走到流浪猫的喂食点。他不肯吃，大黑见了过来闻他，他躲到灌木丛下，我伸手一摸，浑身都在发抖。

“我家住在小区最南边，这里是最北边，”我同他商量，“我对猫毛有点过敏，如果你能跟我走回去，就证明我们有缘，我就收留你。”

他紧闭双眼，不动。

我转身走，他还是不动，我便决心走了。走不多远，便看见迎面来的人都在看我，一转头，他静悄悄地跟在后面。这个小区很大，岔路弯道众多，忽儿穿花丛，忽儿上下坡。有些转弯道是九十度，根本看不见对面来的人。

一人一猫，溜达着走。我在路上，他过草丛、穿灌木，跳过小石头。

忽然一只没有人牵的金毛大狗冲到面前，先扑到我怀里浪了几秒，转头和惊呆了的白猫对视一眼，猫扭头便窜，狗撒着欢的追出去，我还未及喊出声，猫与狗都不见了。

我站了一会，狗主人是个老太太，气喘吁吁地赶到了，问我曾见到一只金毛，我说追猫去了，她嘀嘀咕咕地抱怨着追去了。追了几步，她回过头，说谢谢。

小区刚建好的时候，路上遇到的都是年轻人，还有一些外国人。八年过去了，年轻人的父母们住了进来，有的帮忙带孩子，有的是来养老，什么地方的口音都有。老了老了，随着孩子做了老北漂，虽说生活条件不差，总是有那么一点无可奈何。孩子老人多了，猫狗们也多了起来。

金毛在阳光下跑了回来，又跑向别处。猫不见踪影。

我又站了一会，想来缘分无常，聚散不由人，便往家回。

走过前方岔路口，转了个弯，只听灌木丛哗啦啦一阵响，白猫箭一般射到了前方，在路中间停下来，扭头等我。

我笑了，接着走，他不再走路边土地，紧紧地跟在我的脚边。

我家楼下是个迷你小广场，放着滑梯、跷跷板，专供父母们遛小朋友。一岁多的娃娃们，最爱重复性游戏，在大人的帮助下爬上滑梯又滑下来，玩多久根据的是体力，不是时间。

小广场是回家的必经之路。天气晴好，遛孩子的恐怕不少。果然，还没有到，就听见了小朋友们的尖叫声和欢笑声。

我低头看了一眼猫，他颠了两步，跟得更紧了。

小朋友更大声地尖叫：“喵——！”

家长们纷纷搂住自己的孩子，怕猫伤着他们，也怕他们伤着猫。

我和猫从让开的一条通道中走过，一个家长说：“看，阿姨遛猫呢。”

小朋友们惊叹起来，有的咯咯笑，有的站在滑梯上叫：“猫！猫！”

我一边走一边朝两旁点头示意感谢：“这不是我的猫，这是跟我走回来的猫。”

猫低着头，小步加急，跟着我一直走到单元门门前。我打开门，他一下子蹿了进去，走到电梯口停下坐好。我摁下电梯，他抬着头，看着电梯门，门一开便走进去坐下，蓝莹莹的眼睛望着我。

我上了电梯，电梯门再开时，他犹豫了一下，贴着我的脚边溜出来，等着我先走。我打开家门，进门换鞋，一道白影闪过，等我换好拖鞋找了一圈，发现他倒在沙发底下已经睡着了。

这一睡便是三天，偶尔吃点东西、喝水，上厕所不用教，用新买的猫砂解决了，猫抓板也不用教，只在那块板上磨爪子。

他这么乖，又这么好看，很有教养的样子，前主人怎么舍得把它扔了呢？动物被抛弃的理由各式各样：换房子、换城市工作、换男女朋友，谈恋爱、生孩子，太麻烦了、没兴趣了，还有动物生病了。

我带他去看医生，医生说他一切健康，还不满一岁，睡了三天是因为太累了。

医生不停地赞他的眼睛好看，我问医生，他是什么品种，医生说中华田园猫。

“可他这么好看呢。”我说。

“田园猫不好看吗？”医生反问我。

我天生散漫，喜欢诸事随缘，后来看很多人努力上进，渐渐都到了自己的前面，便反思自己是不是太懒，又把这种懒用文化巧妙包装。骗别人更骗自己。

原计划着，等过敏彻底调好了，便养一只小猫。这次不能随缘，要精心挑选，我是喜欢豹子的，豹子养不了，可以养一只豹猫。不过豹猫活泼，养一只性格温和的折耳也不错。要是论颜值，布偶最美。有时还去宠物店看一看，鼓励自己好好吃中药。

然而一场巧遇，改变了这许多日的思量。意志薄弱便是懒之源头，见到了白猫，就忘记了豺猫、折耳、布偶……或者，我从心里并不觉得它们有什么不同，想养一只品种猫是受社会风气的影响，不肯落了人后。

算了算日子，白猫来我家那一天刚好是18号，十八要发，起名小发。

小发这个名字颇有乡土气息，受到了钟点工阿姨的热烈欢迎。阿姨说，这个小区人家里的猫狗有的叫戴维，有的叫斯蒂芬妮，她的舌头都绕不过来。小发好，好听好记。

小发和来福、狗蛋是一路的吧。

若依他一双蓝眼睛，应该取名蓝蓝，或小海；若依他的行为举止，应该取名公子，或者小王子。

他坐，必定要坐起来，身体呈现优美的姿势，尾巴尖都要一丝不苟地搭在并好的一对前爪上；睡，一定要团成一个雪球，假寐时下巴要稳稳地放在前腿上。走路不紧不慢，跳上了桌子后，绕着所有的东西走。

画案上的小墨条、小玉龙，茶桌上的小杯子、小茶勺，他落脚时轻轻的，生怕碰着磕着。若是有插鲜花，他就坐在花下，安安静静地闻一闻花瓣，然后像个带毛的塑像，一动不动，与折技花相映成景。

家里养了一只猫，像什么都没有养，只是多了一幅流动的图画。

朋友们来了雅集，写字的、画画的，铺呈了一地，他从纸的缝中走过去，踩着猫步。

众人皆惊，问我这猫怎么训的，我说不知道，可能前面的主人训得好。他是一只流浪猫。便有人讨猫，说一直想养猫，怕猫咬书撕纸，打翻了碗儿碟子。我自是不舍得给，他是个伴儿，又伴得如此无是无非，人生何求呢。

我给他起了一个乡土的名字，他终究依着本性活着，从不肯大口吃饭，一颗猫粮细细嚼成数瓣，慢慢地咽下去，再好吃的罐头，也是分成十几顿才能吃完。如此节制有度，披着一身略长的白毛，小发渐渐长成一只大骨架的公猫，身材不胖不瘦，行动不快不慢，像个先生。

有时我看着他，看着看着就落泪了。我希望他开心一点，不要那么克制，我希望他活泼一点，不要像我一样虽与书海笔墨为伴，却总觉得些许冷清。

人心动念，便是缘起

小区的猫义工们有一个微信群，我在群里，只是很少打开来。

有一个女朋友说，和她心爱的一个男人在微信群里谈恋爱。我不明白，谈恋爱为何不私下行动，而是在群里聊天。后来听说那个男人与另外的女人生了一个孩子，但她坚持认为，那个男人真爱的是她。

人心孤独，生出许多世界。真或假、幻与灭，人饥饿时很苦，不饥饿时也很苦。

我便也因着自己的孤独，去理解小发的行为，点开了猫义工的微信群。

一只白茸茸的小奶猫，在视频里抱着一条比他长出一截的布鱼，撕、咬、翻、滚。镜头停下的一瞬间，他抬起头，一只眼蓝、一只眼黄，两只黑眼珠紧贴在鼻梁两边，对眼对得滑稽。

我扑哧一声笑了。群里说小白救活了，正找家庭寄养，小白活泼，会带来欢乐。

去接小白的那一天，是五一节。开车开到离小区很远的一个宠物医院，那儿的医生医术好，收费便宜，是小区流浪猫组织的定点医院。

小白得的是猫鼻支，医生叮嘱我几句，大意是坚持上药，以防复发。群里的人们吩咐我看好小发，也许小发会欢迎小白，也许会讨厌小白，小白毕竟还没有巴掌大，经不得小发一爪子。

我把他放在腿上，他抱着布鱼一路撒欢，全然不顾我是个陌生人。

我把他放在手上，他站在手心里，眺望车窗外川流不息的人群。

我把他放在客厅的地上，他和小发对视着，突然，他直接冲上去，追着小发暴打。

论体积，他还没有小发的头大，论胆量，他真的是个霸王。

他并不与我交流，也无惧于生活环境的变迁，只是发现猫粮是放在厨房内的，于是坚守在厨房，只要有人路过，就张开嘴，三瓣唇一张一合，没有一丝声音，又仿佛在无声地呐喊："给我吃的！"

由于极度饥饿过，他永远也吃不饱，头埋在猫粮盆里狼吞虎咽，不知咀嚼是什么动作，只是大口吞食，一直吃到呕吐，立即又把自己吐出的粮食再吞回肚里。

看过他吃饭的人只有两个字评论：恶心！

吃到吐也就算了，他还要吃到拉肚子，把猫砂盆弄得一塌糊涂。小发惊恐地流下清鼻涕，看着我。

我只好给兽医打电话，兽医说猫都是这样吃饭的呀，我拿小发举例，他沉默片刻，说："那是个天生的贵族吧。"

若说写作教我会了什么，就是背着石头生活。

一部长篇数十万字，写了改、改了写，略微满意了往下推进。几年过去了，文学杂志没有发表作品，新小说尚未问世，便有朋友问你："你还写作吗？"

有些朋友会绕一个圈子："你这样生活挺好啊，养养猫写写字，最近画也不错呢。"

负在心里的沉重，只有自己知道，也只能自己解决。

唯有每天面对，每天随着流水一样的时间生活，日积月累，终有完成的时候。

缓缓的、长期的、不动声色的压力，只有把它当成日常，当成每天要喝的一杯水、每天早晨要看到的日出，每天出门遇到的一个邻居，才会不累、不损乐趣。

由于小白的暴虐与贪食，若被我退养，很难找到下家。而且我很欣赏他的倔强，带着一股野蛮的生机。我本想在小发身上找到这样的生机，后来发现，他和我一样，是书斋里的动物。文明改变了基因、转变了性格，减少了欢乐。

家里坚壁清野。

除了几碗清水，所有的猫食全部收起。小发饿了，就来找我，甚至会用眼神示意我一下，然后躲进洗手间。我把小白关在门外，小发吃完后收好粮食一开门，小发立即逃窜出去，小白立即扑了进来，对着空气与地砖疯狂搜索。

为了让小白养成少食多餐的好习惯，一天喂十几次，每次十几颗粮食，每颗粮食间隔几十公分。小白的鼻尖紧贴地面，像穿山甲寻找蚂蚁，恨不能把地钻出洞来。

找着了，看不清嘴怎么张开的，已吞了进去。

地毯式搜索的吃饭法，小白吃了三个多月。

小发惊魂不定。小白首次进门便追打他，要分个高低，这是动物本性，如果机缘好，有可能建立类似父子或兄弟的感情。可惜，因为吃饭，小白认定了小发是个竞争对手，且一直迫使他受到了不公平待遇。

夏虫不可语冰，不理会也就完了。我无法向小白说清楚，小发更无法解释。可是，小白这只“夏虫”是不能不理会的，他天天追打小发。

虽然小发的体格与力量远胜小白，但小发拥有理性，不肯欺负弱小，更不肯与无知者理论。而没有理性的无知者，显示出了无比的优势。他殴打小发时毫不留情，小发身上经常有粉红色的血痕。然而小白并不满足，因为小发跑起来比他快，跳到一些高处他也追上不去。

于是有一天，小发去上厕所，规规矩矩地蹲在猫沙盆里拉臭。我正梳头发，一边梳一边捂鼻子。

小白默默地走进了洗手间。

他缓缓地朝小发走去，我不明所以，小发正在用力，一动也不能动。

小白抬起身体，两只前爪抱住了小发，嘴慢慢埋在小发挺起的胸腔。

我停止了动作，不明白他要干什么。小发睁大了眼睛。

突然，小发惨叫起来，小白的牙用力咬着。

我一脚踹过去，小白松牙落爪一溜烟地逃跑，动作一气呵成。我提着梳子追他，他没有地方躲，躲进了他来时我买的一个圆型猫窝，团缩着，耳朵贴着头，那意思：你打吧。

我训斥他："当你是个没心没肺的怪物，原来这么有心计！乘小发上厕所的时候偷袭，你有没有良心啊，你看看你，长到现在还没有小发一半大。他要是真欺负你，你早就被打死了！"

他的耳朵紧紧贴着头，身体像皮一样贴紧窝底。看似怂了，其实不过是犯错后的一个表演。他知道我不会真打他，只要认错态度好，便能迅速过关。

小白喜欢我带他去楼下散步。

我抱着他，举着他。他东张西望，嗅着树叶尖、花瓣朵，遇到遛狗的，便张开三瓣嘴，呲着獠牙，恐吓那些狗们。

有的狗觉得有趣，有的狗真被吓着了，呜咽着朝后退。

一个邻居告诉我，小白是小区野猫生的，他得了严重的猫鼻支，那种病传染性高，一旦小猫得病，大猫就会把它扔出来。

小白被发现的时候，可能只有一个月大。他眼睛、鼻孔、耳孔糊满了分泌物，听不见看不见闻不见，不能挪动，饥饿到脱水。

发现他的是邻居女儿，她刚刚三岁，心疼到不行，每天去看他一次，一直到第四天才想起来要告诉妈妈。

所有人都以为小白活不了了，死马当活马的送到了兽医院。

兽医院每年收治得这个病的小猫数十只，活下来的寥寥。小白病得最重，影响了听力、视力，也可能包括一点智力。

邻居把小白刚被发现时的照片发了一张给我，她说，小白活下来真好啊。

我看着照片里的小白，瘦瘦小小的团着，每一根毛都炸开来，露着快死的颓相。满脸像糊了一层水泥，而且已经干了。

此后，我看他用力地在地上拱鼻子、用力地吞一颗颗小猫粮，想方设法地追打小发时，都有一种莫名的感动。

他这样努力地活着，无所畏惧。

小麦消失了一段时间，复又出现了。春去秋来，过冬是流浪猫们的大事。

北京最冷的时候，白天气温也在零下。这就意味着，流浪猫失去了水源。猫可以忍饥，却不能离开水。猫义工呼吁爱心人士散步的时候，带一个暖水瓶，给流浪猫的水盆里加开水。

有些猫躲到了地下车库，胆大的，甚至睡在刚刚熄火的车上，用发动机留下的余温取暖。

猫义工们在车库里放的水和粮食经常被一些业主扔进垃圾

堆，还有业主向物业投诉，弄脏了车，还有，太不安全。

小麦一直想找一个家，经常跟着人走。前段时间，一个姑娘把她带了回去，她很喜欢小麦，家里还有三只猫。姑娘工作很忙，买了自动喂食机喂猫，上班空了用手机连线家里的视频看看猫们过得好不好。

看着看着，问题来了。家里另外三只猫霸占着自动喂食机，姑娘不在家，小麦几乎不敢进放粮食的小房间。

没有办法，她把小麦放了出来。天气越来越冷，却仍然没有人收养小麦。但好在小麦年轻，身强力壮。大家比较担心球球。球球也是解救回来的猫，来小区时已经好几岁了，在小区又生活了八年。他越来越老，前两年得了口炎，满嘴的牙都掉了。

一只猫老了，和人一样，有很多很多问题。有可能要吃老猫的营养餐，有可能得各种各样的疾病。

兽医院经常收救因为老了被主人遗弃的动物。救不过来的，在街上流浪不了多久，或饿死或病死，或送到收容所安乐死。

大家捐了点钱，把球球送到了动物寄养所，过完冬天再接回来。

因为拿铁只肯在野外呆着，本想让她也去，可惜抓不到她，只能算了。

第一片雪花落下来的时候，我把小白抱到了窗前。

他出神地看着雪花在空中飞过，像一只又一只的虫子。

看了一会，大概觉得没趣。他复又回到客厅，玩他的玩具。

小白已经和小发差不多一般大小，因为能吃，他比小发重了许多，头小屁股尖，独中间一个圆鼓鼓的肚子，若俯视小白，就像一枚大白枣。

他已经对吃失去了兴趣，上升到了美食。

为了让他少打小发，卫生间与厨房都放着大盘猫粮，随便吃饭，水源更多，几乎每个房间都有。小白经常去闻闻粮食，想想又放弃了。他明白了厨房有个小柜子是放猫们的物品，那里面有饼干、妙鲜包、磨牙肉干等比猫粮更好吃的东西。

他开始明白这里是他的家，我是他的家人。虽然他不会像小发一样趴在我的身上，但他会趴在离我一步远的地上。

我出门归家，只要打开门，他一路小跑着哼叽着发出奇怪的声音，颠着肚子赶到门口。在迎接我的问题上，小发永远也没有他快。他像一条狗，会倒在门口地上，肚皮朝上，若我摸他，他就激动地打滚。

即使美食是最大的诱惑，他也不再把守在厨房门口当成唯一的事情。

他想办法和我沟通，希望我喂他好吃的，希望我抚摸他的肚子。

他只要玩到心爱的玩具，可以一直玩下去。小发的玩具只论新鲜，今天是个纸团，明天是个线团，后天是条绳子，大后天是个发圈……

小白还在地毯式搜索吃饭的时候，我给了一个螺旋式的小盘发夹，他每天玩几个小时，玩累了就睡，睡醒了再玩，玩丢到冰箱底下掏不出来，他就向人求助。那本是个黑色的夹子，如今已经磨成了古铜色，闪着亚光。

打扫卫生的阿姨来一次问他一次："你怎么玩不够啊？"

母亲来北京过夏天，过完回南京，冬天再来，吃了一惊："他还在玩这个啊？！"

小白虽然无赖，却对心爱执着，如同他执着活着。

他心爱这个家，再也不肯出门。我把家门大开，他站在门内，决不越过一爪。若我强行抓他下楼，他就一路哀号，开始还有点像猫叫，听着听着就像狼崽子一样。

我唯有叹息。若他是个孩子，我把天生的草莽英雄活活养成了傻白不甜的二代。

小发爱雪，如同他爱花。

下雪时，小发可以坐在窗前几个小时不动，就像我插了鲜花，他坐在花下一样。

他走路时还是躲避小白，经常躲在卧室不肯去大厅玩耍。我一直以为他厌恶小白，也惧怕小白。有一次小白打碎了茶碗，且不知是打碎的我的第几只茶碗。我想着必要狠狠教训一次，他躲到了窝里又被我揪出来，拖到茶桌下训斥。

我一边训一边用碎瓷片敲他的脑袋，声音大得吓人，其实手下留情。突然，小发冲过来叫了一声，我愣了一下，他又叫了一声。我松开手，小白一溜烟的跑了，小发跟了两步，转过头来挡在路中间，似乎防着我再动手。

我问小发："他见天的祸害东西我还不能管了？"

小发不言语。小白又拿我新买的布椅子磨爪子。每每发现，我必先怒喝，他听见声音才能先住爪。每次我一喝，小发冲上去便打，经常打得小白一路躲到床底下。

我不懂他俩的感情。至少我从未见过小白维护小发，他始终担心小发多吃了什么美味。但小发对他，到底是喜欢呢，还是不喜欢呢？

还是无所谓了喜欢与不喜欢，都是住在同一屋檐下的动物。他从小白来就甘心挨打，或许他不是懦弱，而是在内心深处，认为自己是大哥，是唯一可以帮助我和帮助小白的大猫吧。

春节去花市，买了盆日本海棠，花开西洋红色，艳艳的像折纸。

小发每天都跳到花架上，花枝不高，交错遒劲。小发不得不缩在花枝下。天气一天比一天暖，白天快近十度，小区里的流浪猫们不再发愁水源、取暖。

猫义工们说，球球快回来了。他们又说，球球年纪这么大了，不应该叫球球，应该叫球爷。

这一天中午，有人在爱猫微信群里发照片，一只大黑猫倒在小区中间唯一一条通车的路边，说，这只猫死了。

有人认出来是大黑。大黑不太和人们交往，经常睡在车库玻璃棚顶上晒太阳。他一身茸茸的黑毛，漆黑发亮，眼睛绿油油的，非常严肃。

大黑侧着脸，四肢僵硬地伸着，壮壮实实。

猫义工们赶紧去了，下午发了图片，是一只土黄色的旧布袋，布袋旁边的地上挖了一个洞。他们说，布袋里装的是大黑，他喜欢在这一带晒太阳，就在这一带的地上挖了一个坑，希望他和这里的土地融为一体。

他应该是早上从车库棚上下来，过马路去流浪猫喂食点吃饭，被出车库的车撞到了。不知是他自己走到路边，还是人把他提过去的，地上并没有血，他在路边死了很久，才被一个愿意看见他的人看见了，通知了猫义工们。

没有人担心大黑能不能熬过今年冬天，他也确实熬过了，只是春天来的时候，他就这样走了。

这个消息有一点沉重。埋了大黑不久，群里又有人发照片，小麦躺在阳台上，阳台外是他经常流浪的小区一角。

发照片的业主说，她的儿子很喜欢小麦，经常站在阳台上看小麦。她一直下不了决心收养一只猫，也觉得小区里有水有粮食，小麦可以活下去。

今天她看见大黑的照片，心里很难受，就下楼把小麦带回了家。

又过几天，她在群里发了一组小麦的照片。说小麦有了家之后分外珍惜，睡觉只睡阳台的小窝里，上厕所扒沙子一颗都不扒到外面，对家里每一个人都温柔极了。她的丈夫也喜欢上了小麦，小麦正式成为她家的一分子。

大家欢欣起来，纷纷祝贺她和小麦。

猫义们又发球爷的照片，说周末就回来了。

猫的命运是靠什么呢。在文章开篇写下这个问题时，我是有答案的：靠运气。可写着写着，我觉得小发为跟我回家努力过，小白为了活下去努力过。小麦、球球、拿铁，死了的大黑，每一只猫都曾经深深地为命运努力过。

我不是猫，我不能说他们仅仅凭运气，虽然运气很重要。

我只是希望猫和天下寒士一样，都能食有鱼居有竹，至少无有饥寒。我也知道人生需有理想，而现实是负重过河，在光阴中慢慢成长，直到承受。

·上海·

最初的两只猫

谈瀛洲 *

一

从童年起到现在，我家一共养过五只猫。全写就太长了，现在就来写写开头的两只吧。

西方人爱把人分成cat person和dog person。该怎么翻呢？“爱猫人”、“爱狗人”？还是本身性情就像猫、像狗的人？也许这两者并无大的区别，“爱猫人”，性情本来就跟猫比较接近？

因为家里的猫虽然有时会过来和主人亲近亲近，但大多数时候是冷然淡然，自顾自地过自己的小生活的。你若是叫它，

---

* 谈瀛洲，作家，复旦大学外文学院教授。出版有专著《莎评简史》，散文集《人间花事》《诗意的微醺》等，长篇小说《灵魂的两驾马车》，历史剧《梁武帝》《王莽》《秦始皇》，译有《夜莺与玫瑰——王尔德童话》《后现代性与公正游戏》（利奥塔）等。

它耳朵朝你那里转一转算是好的，绝不会过来。

猫有不好的地方，即它待人的态度常常很实用主义。它有求于你的时候，就会来了。比如要吃了，就会来蹭你，朝你喵喵地叫，甚至用头顶你，把你往猫食盆那边引。

这就是猫冷淡的个性，爱狗人不喜欢，但是却很适合我。

我有时想，要是我身边有只狗，一直围着我转，求关注，摇尾巴，甚至“汪汪”地叫，我会受不了的。

后来又想，养猫还是养狗，其实也跟一个人的生活经历有关。因为小时候家里就有猫，所以说到养猫，我心里大致有个概念，知道猫需要些什么；但说到养狗，我就茫然了，不知道养狗后会遇到些什么情况，因此也不会贸然去养。

二

记忆中家里的第一只猫，是一只白底子身上有黄色斑块的小猫。不记得当时给它起的名字了，就叫它小黄吧。

小黄原来是一只小野猫，有一天我们看到它躲在我家天井的围墙上瑟瑟发抖，外面是一群跳着叫着要打死它的“野蛮小鬼”。

那是在七十年代初，“文革”末期。现在想来，当时的人们真是又穷又凶。不受管束的顽劣小孩，也即上海人说的“野蛮小鬼”，也是那个时代的特殊产物，现在就没有了。

有人说在各个历史时期，人群的道德水准是差不多的。但我的体验不是这样。“文革”末期，一股狠戾之气还弥漫社会的各个角落。生活在那个时期的动物也比较倒霉。记得那个时期的野猫，就常常被人，包括小孩虐杀。

不像现在，社会开始富足起来，抱有与人为善之心的人也越来越多。公园、小区、校园里的野猫，常常看见有人去喂食，甚至有花许多钱送它们去兽医那里治病的。

话头又回到小黄。我阿婆（我家对祖母的称呼）就让我们搬了把木梯子，把它抱了下来。正好是吃中饭的时候，阿婆就拿一个搪瓷碟挖了一勺饭在里面，又拌了一些我们正在吃的红烧肉的肉汤，小黄就心满意足地吃了，然后就在我家安顿了下来。

那时候的政策是不鼓励养宠物，尤其不许养狗。养猫还好，没人管；养狗，搞不好就会碰上打狗队，给捉去打死了。

背后的逻辑当然是，人吃的都不够，还浪费粮食养宠物？

三

那时候养猫还是挺麻烦的，因为没有什么针对宠物的产品和服务。像猫砂和猫粮这些东西，都没有，更不用说宠物医院和医生了。所以为了养小黄，我阿婆每天要在菜场买菜的时候另外给它买五分钱的猫鱼，都是人不要吃的小烂鱼、小烂虾，回家煮了给它吃。

现在的养猫人，肯定都听过不要给猫喂带骨鱼的警告，说是会梗喉咙。但那时小黄吃东西时我观察过，它每次吃我阿婆给它煮的猫鱼都吃得干干净净，连一点骨头都不剩。真不知那些尖利的鱼刺它是怎么嚼碎了又咽下去的。

当然，也有没猫鱼的时候。那时我阿婆就用我们在吃的鱼或肉的汤给它拌一勺饭，它也就吃了。

那时候也没有专门的猫砂，一般人家都是用炉渣。我家是烧煤气的，没有炉渣，因此我阿婆要去隔壁弄堂问烧煤炉的人家讨烧煤饼烧下来的炉渣做猫砂，而且得每天换，每天去讨。效果倒是很好，吸湿除臭。

四

小黄很快就长大了。其实也不十分大，只是半大的样子，就发情了。养过田园猫的人可能都知道，它们不满一岁的时候就会发情。当时也没有兽医可以给小黄做绝育手术，于是它就跑出去了。我家当时住的弄堂房子顶楼的阳台都是连通的，它可能就是通过顶楼阳台跑出去的。有时也会有野猫通过顶楼阳台下来。当然，也有可能小黄是直接就从我家底楼大门跑出去的。没人注意到。我当时也不知道它是公猫还是母猫，现在想来可能是公猫。

一个星期后它回来了，身上带着伤。我记得是腿上有一道裂口，露出了里面粉红色的肉。究竟是被人用利器砍了，还是在逃跑时腿被门、窗上尖利的金属件挂伤了，我就不知道了。

小黄在家里又安静地生活了一段时间。我记得它常常蹲在那里舔它那粉红色的伤口。我去爸妈在贵州支内工作的医院探亲时，也在医院里养的一条狗身上看到过类似的伤口，是在那条狗的腰上，只是要长得多、深得多，大概有十多公分长，一两公分深。据说是被乡民用镰刀砍伤的。我看见那条狗也老是舔它的伤口。这是动物自我治疗的一种方法。

伤口养好以后不久，小黄就又跑出去了。这次就再也没有回来。

从那以后我就知道，发情，对家养的猫来说是一大劫。

五

其实也不是完全没机会养狗。那时候没有宠物市场，也没有宠物狗出售，但是我妈工作的医院里有动物房，饲养做实验用的狗。

小时候有一天傍晚，我已经躺在床上了，我妈下班回来了，拎着一个旅行袋，笑眯眯地问我："你猜里面是什么？"

说着她就拉开了旅行袋的拉链，从里面跳出来一只圆滚滚的小狗。我妈说，这是她从动物房要来的。

但这小狗刚走了两步，就"噗"地一声在地板上拉了一泡稀屎；然后又走几步，又拉一泡稀屎。就这样拉得房间里到处都是，包括柜子底下等难清理的地方，害得我妈那天晚上搞了好久的卫生。

第二天早晨我妈问我，"这小狗你要不要养？"

我对这动不动拉泡稀屎的小狗实在是有些怕了，就说，"不要，你把它送回去吧。"

我妈晚上回来时说，她早晨把小狗装在旅行袋里，放在自行车车斗里骑回医院，在骑到文化广场的时候它突然从袋子里跳出来逃走了，害得她逮了好久。

现在想来，它本来是可以逃离做实验动物的命运的，要不是我这不懂事的小孩主张把它送回去的话。

而且，要是我第一回遇上的不是一只正在拉稀的小狗，也许我这辈子和狗的关系就会完全不同。

六

前面提到过小黄很可能是从阳台跑出去的。那时候的猫，无法像现在的猫那样关在家里。一般房子里都是住着几家人家，不能要求他们老是把阳台门甚至是底楼的大门关好。在上海老城区（我家那时候在卢湾区，现在已合并到黄浦区），屋顶都是连着屋顶，或至少是有围墙连着的。所以它从阳台出去，不仅可以走到我家所在的弄堂里的所有房子的屋顶，周围弄堂，甚至整个街区的房子的屋顶它都能走到。从我家阳台出发，它就可以进入一个巨大的网络，而我家不过是这个巨大网络上的一个节点而已。从那里出去以后，它会碰上各种各样的猫，和各种各样的人，进入一场巨大的冒险。危险的并不是别的猫，而是人。

既然小黄能从阳台出去，那么别的猫也能从阳台进来。虽然平时看不见它们，其实它们常常在夜间，趁我们入睡以后，来我家巡视的。

当时我家还养着金丝雀（又名芙蓉），像麻雀般大小的小鸟，有橘红色、古铜色的德国种，也有浅黄色的、胖胖的山东种。雄的会颤动着喉头唱歌，但要小时候有唱得好的老鸟带，才能唱得好。我家的金丝雀因为没有唱得好的老鸟带，所以就一直唱得不怎么好。

听舅公说，民国时有给小金丝雀听老鸟鸣啭的唱片的。这样学过的小鸟，能唱出七声音阶。

对金丝雀最大的威胁就是猫了。这倒不是因为猫坏。捕鸟是猫的天性，是随着它的基因带来的。即便是从未有过机会捕鸟的关在家里的猫，你用绳子在一头绑两根羽毛，也能逗得它发疯。

虽然我们平时一直注意，把鸟笼挂在猫即便跳起来也够不到的高处，但偶然的一次疏忽，就让金丝雀命丧猫吻。

第一次是一只古铜色的德国金丝雀。平时我们夜间都把它的笼子高高地挂在厨房墙壁上钉的一个钩子上面。后来有一次家里搬动家具，临时放了一只五斗橱在这笼子下面。结果第二天早晨，就发现金丝雀被野猫吃了。因为我们没想到，虽然笼子的高度没变，但在下面放了五斗橱以后，猫就可以拿它作跳板，够到鸟笼了！

第二次是一只浅黄色的山东种金丝雀。平时也是把它的笼子挂到高处，可是有一次家里房子大修，把墙上的钉子拔了，就临时把它的笼子在卫生间的地上放一晚。结果到第二天早上去看，笼子里只剩下它挣扎时掉下的几根羽毛。野猫昨晚上把爪子从笼子的栏杆缝里伸进去，把它抓出来吃了！

后来我家养的小花也从桌子上起跳，把鸟笼子从高处扑下来过，所幸我们听到了声音，马上过去了。鸟的翅膀受了伤，但是没有给它吃掉。

七

接下来我想写一写我家养的第二只猫小花。

记得中学时候，有一天吃饭时我大姐说，她同学家有一只漂亮的母猫，叫做“玳瑁猫”，生了一窝小猫，我们要不要讨一只来养。我们几个小孩当然都赞同。于是一天中午那小猫就来了。我正坐在沙发上。它东张西望了一会，然后就径直跳上沙发，睡在我肚子上了。

这时家人叫我吃饭，我说我不能动，小猫还睡在我肚子上呢。

就这样，我和这只小猫第一次建立了联系。

“玳瑁猫”这三个字听上去挺珍贵。我想弄清这三个字的意思，可是当时也查不到什么资料，只能作罢。

现在看来，这小猫并不是什么玳瑁猫。它是只不纯的狸花：它身上有漂亮的深棕色斑纹，只是在后腿上又有一块黄色杂毛。而玳瑁猫呢，应该是像玳瑁的斑纹一样，身上带黄、白、黑三色色块的猫。

那时还是上世纪八十年代初，还没有什么宠物品种的讲究，叫错是完全有可能的。

我猜想，可能小花的妈妈是只蛮纯的狸花猫，而它爸爸是只大黄猫。小花的相貌从毛色来说确实有点缺憾，但这并不影响它的可爱。

八

我当时是高二，本来在一所重点中学住读，但突然发现患了严重的心肌炎。医院还发了病危通知，我进医院后在监护病房住了六天，总共在医院住了十八天。是的，我每天都数着日子。住院这段时间，对我来说真是度日如年。这时我出院不久，正在家里养病。

因为尚在恢复期，我活动受限，每天都闷在家里。记得我去医院复诊过一次，单是坐坐公交就让我心跳超过一分钟一百二十次。同学都在遥远的学校（坐公交要一个多小时）里忙于学业和应付考试，也很少来探望。住读生本来周一到周六就不能离开学校。

我不知道何时才能返校，何时才能过上正常的生活。我每天做的一件事，就是把各种课本拿出来，按计划好的进度自学，然后自己做课文后面的习题，以期慢慢赶上学校里同学的进度。

这对一个十五岁的少年来说，真是一种愁闷无聊已极的生活。帮我度过那个困难阶段的，除了窗台上的两盆月季外，就是小猫小花了。尤其是小猫小花。

当我心情愁闷，想找小花玩的时候，它总是在那里。也没有其他人跟它玩——我的两个姐姐和堂哥都大了，都是二十多岁的人了。

小花喜欢抱着我的手玩摔跤。它是小猫，还不懂事，所以在跟我玩的时候常常会伸出爪子来。它的爪子是极锐利的新月形的小弯钩，有的时候只是在我手上的皮肤上拉出几道白道道，但更多的时候会把皮抓破，留下一道浅浅的血痕。刚抓破时伤痕两边的皮肤还会微微肿起，然而很快就会平复。有一段时间我的手上、小臂上都是这种小抓痕。但幸运的是，我没有被它很深地抓伤过。

后来我就趁它睡觉时拿把指甲钳去给它剪指甲。养过猫的人都知道，猫完全睡着的时候是没有的。我去给它剪指甲而它又不跑开，只是因为它愿意让我剪而装不知道而已。只是剪过之后没几天，它的指甲又被它磨得很锋利了。

小花还喜欢抱着我的手指放在嘴里啃。啃的时候好像比抓的时候要有数，虽然有的时候被它咬得挺痛的，但皮肤从来没有被它咬破过。

九

后来还想了其他一些法子跟它玩。一种就是拎一段绳子（或手帕或毛巾）在它面前晃荡，它就会跳起来去抓。我把绳头垂在它好像能抓到其实又抓不到的地方，这样它东抓一把西抓一把可以玩好久。有时我有意把绳头垂到它头的后面，它玩得忘情了会后仰去抓，然后就会仰天摔一跤，这时我就会哈哈大笑。

当然，最后还是要让它抓到一次，不然它会泄气。

它最喜欢玩，我跟它也玩得最多的，就是乒乓球了。我和小花也试过玩其他球，比如网球，但都没有乒乓球好。太大的球它会害怕，或者重量和体积太大，它驾驭不了；太小的又不方便扑。最大的好处，是乒乓球有弹性，可以弹跳起来。

被任何小的、快速移动的东西所全神贯注地吸引，并且不由自主地扑上去，这似乎是猫咪的天性。我跟它一开始玩乒乓球的玩法，是把乒乓球往离它有一点距离的地方踢，这时它就会像足球守门员一样飞身扑上去，把球扑住。

然后，我只要向任何一个方向踢那个球，它都会箭一般地窜出，去追那个球。最好玩的是在它还没追上球的时候球就撞上了墙壁，这时球会反弹起来，小花也会一个急刹车，跳起身用爪子去拍那个球。没拍到的话还好，如果拍到，乒乓球会弹得更高，弹得更远，然后小花就会拍得更加起劲。

发现它喜欢拍弹起的球以后，我就会存心把球丢在地上让它弹起。球在地上会弹起四五次，小花也会跟着在地上蹦四五蹦，真是好看极了。

把乒乓球扑住以后，小花还会用两个前爪轮流拨动着乒乓球前进，就像曲棍球球员或冰球球员运球一般。它就这样会自己玩一会，直到失去兴趣为止。

十

每天经过那么长时间的速度与灵巧的训练，我那时候想，小花一定是这世界上最灵活也最聪明的猫了。

后来我身体渐渐恢复就又回学校住读去了。小花也渐渐长大，没那么爱和人玩了。

小花真的是给了我许多的快乐，没有它我不知会怎么度过那段度日如年的养病时间。可惜的是，跟小黄一样，它也没得善终。它发情后跑出去从别的野猫那里染了病，死了。

·北京·

我和月亮

全勇先*

月亮是流落民间的意大利王子。

月亮是我家的新王和本朝最高司令官。

月亮是只猫。

父亲去世的第二年秋天。有一天夜里，我和一位朋友吃饭回来。在东三环意大利使馆的墙外，看到马路中间有一个白色的影子在车前飘乎闪过。车灯一照，是一只白色的，懵懂的小奶猫。犹犹豫豫，躲躲闪闪地在马路中央蹦跳。幸亏是深夜，环路上车流不多，它正处在危险之中。几年前我在二环路上捡过一只同样大小的小黄猫。那天是晚上八点，车流滚滚。小猫在高速掠过的车轮间惊慌失措。我在路中间强行停车，打开双闪下车，在身后一片表达不满的，刺耳的喇叭声中，抱起了那

---

* 全勇先，作家，编剧。出版有小说集《昭和十八年》《独身者》等。电视连续剧《悬崖》获第十八届上海国际电视节白玉兰最佳编剧奖。

只小奶猫。小猫被我起名叫小虎，送给了一个修冰箱的小伙子带回老家。小虎现在还在乡下过着妻妾成群，作威作福的乡绅生活……因为有过这次经验，我把车停下。小心地向它慢慢凑过去。没想到这只小白猫比小虎机灵多了。见到我，转身一跳就跳进了路边摆放的花盆架子里。闪转腾挪，东躲西藏，你根本休想近身。几分钟后，我几乎放弃了想要抓住它的想法。但是最末一次祈祷后的努力有了效果。鬼使神差下，我出现在小猫头部的正上方，正是它的视野盲区内。趁它没发现我，伸手一把抓住了它。小猫在我手里挣扎扭曲，试图挣脱，但是它太小了，小到你足以用一只手攥住它。我把它扔到车里，关上车门。那一刻恰是子夜时分，也是2014年中秋节刚开始的时辰。这只小白猫，被我取名叫小月亮。

小月亮脏得一塌糊涂。回到家，它瞪着萌萌的一双大眼睛，蜷卧在桌子上，看着这个无比陌生的世界。它太小了，小得甚至不知道什么叫恐惧。这是只两个月大小的奶猫，甚至可能还没有完全断奶。你是谁？你从哪里来？你的妈妈呢？小月亮神秘得如一个天外来客，突然就降临到我的家中。它很快就成了这个家的新户主。原来改朝换代只是分分钟的事。每只猫身上都有不可阻挡的独裁者气质。几天后，我就很快俯首称臣，甘心为奴。

当晚，我从邻居唐大年家借了个猫笼子和猫砂盘。把家里的三条狗赶到院子里，全心全意地过上了猫奴的生活。和每一只我行我素的猫一样，月亮启动了它与生俱来的统治模式。它帝王般的威严随着身体的强大，慢慢地滋生出来。月亮是一只长毛波斯猫和另几种或尊贵或贫贱的名猫与土猫的混血。它的脖子下面，有一圈雄狮一样的天然毛领围巾。这使它看起来更具有不凡的领袖气质。它的尊贵与傲慢随着霸气的体重，逐渐变得不可一世。它的圆圆的眼睛，充满了正义和洞察世事的智慧。深不可测的目光，炯炯有神。我觉得如果人类长了这样一双正义的大眼睛，会让所有邪恶阴暗的人心生畏惧。如果检察官和警察长了这样一双眼睛，罪犯都会排着队来投案自首。不要认为只有人有气场。动物也是有气场的。月亮虽然是只猫，周身却弥漫着老虎的气场。但这一切，其实都是表象。月亮的威严徒有虚表。比如某日岁月静好，它吃饱喝足正在家中高高在上、耀武扬威升堂办案的时候，会被突然的一阵快递员的门铃吓得屁滚尿流，慌不择路地顺着楼梯跑到楼上，在衣橱里缩成一团，传说中的纸老虎，不过如此。

月亮是一只高智商的猫。第一次发现它与众不同，应该是它来家两三个月的时候。小猫在家里实在是太淘气了，有一次把电脑屏摔出了万花桶的效果。我把它关进卫生间。锁上了门，去了趟超市，回来发现卫生间的门开着，它正悠然自得地趴在地毯上舔爪子。我以为是阿姨把它放了出来。可是发现阿姨并没有回来。我开始怀疑它是不是学会了越狱的本事，可是锁上的门，它是如何打开的呢？之后又有两三次类似的经历，激发起我强烈的好奇心。那天，我把手机的录像功能打开，像个监视器一样放在卫生间的台子上，把月亮重新关起来。后来录下的视频，让我惊讶不已：小月亮先是老老实实趴在垫子上，一动不动，很乖巧的样子。可是一听到大门响，确认我已经离开家之后。它马上凑到门口，飞身一跳，把身体悬挂在门把手上，用体重拉扯把手，让锁里的门舌缩回来。再用后脚蹬墙，身体一悠，靠惯性拉开门。它从上面跳下来，很从容地拨开门走了出去。动作连贯自然，一气呵成。前前后后大概只有五秒钟的时间。这段小视频让小月亮在网上红火了一阵，看得大家目瞪口呆。我在想，它是怎么自学成材的？小月亮一定是仔细观察了我开门锁门的诸多细节，才研究出这一套溜门撬锁的手艺。说明它的思维已经有了基本的逻辑雏形。这一系列的行为里有推理，有经验，有模仿……月亮实在不是一只凡猫。

来家半年后，月亮开始发情。它的表情也由一个清纯少年，变成了一个欲望满满、面容狰狞的油腻大叔。它整夜地哀叫，四处乱窜，到处撒尿，在阿姨的床上，沙发垫子，甚至我的衣服上宣誓它的主权。有一阵我的鼻子不知道是习惯了它的尿骚，还是在嗅觉功能里不自觉地贮存了它的尿骚味，我经常会在吃饭或是谈事的时候，神经紧张地问周围的人闻没闻到一股骚味。我担心自己久处花丛而不闻其香。看到别人皱眉头，就先想到是不是自己又带上了月亮的味道。这种日子，终于到了不可忍受的地步。别的猫奴告诉我，要果断给月亮绝育。断了红尘，去了男根，它就不会胡思乱想，就会一心清净。但是一个奴才要给主子绝育，还是需要很大的勇气和经历道德煎熬。我再想，小月亮一世为猫，尚没尝到猫界禁果的滋味，怎么能就这么轻易让它看破红尘？男欢女爱，毕竟是动物界的最高快乐。虽说皇上不急太监急是句调侃的话。可意大利的皇室血脉，不能在这里断送掉。

于是我在网上给小月亮征婚。我们球队的导演老原养了一只扁鼻子加菲猫，也是至今未婚未育，独守空房。我们俩一拍即合。选了良辰吉日，打算给这孤男寡女圆房。哪知这两只猫见了，并没有眉来眼去，而是一见面就互相嫌弃。发展到最后，竟当着双方父母的面，互相掌掴对方。这门亲事告吹。看来猫也是有自己的择偶观，并不是我们想象的烈火干柴，一点就着。猫也是有审美的。甚至比某些慌不择食的人类还要高级些。

回家继续征婚，网络女作家小精子把帖子转给了她另一个爱猫男同事。两口子几年前捡了一只流浪母猫，起名猫小白。纯白波斯猫血统，鸳鸯眼。体态娇小，虽比月亮年长几岁，但也是徐娘未老，风韵犹存。双方父母各自将自己的儿女收拾利落，还特意去宠物医院做了美容。这两个见了，才是郎才女貌，瞬间电光火石。女方父母大喜，把猫小白留在我家。约定生了猫崽，一家一个，

那几天是小月亮的幸福时光。痴情小月亮完全是个猫中暖男，整日守着猫小白寸步不离。一对新人，卿卿我我，一副儿女情长的样子。小月亮的性能力那也是堪比凯撒大帝。当着人的面也没完没了地折腾。颠鸾倒凤，地动山摇，把客厅变成了炮房，感觉每天恩爱二三十次不止。猫小白也放下了淑女架子，每天和月亮不管不顾，那何止是一般的疯狂。

终于有一天，猫小白突然翻脸，再也不让小月亮近身半步。老阿姨有经验，说这是怀上了。动物在完成了交配使命后，不像人类那么磨磨叽叽，没完没了。猫小白突然安静下来，它开始做当母亲的准备。

猫三狗四。长话短说。主人经历四十五天的望眼欲穿之后，猫小白终于准备分娩。那天它羊水破裂，身子扭动。很痛苦的样子，但就是生不出来。芳邻小吴也是爱猫如命，看着猫小白的样子心急如焚。到了下午，猫小白已经非常虚弱。奄奄一息的样子让人非常揪心。后来，小吴带着小猫去了宠物医院。医生一看，说这猫崽保不住了，为了保大猫，只能剖腹产……手术过后，大猫保住了。小猫像两个赤色的小老鼠，生命体征微弱。医生建议放弃。小吴一听自告奋勇，说她想试试。姑娘买了针管针头，幼猫奶粉。夜里平均两小时喂猫一次，完全接管了猫小白的全套业务。几天后，杂色的那只还是死了。另一只竟然一点一点被养活了过来。是只呆萌的小母猫，看它弱弱的样子，和纤细的叫声，我给它起名叫月牙儿。

猫小白和女儿月牙在我家待了半年多。眼看着月牙儿一天天长大。这猫小时候有点四白眼，长大了却出落成了一个猫界美女。虽然没有月亮那么机灵和猫小白那么妖媚。也是眨眼长成了窈窕淑女。这娘俩儿每天相依相偎，母女深情的样子成了家中一道风景。

猫小白也是猫中奇女子，完成了生育后对月亮完全不理不睬。就像一个被男人伤害的女人一样，满眼都是不屑和仇恨。月亮还算有情有义，却永远不能再越雷池一步。除非猫小白再次发情，月亮根本不能靠近它。轻则恶语相向，重则拳打脚踢。小月亮当爹的使命完成之后，送到医院割了蛋蛋。痴情小月亮，每天只能遥望家人，哀叫惆怅。这时候我突然觉得动物真的很可怜。大自然不知道在它们身上设置了什么样的生存密码。它们为什么会这样？如果是人类，猫小白一定是患上了产后抑郁症。

秋天的时候，猫小白的父母来领女儿回家。为了让它们母女不再骨肉分离。我只好忍痛割爱。答应隔段时间让它们团聚一次。不久，那娘俩也绝育了。一家三口，同时断了红尘念想。猫和人毕竟不同。再次相见，除了月亮还有点温情再现。那娘俩已经完全不理不睬，形同路人。再以后，大家忙了起来，也就不再张罗全家团聚这回事。

没有了人生追求，小月亮越来越胖。它从楼梯上下来，咕咚咕咚，像一只笨拙的小象。更多的时候，它趴在窗前，面对窗外的风花雪月，进行哲学家一样的深刻思考。

星移斗转，红尘万丈。四季流转，逝者如斯。

窗外的树叶黄了又绿，绿了又黄。墙上的钟表时刻不停。我发呆，月亮也发呆。我惆怅，月亮也惆怅。我不知道和月亮在一起的日子还有多久。猫虽然活不过人，但人也可能活不过猫。在它的世界我是什么样，我看到的景色和它看到的景色是不是还有不同？我对时间的感受和它对时间的感受，到底是不是一样？都说人的一天等于猫的两天，也有说人的一岁，等于猫的七年。我永远不知道猫眼中的世界是什么样，就像猫也永远不知道我的世界是什么样。

唯一可以确认的是：月亮一天一天老去，我也一天一天老去。

猫生人生，其实并没有不同。

· 上海 ·

我的猫叫无事忙

赵荔红 *

【命名】

生在庭院的猫咪，三个月大了，其中一个，成为我家一员。我为他命名：姓黄——披一身橘黄底褐色条纹闪闪发亮的华美皮毛；名英俊——有一张忠厚老实的包子脸；字黄爱中西——如今他日日与一堆中西书籍作伴，触目所见，只有书；号无事忙——就像那个大观园里多情、单纯的怡红公子，尽日忙些无用之事。

古人以地名、氏族、父姓、赐姓、官职等等作为姓氏、字号。如同父母给子女、皇帝给臣民、哲学家给万物、上帝给造化自然，我也来为我的猫命名。我得意洋洋，拿这些名字呼唤他。猫并

* 赵荔红，作家。出版有散文集《意思》《回声与倒影》《世界心灵》《情未央》《最深刻的一文不名者》《宛如幻觉》，电影评论集《幻声空色》等。

不理我。只得改口叫“猫”，或模仿他的声音。（咪呜，缪呜，喵呜，喵嗷，呼呼，噜噜，视情绪变化，声音略不相同，最近他哑哑地发出颤音，好似变声少年，自言自语地嗯嗯，如同孩童应答，有时他竟发出咩咩声，好像他是个羊，难道他还会发出牛或驴的叫声？）我轻声唤猫，他抬头看看我（发亮、乌黑、迷人的瞳孔啊，有时是深不可测的全黑；黑暗中，猫的眼睛变成两个闪闪发亮的玻璃球、夜空中的星、海底的夜明珠、隧道里的探照灯；日光下，又变成两泓布满黄绿水草的湖水、闪动着两尾小黑鱼；瞌睡时，他的眼窝慢慢凹成杏仁碗来盛一只小黑蚂蚁……）。更直接是，撬开猫罐头微细地咔哒一声，或轻轻敲击猫碗，无论藏身何处，我的“无事忙”都会迅速蹿到你跟前。

所以，命名，仅仅是我的、皇帝的、哲学家的、上帝的游戏。命名，一种言辞，是为了书写、唤回记忆的必要。猫们若要书写历史，将猫口语转化为书面语，也会给自己或他者命名吧？！或许他们真的有名字？猫拿爪子在泥地、树干、沙发、猫抓板上抓挠爬梳，留下深浅、凹凸、毛糙的各样痕迹，难不成是在写作？呆头呆脑的人却以为他们在磨爪子？猫用湿润冰凉的鼻子碰碰你，用脑袋、耳朵、柔软身子蹭蹭桌脚、被子、枕头，在所有经过的物事上留下他的独特气味，难道是在进行独特性书写吗？诗人秘密接头的暗号是诗句，音乐家秘密接头的暗号是音符，猫，难道不是以抓痕、气味、声音来交流、来表达世界的？或许人们会说，猫的这些书写是本能不经反思的、是短暂而即兴的，故而是无法留存的。人，不也是一边书写、一边消失吗？人命一生能有多长？百来年后，你在世间留下的躯壳、躯壳的痕迹，不也消失不见了？就算留下些许精神产品，又能传递几世呢？连同我们居住的小小星球，繁华城市、富裕文明，多少光年之后，也行将消失不见了。就算此时此刻，我们，在茫茫暗黑宇宙间运转，竭力发出微弱的光亮、音声，会有外星族类接收到我们的符号吗？他们读我们，也如同我们读猫的书写符号吧？！

【新奇】

新生儿，睁开那混沌原初闭合于长久黑暗中的眼睛，遇到第一束光，稀奇地望向这个世界的第一物第一人，如同混沌太初，第一束光划破黑色帷幔，神伸出手指轻轻一点，区分了大地天空。小猫睁开眼睛的瞬间，对万物的稀奇凝视，也如同新生儿对世界、人对神的稀奇凝视。有些人的心，很快就老了，对世界不再新奇；有些人，那些诗人、哲人，终其一生，都对百汇万物充满好奇，每一天对于他，都是新的，他永远走在探求真理的路上。智慧如苏格拉底，称自己不过是拥有“无知之知”。

我的“无事忙”，最接近苏格拉底。一切都新奇，全让他惊讶。他寡食，常常独自一个，低头走路，仰首望天，沉思默想，心事重重，好像面色苍白、眼神忧郁的哲学家。降生在庭院的五只猫咪，无事忙的求知欲最强，才刚歪歪斜斜站起来，就开始了探险世界的路途。猫咪们大快朵颐时，他却忙于嗅闻花坛上的每一片叶子、每块石头；猫咪们呼呼大睡时，他独立夜空下，仰望星辰，若有所思。雷鸣暴雨的午后，天性怕水的猫咪全躲进了纸板箱，只有无事忙，兴奋的小身子忙不迭地窜来窜去，地砖上的水花，屋檐下的水滴、水柱子、水瀑布，全令他新奇，他转动耳朵、翕合鼻翼、圆瞪双眼，是在探知水流速度、水滴频率？水是什么、水缘何而来？抑或是，研究水是世界的本源、猫不可能在同一时间踏进同一条河流之类的哲学命题。无事忙是第一个爬下花坛，闯进猫妈不许他们步足的外界；是第二个顺蔷薇花藤向上攀登，试图翻过墙头、到更广阔天地去；也只有他，竟敢溜进我家，对我这样的非我族类，表示亲近。早先，我称他“小探险家”，成为我家一员后，解决了生存问题的无事忙，开始了纯粹的“为知识而知识”，“为真理而真理”的忙碌探求。

陌生令他惊惧，也让他新奇；熟悉让他安逸，也使他厌倦。吱吱作响的假老鼠，闪闪发光的小球，飘来飘去的羽毛，哗啦哗啦吵闹的塑料袋，只能吸引他短暂的注意力，一旦了解，再也激发不起他的兴趣。他瞪着我：“拿走他们！能不能有点‘创新’精神？！”将他安置在全然陌生的空间，他先是审慎地躲在隐蔽角落，夜深人静时，他才一点点、蹑手蹑脚地，靠近那些陌生事物，开始新的探险与侦查，一寸寸扩大地盘，在所有陌生物事，蹭上他的味道，掉上他的毛，涂上他的口水，如司汤达一般标记道：我认识，我了解，我来过，生活过，爱过。未知之境，如此强烈地诱惑他、吸引他啊！！他是善解谜语的俄狄甫斯，是那个寻找事物之母伊西斯的夏青特。我家装修，书房里堆了许多物事，书，衣物，瓷瓶，林林总总，怕猫打翻，人不在时，就不让他进去。书房门，对于无事忙就是诱惑之门，他蹲在门口，念叨，芝麻开门，芝麻开门，一不留神，就溜进去。他显然记得，哪些东西搞清楚了，哪些还很奇怪。东西堆积、叠加，使书房“地形”极其复杂，极具隐蔽性，几次三番我在客厅大声嚷嚷找猫，他却躲在书房某个角落，一声不吭。而奇异的粉尘味、水泥味、胶水味、油漆味，工人身上的汗臭味，让他既惊惧又兴奋。每日，只等到工人走了，获得安全感的“无事忙”，就在柜子、桌椅、工具箱、涂料桶之间来回穿梭、跳跃，发现美洲新大陆的那个强盗，大约也如此吧？

很快，家里一切，全都是熟悉了。“无事忙”就眼巴巴等着我买新东西。他非常积极地凑过来看我拆解快递包，看工人安装家具，新的灶头、水龙头、拖把，他以宰相肚里能撑船的姿态全盘接受，全都蹭上他的味道。小时候令他百思不得其解的东西：镜子里的猫（他试图绕到镜子后去找另一只），电视上奔跑的人与动物（他一头撞到屏幕上），打在墙上晃动的手电筒光圈（虚空的捕捉有种幻灭感），水龙头忽隐忽现的水流、下水道渐渐消失的声音，他也渐渐掌握了规律，对镜像中的自己熟视无睹，不再撞玻璃，换一个角度去捕捉光圈，若是再捉不到，当即放弃、很酷地掉头不顾了——不能获得的事物，不能抵达的情境，就是不存在的。子曰：祭神如神在。无事忙也是这么想的吧？！

现在，他开始对外界，充满向往。雨打玻璃的声音；风动枝叶的颤动；阳光在墙上的斑驳光影；飞鸟划过天空、站立在枝头鸣叫；桂花盛放时他打着喷嚏，桂花点点落下时他才认识桂花的生命；夜深人静时老鼠们、蟑螂们的蠢蠢欲动，花园里蚯蚓、马陆、蜗牛和鼻涕虫的缓慢爬行，飞进房间的蛾虫黑色难看的样子……全逃不过他的眼睛，至于窗外走来走去的两脚人类、两轮自行车，跑来跑去的四足猫狗、四轮甲壳车，他趴在窗台上，向外张望，又羡慕，又惊惧。

我常见他蹲坐墙头，双目微阖，尾巴盘着自己的身体，也许在做梦，梦见他拥有一个古各斯戒指，可以隐身，穿墙而出，在外面逛了一大圈，碰上一个心爱女猫，与一个讨厌家伙打了一架，与一只大狗对峙半小时，跳上了几棵树、几堵墙，然后，有惊无险地安全回来，不被主人发现……他怡然地做着梦，此时，一只肥大黑猫，出现在外墙头，与无事忙隔着玻璃，面面相觑——那是一个诱惑者，一个巫婆，是要拐走“无事忙”去寻找“自由”的新奇世界的那一个。窗外，是未知的黑暗的凶险而充满新奇的世界；窗内，是熟悉的安逸的令他厌倦的家。无事忙，我宁可相信，假如你出走，不是为了寻找自由，而是为了探知世界。

【审慎】

毫无疑问，猫咪充满新奇的探知欲，他皮毛华丽、腰身纤细、眼神闪亮，是极具创新精神的浪漫主义者。但他不是试图飞向太阳的伊卡洛斯，不是极尽燃烧自己的荷尔德林，更不是在旷野中呼喊主要降临的施洗约翰，猫，他更像一个启蒙时代的理性主义哲学家，陷在幽暗书房深处，目光闪闪，向外探察，脑袋转动如罗盘针；他又像一个精明世故的会计师，一个保险公司职员，一个风险投资者，肚子里整日里盘算着利弊出入。猫，真是一个矛盾的混合体，他神秘、浪漫，又是理性的、审慎的、精明的。

猫的审慎，似乎是出于对生存问题的考量。就像《安提戈涅》里的国王克瑞翁，以现世的利或害来衡量、处理一切关系；克瑞翁难以想象，安提戈涅之类的，居然会有信仰，居然会不怕死，居然宁可违背国王的命令而被处死，也要安葬哥哥的尸体。有一阵子，我认为猫是一个霍布斯主义者，生存，似乎是猫生的一等一法则，只要活着，哪怕生活在一个人造利维坦，一个囚笼，也好。房间有两扇门，一个安放了炸弹、一个是安全出口，我的无事忙，绝对会嗅出火药味，从安全出口出去。我的这个想法在给无事忙做完手术后，发生了改变。怕他去舔伤口，给他脖子戴个伊丽莎白圈，视线被遮挡，胡子被圈住，无法准确判断方向与距离，无事忙只能摇摇摆摆慢吞吞走路，跳跃攀爬时，半道就掉下来、可笑（耻辱）地撞到桌椅上，跌跌撞撞站起来，戴着枷锁（伊丽莎白圈）的无事忙，眼神是忧郁的、哀怨的，神情整个萎顿下来。我很不忍心地给他拿掉枷锁，他马上在猫抓板上大磨特磨几下爪子，表示恢复自由身的喜悦，然后飞快地在房间里乱蹿、乱跳，显示他对方位的准确判断与灵活敏捷的身段。于是我很怀疑自己最初的判断，如果让无事忙来选择，他是宁可舍弃我给予的锦衣玉食，也要在广阔天地间，自由地过他饥一顿饱一顿的生活。《庄子·养生主》有言：“泽雉十步一啄，百步一饮，不蕲畜乎樊中。神虽王，不善也。”猫若能自由自在地行走、出入，“自由”于他是自然而然的，无所谓善或不善；我强行囚禁他，即便千般宠爱，“自由”也是他渴望之善吧？霍布斯说人在牢笼里或牢笼外，都可以自由地走来走去，在拿掉猫的伊丽莎白圈的瞬间，这个说法不攻自破。

但猫的警惕与审慎，的确是与生俱来的。与无事忙一起，降生在我家院子里的五只猫咪，三个多月后，翻出矮墙，进入自然社会中，为了生存，与敌人搏斗、接受诱惑、度过饥荒，越过一个个障碍，获取战争胜利，进行圈地运动，赢得异性青睐……只有无事忙，他的好奇心，竟然战胜了审慎，钻入我家玻璃门，掉进了我的温柔的囚禁之乡：没有生存压力，没有敌人进犯，也没有异性诱惑，危险似乎变少了，但他依然有着本能的警惕与审慎。

猫是用他高度的警觉、敏锐，来支撑他审慎的生存本能。

嗅觉。小猫咪还不会走路，依据嗅觉寻找妈妈，小猪似的与兄弟姐妹挤在一起；稍稍长大，一有陌生气味逼近，马上如小球般滚到角落、缩进黑暗深处，躲藏起来。无事忙三个月大，能够对气味做出判断。家里来客人，他先是本能地缩到书橱底下，偷偷观察，仔细分辨客人的气味，是威胁性的？抑或安全和平的？只有确认了来人的气味是无害的和平的，他才爬出来，试探性地接近客人，嗅嗅来人的衣服、鞋子、袜子……如果你第一次来，无事忙竟敢跃上你的膝盖，甚至让你抚摸，简直就是恩赐了；下次再来，你已是旧相识，他虽不会如狗一般没头没脑过分热情地扑到你身上，却也不会如初次那样惊慌失措一溜烟躲进书橱下面了。

声音。据说猫咪对声音，比人灵敏五十倍。先生回家自行车停放在窗外，咔嗒一声，无事忙已然蹿到窗户，喵喵叫着欢迎；有一回我听见咔嗒声，以为是先生回来，无事忙却纹丝不动，到窗户一看，果真是个快递员。拖动椅子，砸碎杯子，电话铃响，猫都会吓一大跳；突然钻到桌子底下，突然跃上墙头，突然在你手上留下抓痕——那是因为，他比你更快意识到危险。他转动着耳朵，凝神分辨陌生人进入小区，挨近楼房，按动门铃，拎着窸窣作响的塑料袋，移动或放下重物，一切声音，皆令他心惊肉跳，猫趴在地上，紧张地盯着房门，好似一个怪物会马上冲进来……我家装修时，电锯声、冲击钻打墙、榔头敲击地板，房间充斥着种种乒乓巨响、尖锐刺耳让人牙酸的声音，想想看，对于猫，这些声音放大了五十倍，那是怎样恐怖感觉？那些天，我将无事忙移到卧室，锁上门，他整日只缩在书橱最下一格，受尽声音的酷刑，不吃不喝，两股战战，不久就变得呆头呆脑，一副生无可恋表情。我相信，许多背叛革命的，都受过这种声音的酷刑。

奇怪的是，如果我放古典音乐，或激烈的摇滚乐，无事忙却安静地呆在藤椅上舔他的毛；我见他微闭双目、转动耳朵，就觉得他也在听音乐；循着乐声，他挨近转动的黑胶唱机，两边音箱翻滚着震耳欲聋的乐音浪潮，他却丝毫不害怕，甚至想跳上唱机看个究竟——我真是惊讶啊！难道，猫具有对音乐的审美能力？有韵律、有节奏、优美动人的音乐，放大五十倍音量，猫咪非但不害怕，还会觉得愉悦、有余音绕梁、三月不知肉味之感吗？甚或他能分辨音乐的喜悦或悲伤？听多了，还会用猫爪划出五线谱也未可知吧？

作为一只审慎的猫，置身陌生环境，有陌生人来，抑或不知是否存在危险时，宁可先躲在暗处：“小心无大多过。”不喜欢粗鲁声音，不喜欢激烈叫喊，不喜欢小孩子，不喜欢狗，不喜欢骚扰，他全都有理由躲起来。躲在黑暗角落，四面围裹，他匍匐着，瞪圆眼睛，冷静观察：“敌在明里，我在暗处。知彼知己，百战不殆。”这是猫的策略。仔细分辨气味、声音，测算利害得失，耐心等待时机。等到四周安静下来，他才慢慢爬出来，踩着小肉掌，悄无声息挨近目标，盯视着对方的一举一动，一有异动，马上跃起、扑击，然后迅速撤退；他一边行进，一边试探，一边用自己的气味做标记，就像美国开发西部时，跑马者在经过路线插上旗帜标志地盘般，猫用气味，做他的地标：“这块区域，警报解除，这边，是我的，那边，还是未知……”我的朋友收养一只小猫，只在夜深人静时，出来吃食、尿尿大便，人影一晃、一有响动，马上将自己塞进洗脸盆下水管中空处，整整一个月，连猫影子也没见过。猫的这种审慎、保存自己的本能，让他带上神秘色彩，也许，猫最适合从事的职业是：间谍。

但有两个时间段，猫是不审慎的。一是发情期。我以前养过一只猫，性情乖顺、胆小，足不出户。开春时，屋外母猫兴奋啼叫，好似婴儿撕心裂肺的哭声，半夜三更，听得心里发怵；一连几个晚上，我的猫烦躁地在房间乱窜，打翻热水瓶，将纱窗抠出洞，想方设法出去，恫吓，威胁，利诱，一概无效，他只是眼睛闪亮，喷着欲望之火，誓将窗帘纱窗撕碎的模样……

某天竟不顾一切溜出门去，直到第二天中午，灰秃秃垂着脸在门外叫唤，浑身粘满草芥土块，鼻子裂开一个口子、淤着血块，神情很萎顿——难以想象，一夜未归，他遭遇了什么、发生了怎样的战争？！另一个阶段是母猫哺乳期。无事忙刚降生在我家庭院时，我试图挨近他们，流浪猫妈见警告威胁没有吓退我，凶恶地盯着我，低伏身子，前爪不停刨土，发出低沉嘶哑喷气似的颤声，突然，箭一般向我的脚射过来，吓得我落荒而逃——猫妈如此矮小，我随便抓一根棍子或什么，就可以制服她；但她无所畏惧地向我冲过来，试图凭一己之力，吓退进犯者、保全孩子们——猫妈此时表现出极大的冲动、不审慎，她那种舍弃自己保全孩子的勇气和精神，会令许多人，感到惭愧吧？！

【隐秘】

猫咪喜欢躲在暗处，观察外部世界，是出于生存需要？是因为审慎、胆小怕事？或许不仅如此。

我到处寻找无事忙，唤他也不应，疑心他扔下我偷偷出走了……蓦然发现他就躲在桌子底下（刚刚还不在），在桌布围绕的暗黑世界，一声不吭，眼睛闪亮，此时他似乎隐遁在洞穴，四周设了结界，没人能靠近，好似冥王哈得斯，祭司卡珊德拉，先知耶利米，陷于冥想中，我的呼唤声远远传来，他皱皱眉头，说：“烦死了，让我静一静！我在思考，猫族未来，猫与人的关系……”有时，一抬头，发现无事忙雄踞书橱顶上，他那食肉动物雄健的双腿正踩着狄更斯全集（那些人类典籍文献，无事忙并不想阅读，他的世界，另有一套语言密码，未来或会出现人猫，将猫语捎给人），居高临下地俯看我们忙些琐事，姿势傲慢，不屑一顾；他的额头有个褐色川字，眼眶凸起，眼窝凹陷，两道上眼骨连成一线，瞳孔漆黑，若有所思的样子让他显得忧郁、神秘。很多时候，我觉得，我对无事忙的喜爱、宠溺，他全部知道，而我，却对他的小脑瓜的所思所想，一无所知。

无事忙天然是个隐秘君子。神出鬼没。他悄无声息地踩着小肉掌，时装表演般蹑手蹑脚，或如绒线球般急速滚动，忽而显身，忽而消失。猫咪的隐秘天性，也使得他热衷探索未知事物。一段露出的线头，非要扯出来看个究竟。盆花、插花，对他的诱惑太大了，我呵斥、警告，喷水枪屡射，他浑身濡湿，还是禁不住要去嗅花、咬叶子，拿小肉掌去碰碰玫瑰花刺，钻进常春藤中不肯出来，我相信，无事忙前身是神农氏，遍尝百草、以身试毒，咬了康乃馨中毒呕吐也不管。他悄悄溜进书房，因为竹帘拉绳扭成一个小球，拍一下，就会神奇地荡来荡去。至于手电筒光斑是一切事物中最神秘的：光斑明明在墙上地板移动、跳跃，他瞄得准准的，猛扑上去，却扑了个空，这太奇怪了，他离开，盯着那个光斑，冷静观察、思考：到底什么缘故？换一个姿势，再扑一次，还扑不上，只好走了……他拖着长长尾巴，对那个光斑又依恋，又生气，又困惑，心里头结着一个斯芬克斯之谜……

据说，猫是老虎的师傅，教给老虎十八般武艺，唯独上树技艺秘而不传。老虎虽有勇力，终究够不着他。猫与老虎的关系，是自然状态下智慧与勇力的比拼，互不信任的双方是否也能形成契约、建立共同体？对于猫咪这样力量弱小的哲学家言，老虎的勇力大到可以撼动树木，连根拔起，猫便从树上掉下来，逃无可逃，再有智慧，陡然奈何呢？其实猫与豹子的习性似更接近：一是上树，一是掩埋食物。老虎不为未来着想，即兴捕食，只顾这顿不管下餐，吃饱喝足了事；豹子更愿意储藏食物，更深谋远虑。猫也会掩埋食物。无事忙吃饱了，就嗅嗅饭盆中的余粮，拿前爪扒拉，他是想如祖先在沙漠或森林，扒来沙子、树叶、泥土，掩埋食物，不被敌人或同类发现吧？如今，他的爪子盲目地在空中、玻璃门、地砖上扒，扒拉出湿湿的爪印子，这让他的动作显得玄幻而诡异。

除了掩埋食物，猫咪每天最忙碌的另一件事是掩埋排泄物。据说，猫的祖先来自沙漠，天生怕水。无事忙若犯错误，我就拿水枪射他，有了一次弄湿皮毛的倒霉经历，只要我一举水枪，他就迅速逃遁；若是不小心踩到水，他会难受地轮番抖动双脚甩水；用水给他擦身子，挣扎，挣扎不过，强行忍耐，之后，总要找个角落，静静地一寸寸舔干被弄湿的皮毛。猫咪来自沙漠的另一个重要表征是，掩埋自己的排泄物，猫咪或许天性爱干净，更可能出于他的隐秘习性：为了不被敌人发现，他需要隐藏自己的行踪，消除一切气味。沙漠里用沙子，草原中用花草，到了森林以树叶和泥土，寻找一切可以隐藏的物事。尿尿毕、拉完粪便，即以双脚扒拉树叶、泥土、沙子（最喜爱）掩埋，埋完，回身嗅嗅，发现还有味道，重复动作，继续埋。猫咪这种行为，在自然场域，不觉得怪异；可是，一旦家养、给他安置固定厕所后，我发现，每次尿尿或大便（他半眯起眼睛，进入长考、入定，一付千万别打扰我的样子）完，转身嗅嗅排泄物，伸出单爪，开始扒拉，他并不对着猫砂扒，而是四面扒拉，爪子在空中挥舞扒拉，那个姿态非常玄幻、隐秘，似乎扒到沙子是一种偶然，将排泄物掩埋起来也是一种偶然。与掩埋食物一般，他的举动更像是举行一场隐秘仪式，好像祭祀祖先的人，对着天空大地洒一点酒水，点上香，焚烧锡箔，等等，巫师们这时候会喃喃自语：保佑人畜兴旺、余粮充足、敌人不犯，或突然倒地抽搐，鬼魂附体，沙盘上勺子神秘转动，指向某个方向，道出隐语。隐秘仪式在人类社会逐渐消失，却在猫族那里保存下来。世界上几大宗教，皆起源于沙漠。在无边的沙漠，各种幻觉、可能性都会产生。猫的祖先来自沙漠，也令其具有宗教一般的隐秘性。

猫的性情，像他的眼睛色彩一样，多变，这也使他显得神经质、隐秘。飞虫振翅，尘埃漂浮，蛛丝荡漾，光斑移动，蚂蚁搬运，西瓜虫爬行；狗呜咽，钥匙转动，脚步声远去，婴儿牙牙学语，汽车喷出尾气，树叶落花触地……丰富多样的一切，被人的眼睛、耳朵忽略，世界扁平单一，猫却保留了对一切的敏锐感觉。猫咪突然改变方向，忽然对着虚空扑打，忽而挣脱怀抱，忽而蹿上高墙，忽而追逐，忽而沉思，那些符合猫的逻辑的行为，在盲目失聪的人类眼中，显得荒诞、可笑，人类因自己无知，反视触觉敏锐的猫，为神经质或隐秘多变的动物。人类忙不迭改变自己基因，发明人工智能、机器人，研制人工病毒、播种有害细菌，以达到消灭人类自己为目的，这些行为，在猫咪眼中，又是何其荒诞可笑啊！！我相信，人类全部消灭了，猫族还会在这个星球繁衍下去。

【童心】

猫真是矛盾的统一体。他的隐秘性与天真的赤子之心，同时存在。

或者是我的无事忙尤其天真？从他出生到如今一岁了，他那种开放的、醇厚的、真挚的童心，总是时时打动我。

有时觉得他的所思所想，我一无所知；有时又觉得，他的所有欲求，都坦坦荡荡呈现出来：饿了叫，要尿尿叫，我关在卧室不出来，他也叫；对爱他的人表达亲热，看见讨厌的人就躲起来；喜欢吃的鸡肉牛肉，呼噜呼噜很满意，我涂香水、化妆品这种难闻东西，他马上皱起小脸一点不给面子；被惩罚关起来，很是委屈地眼巴巴望着玻璃门内，一放出来，马上高兴地跑来跑去，刚才的委屈全然消失了……猫的世界，是就是，非就非，没有中间地带。矫饰，虚礼，伪装，夸张，矜持，这些词汇，不属于猫。他总是坦白地望着你，他的喜怒哀乐，总是那么直截了当。

永远好奇。我疑心他飞奔乱蹿时踢翻水盆，将水弄得满地都是，就拿块石头放进水盆，心想增加了重量，水盆就不会倾覆。猫好生奇怪啊，那块灰色带斑点的东西到底是什么呢？会不会咬他呢？他以审慎的态度，非常小心地挨近水盆，尝试着拿左前掌碰一碰，只碰到水，够不着石头，他就换了个手掌，还是够不着。太奇怪了。他转身离去，禁不住诱惑又回转来，换一种办法，拿手掌拍水，水花四溅，水盆里的水越拍越少，屡次三番，石头终于露出水面，他就用手掌将石头捞出盆子，嗅了半天，原来没啥稀奇，这才撇开不管了……我在一边，看的笑起来。这才知道，他平日就是这样拍水玩的：水盆倒影出他的脑袋，他一定觉得稀奇，而以手掌拍水，水花溅起、涟漪荡涌，也让他稀奇。

不让他进书房和卧室，不让他跳上床，不让他碰唱机、古琴、瓷瓶以及新插的鲜花，听见你的呵斥，他讪讪地溜了出去，自言自语不满意地嗯嗯几声，强行克制着好奇心，勉强承认你的要求有道理。终究克制不了，一不留神，还是溜进去，在新床单上打滚啊，立起身子色迷迷地嗅着一朵玫瑰啊，或者前爪子搭在窗台，拉长了身子，探看窗外的飞鸟啊……世界对于猫，永远是丰富多彩、生动新鲜的，要不，他为什么总是那么好奇？

如此贪玩，保持童真的游戏之心。躲猫猫，既是生存本能也是游戏。他四处蹿跳，钻进沙发、桌子底下，蹲在橱柜顶，趴在油烟机上面，得意洋洋藏身大衣柜里，死皮赖脸往被子里钻，缩在鞋盒子、书橱内，任何有缝、有洞的地方，他都会钻进去。让你寻找不到，他很开心，他要考验你的耐心，他躲起来就是为了等你去找，任凭你在外面大呼小叫也不出来。可是你若当真关了橱柜，他就着急地在里面喵喵乱叫。你假装不理，他会“通”的一声，皮球似的从橱顶跳下来，或不知从哪个角落冒出来，抱一下你的腿，拍一下你的手，甚或咬你一下，说：“我在这里呢！你看看你真笨，这都找不到。”你若关在卧室里，任凭他在门外叫唤，一味不理；他就会干些坏事，诸如将古琴从架子上推到地上，将花瓶踢翻，客厅里噼噼啪啪乱响，你跳将出来骂猫，追赶他，他就得意洋洋地跳开来。

猫游戏时，如此全神贯注，一枚小纸团，一个窸窣作响的塑料袋，一片小叶子，一段铅笔头，一枚桂圆壳，一块吃不下的肉丁，都能引发他无穷兴趣。他全部注意力，凝聚在捕获、松开、追逐那个纸团，找寻、挖掘塞到缝隙中的肉丁。他的游戏对象，没有高端弱势、富贵贫贱之别，只分“有趣”或“无趣”，会动会跑、会发出声响的小东西，就是有趣的，死气沉沉的庞然大物，就是可怕的、无趣的。漂亮东西最能吸引猫，新插鲜花，他总要凑上来嗅嗅弄弄；换上鲜艳床单被套，他绝对要第一个“尝鲜”打滚，难怪，人们会说猫是女性的。

猫就算知道你在逗他玩，也会全力以赴，一点不晓得逶迤应付。比如，一把尾部有彩色羽毛或闪亮塑料的逗猫棒，是他的最爱：他全神贯注研究，何以这个物事一会在东一会在西，又能上下翻转旋动；何以他明明扑到了，一忽儿又跑掉了；何以他无论怎么努力也扯不掉、咬不碎、抓不到；他匍匐、跳跃、抓扑，累得气喘吁吁，那物事还在晃个不停，他生气地伏在地上，发出老虎似的低吼，准备下一轮进攻，好似堂·吉诃德与风车搏斗一般……猫完全不去区分人在与他游戏时，包含的“逗弄”意味，他只将游戏当做游戏本身，是他需要全力以赴的一切。只有人类，会反省自身行为，会计较行动的利弊得失，会在乎上帝是在“逗弄”人类呢，还是真心给予福祉？连约伯这样的信士，灾难降临时也会痛苦地怨恨上帝的不公。只有人类，总试图探寻真理，一旦发现真理变成谎言，就会失落、痛苦，乃至绝望。

猫的赤子之心，还表现在他对你毫无保留的依赖。每次回家，无事忙听见响动，蹿上窗台探头探脑，见我们锁好自行车，马上跳下窗台，跑到门口等……谁说猫记忆只是三秒呢？他很能预测我们行走的路线、方向。打开门，见到我们的一瞬，他并不是如狗狗般热情地扑上来，反是跑到猫抓板或沙发那里，狠命抓了几下，发泄怨气："走了这么久，才回来，像话吗？"也可能是表示高兴："太好了！总算回来了！"据说小孩子见着爸妈回家，并非马上扑上去要抱抱，而是在原地跳啊跳表达喜悦。接下来一个小时，无事忙就一直绕着你转，蹭你的脚，跳到你腿上，用冰凉鼻子碰碰你的手、脸，将口水涂在你的脖子，亲亲你的嘴，用手掌拍拍你的脸。听他喵喵叫个不停，我疑心他是饿了，其实只是在倾诉孤单，只是对我们回来表示单纯的喜悦。

他是多么依赖你啊，多么积极地融入家庭中。做任何事，他都要呆在你身边，移动一下位置，他马上起身，随你而去：你翻书，他就趴在电脑边、蜷在电脑包上；你看电视，他就窝在藤椅上打瞌睡；你去洗菜，他蹲在窗台，你开始烧菜了，他跳到油烟机上，俯视你的锅——他是绝对不会傻乎乎地挨近火苗的；开始吃饭了，他知道不能上桌，就蹿到书橱顶，这样，就能看清你们在吃什么了……困极了，打着哈欠，眼睛半闭半睁，还是不舍得睡，他是宁可挤在你身旁、蜷在你边上，一直守着你。一个人时，对着猫说话，他静默地听；和先生交谈，他也安静地听，听我们说到"猫"，看他，马上就打个滚，撒了一下娇；有一回姐姐去追猫，滑倒在地，大叫疼，无事忙马上跑回来，安慰地看着她绕着她转——我的无事忙，他有什么不明白的呢？！

据说不能得罪猫，猫会记仇。我的无事忙倒不会。也许，他知道我们对他有真切的爱，就不将那些呵斥教训放在心上。显然，无事忙更不怕我，像孩童般，能够识别母亲更为溺爱父亲更为严厉，我辛辛苦苦铲屎、喂饭，抱他在怀，赢得我的爱，更加便利。每天，他都要将摆在书架上的紫色大象、棉麻小娃娃、木头小猫，一个个拨弄到地上去，我一边捡拾，一边斥骂他，他就眼睛亮亮地看着我，高高竖起尾巴，颤动着，得意洋洋走掉；有时他在床上赖皮地打滚，怎么呵斥也不肯下来，直到我拿来喷水壶，才心不甘情不愿溜出了卧室。但只要先生一叫，他绝对不敢跳上饭桌，在书房门口逡巡半天，也不敢进去……若是干了诸如拖倒花瓶、砸碎烟灰缸之类的坏事，他就躲起来，被我抓到，狠命揍了几下屁股，讪讪地跳到短墙上蹲着反省去，才过几分钟，又忘记了，跑过来亲亲热热的朝你叫。我的无事忙，他是不记仇的。

最大的委屈是我们离开前，将他关到猫屋去。最大的恐惧是出门，晃动的外界，巨大的噪音，陌生的气味，让他很是不安。但他从不因我送他看医生，屡次将他关闭，而怨恨我。他的内心没有仇恨。这当然不是出于他的脑子简单或健忘，而是因为他的善良本性。他能分辨我是真的生气，或是假意斥骂；也深知我是刚刚返回，还是即将离开。我的无事忙，他愿意只记得我的好。

无事忙，他所需求的，直截了当提出，需求不得，也不会记恨于心。他不会掩饰自己的喜怒哀乐，也不会如人类一般处心积虑……终其一生，他都拥有一颗透明而淳朴的童心，一种明亮的孩子气和天真的神态。在所有物种中，或许只有人类，总是快快结束自己的童真期，进入到老气横秋的世故中，人类也总给自己的世故、阴险、狡诈，寻找各种理由，为了一己的仇恨、欲望，大打出手，人与人斗，集团与集团比拼，国家与国家战争。

阳光下，无事忙追着自己尾巴，欢快地打着转转；无事忙傻乎乎地随逗猫棒晃着小小脑袋；无事忙在沙发上，蜷着柔软身子酣然入睡，睡得天塌下来也不管——呵！我是那么羡慕他，厌弃我这忧心忡忡的人世。

【柔韧】

柔韧事物，有着顽强的生命力。冬日枯萎之草，来年蓬勃泛青；水边芦苇，风吹不折水淹不死；将蚯蚓扯断，竟变成两条蚯蚓；壁虎甩掉尾巴，逃之夭夭；蛇被上帝拔掉牙齿、判以肚皮行走，竟能吞噬大过己身二三倍的东西；鳗鱼被杀被蒸煮了，还会扑扑跳动。而水，是柔韧之综合，是一切生命的起源，涵容一切，源远流长。

猫也是柔韧的。所谓“一猫九命”，说的是猫的生命力旺盛，生存能力很强。

据说猫有缩骨法，能将身子缩到极小极小，缩进逼仄窄小洞穴，缩到人手够不着、大动物挤不进的地方。猫又有攀援本事，能让他如独行侠一般飞檐走壁，捕捉老鼠、麻雀，逃避敌人。就算是不慎从高处摔下来，猫咪也不恐慌，他马上如体操运动员一般，在空中做翻腾转体多少度动作，四足平摊、躯体撑开，柔软的身体变成一顶高级皮毛织成的降落伞，缓缓降下，安全着陆。据说，猫凭此技艺，就算从五层楼摔下来，也能毫发无损。我曾亲见三个月大的小猫，从两米高墙头摔下来，着地翻滚，当即起身，完好无损地抬腿走路，倒把我惊出一身冷汗。猫的这种柔韧性，往往让他化险为夷。

猫咪是一种液体，柔软多变，摊在花盆变花盆，耸起脊背如假山。他把你当做亲人、朋友时，就柔软地将自己完完全全敞开给你：他将身子蜷成一团，首尾相连，暖暖地窝在你腿上；他用肉肉的小手掌拍拍你，用肉感冰凉的鼻子碰碰你；他凑过来毛茸茸脑袋，亲昵地顶着你的头；他在你耳边呼哧呼哧喘气，嗅嗅你；他端着小脸，软软的小身子，在你腿边绕来绕去、蹭来蹭去；挠挠他的肚子，他就撒娇打滚，毫无保留地表达对你的善意。猫咪的爱，是柔软的。

猫咪的柔韧性，是与他的刚强并存。这再一次证明了猫的两面性、矛盾性、神秘性。他对亲人敞开柔软身子，任你抚摸、搂抱，一派温柔甜蜜；一旦发现敌情（一切会运动的陌生事物），马上绷紧身子，蹲伏下来，眼露凶光，盯视着对象的一举一动，预备敏捷、神速地扑向对象，此时，他的身子变成一块铁，即将砸下来，变成一支箭，等待发射。有时，在游戏（练习狩猎）时，他也会僵硬着身子，躬起腰身，横向咧趄着行步，好像一个佩戴宝剑、身着重装铠甲的武士，那种故作英勇的样子，因为他的小，而显得有点可笑。

每天，猫咪似乎只干四件事，吃饭，睡觉，舔毛，游戏（狩猎）。猫咪懒洋洋地蜷着睡、枕着手睡、蹲坐着打瞌睡，眼睛半闭半睁，呼噜呼噜舒服地叹着气……其实他不是一个大懒猫，猫科动物是天然的捕猎能手，不需要捕猎时，就睡觉，睡觉是为了养精蓄锐，为了能迅速出击，完成捕猎。

刚刚还在睡觉的无事忙，从客厅蹿到阳台墙头，一秒钟不到。假如放任无事忙到广阔天地，他定是捕捉蛇、小鸟、老鼠的能手，处温室中，他只能攻击一下苍蝇、蚊子，对着小皮球、玩具熊、猫草发飙。所以他如此喜欢到花园去，残忍、狠心地踩死西瓜虫、鼻涕虫、埋头行走的蚂蚁，一掌将蜗牛从花枝上拍下来、一口咬碎蜗牛壳；他拨弄掉落在地扑腾着受伤翅膀嘶嘶叫喊的蝉；他埋伏在观音树阔大叶片下，一动不动盯着墙头的蔷薇藤，那里有一对白头翁正无忧无虑地唱歌说话，无事忙尚未有扑到树上捉鸟的经验，内心一定想这么干，所以当一只雏鸟从枝头落在花坛上，他迅速扑上去，有点惊惧地拿手掌去撩那可怜的毛发未全挣扎着的红兮兮鸟儿。

一只黑花蝴蝶，从蔷薇花丛翩然而下，无忧无虑，自由、优美地煽动着翅膀。无事忙跳起来捉她，够不着，他随着蝴蝶扑腾，那蝴蝶，不知危险迫近，一味茫然飞进了我家玻璃房——无事忙的房间。无事忙迅速蹿回玻璃房墙头，一掌拍向蝴蝶，蝴蝶慌张逃窜，四处寻找出路，翅膀已然受伤，停在房角喘息，猫咪跳到橱顶，立起身去抓，蝴蝶拼命往缝隙钻，凶险的幕……我搭了梯子将蝴蝶救出来时，她已奄奄一息，而无事忙，面对死去的、不再动弹的蝴蝶，也失去了兴趣。他对他做的恶事，也是浑然不觉。

【尊严】

言辞，是从自我视角对事物的描述。说一只狗，死皮赖脸与忠心耿耿，是同个意思。柏拉图《理想国》中，分配狗做护卫者，介乎生产者（爱欲）与智慧者（理性）之间；对主子忠心的人，也被称为狗。蚂蚁族最具等级观念，工蚁天生做工，兵蚁天生守卫，他们从不会设想取代蚁后，“王侯将相宁有种乎？”这种以下犯上的念头，蚂蚁从不会有。

柏拉图不会选猫做护卫者。因为猫虽然喜欢和主人待一起，却更特立独行，更个人主义，或者说，更具尊严感。有些品种猫，高冷傲慢，不让抱，也不亲昵，数步外就能感觉他的森森敌意；我的无事忙是橘猫，中华田园猫 种，在猫族里，算是热情亲热的，即便如此，他也常常显出孤僻、隐秘、独来独往的气质。无事忙又是特别具尊严感的。

一番追逐玩耍，吃饱喝足，抑或替他擦好身子之后，无事忙总要独自待一待，他说：“别烦我，让我静一静”，就躲在桌子底下、房角墙头、书橱顶上，平心静气地舔毛洗脸咬爪子，沉浸在自我世界中，哪怕什么都不干，他也愿意独自沉思，独自呆着，这时候，你不要去骚扰他，他的世界你进不去，他的思绪已进入乙太中。若你无视他的独处，强行触摸他、逗弄他、呼叫他，他就呲牙咧嘴发出嘶嘶生气的颤音，或不耐烦地用尾巴拍击地板，这时候，他是独孤求剑，是中原一点红，是练就了黯然销魂掌的独臂侠杨过。

橘猫，乃馋嘴猫之最，所谓“十只橘猫九只胖，还有一只特别胖”。无事忙似与别的橘猫不同，从小表现出哲思气质，或者他是个天生的修行僧人，饮食于他，饱足即可。他从不一气吃光猫粮，非常好吃的牛肉鸡肉，也不会暴饮暴食到走不动。他大概是斯多亚哲人塞涅卡转世，不拒绝财富，却过着只吃无花果和清水的俭朴生活。他不愿得嗟来之食，要我心甘情愿爱他、喂他。我煮好鸡肉，在他眼皮底下冷却、切成小丁，他节制地、极具耐心地蹲在旁边，不抢，不显出急吼吼神色，确实饿极了，试探着凑上来，只要我说：“去，等一下。”他马上退在一边。直到我端着盛肉丁的碗，叫道：“猫，吃饭了。”他这才跳下来，在前面蹦蹦跳跳，一边走，一边回头看我，眼睛亮亮的，充满即将饱餐的兴奋，看我没跟上，就回头等，一直走到他的地盘，我将肉丁倒进猫碗，也不着急扑上去，而是优雅地蹲坐下来，仪态端方地开始美美享用。

他的自尊心，尤其表现在我要离开的时候。每一次我离开，要将他捉到猫屋去。他有预感，满屋子乱跑，究竟小而弱，被我捉到了，送进猫屋，很无奈，回转身，尝试着扒门缝，眼巴巴看着我，表达出来的愿望；我一开门，唆的一下溜进来，狂奔，试图躲避我，再被我捉住，又送进猫屋；此时，他当真又伤心，又生气，索性钻到椅子底下，那椅子有块遮挡，他可以看外面，我却看不见他，他将委屈藏起来，不让我看见。或者，他索性蹿上墙头，蹲踞着，扭过头去，看着墙外，假装不看我，我不忍心，隔着玻璃唤他，他就是不回头，他很清楚，现在我的温柔呼唤，只是一种假象，他今天再也没有机会出来与我玩了，与其如此，不如摆出高傲姿态，先行拒绝我的假意抚慰。但他的耳朵其实一直竖着，倾听着我的动静，只要落地玻璃门锁咔嗒一下，他必定会扭回小脑袋……我关灯，开门，临出去，回头扫了一眼玻璃房，我的无事忙，正眼巴巴看着我呢……

阿巴斯的电影《樱桃的滋味》，讲一个人求死，苦于死后尸体无人埋葬，到处寻找能埋葬他的人。人需借助他人，才能安葬于棺椁中；野猫若生了病奄奄一息，会自己寻一个隐蔽洞穴作“掩体”，尊严地不被人兽打扰地等死。猫死了，绝不会摊手摊脚难看地“曝尸”于光天化日。在人类历史，那些将人“曝尸”不予埋葬，任其腐烂败坏，任由野兽猛禽吞噬尸身，至如吕后将戚夫人断手断脚做成“人彘”等等行为，是连禽兽也不如的吧？！

【花园】

无事忙是十月份降生在我家花园竹丛下，当时我叫他“小探险家”，三个月大之前，他与猫妈及四个兄弟姐妹们生活在花园里，我记录下猫咪诞生、成长的轨迹，试图解读猫族神奇的生命密码：

像所有的哺乳动物，甫一降生，就懂得吸奶，但小猫有个神奇的踩奶动作，两个前掌踏水车般踩踏妈妈乳房，此时他眼睛眯成一线，伴随心满意足的呼噜呼噜，长大后的无事忙，也常在我的肚子或棉被软垫上踩得心醉神迷，大概源自他的恋母情结?

猫是天生的气味大师。眼睛未睁，寻着气味拱到妈妈身上。一个月后，嗅到陌生气味，就露出畏惧神色；独自一个，哇哇哭叫，一嗅到妈妈或兄弟气味，马上安静下来。将他拎到气味陌生地方，恐惧地嘶嘶叫，缩到极小极黑的角落，死活拉不出来。猫妈若感觉少了一只小猫，不是会数数，而是那一团熟悉的气味变淡了。

猫咪会吃猫粮后，就有成形的便便，是天性，或是猫妈的教导，会在花园泥坛中，扒拉泥土叶子将便便掩盖起来，嗅嗅，再扒拉，再盖，直到觉得完全掩埋好了。接着，开始学猫妈用手掌洗脸（关键是洗胡子。胡子发潮，天要下雨，先知猫会找地方避雨。猫胡子如木工尺子般精确，能判断空间的距离结构，失去胡子的猫，像失明者，会失去平衡、跌跤；胡子沾上污垢、油腻，也会影响敏感性）。他用砂纸般的舌头将前掌侧边舔湿，再以掌抹脸，舔掌，抹脸，舔掌，抹脸，动作流畅、富有节奏，左掌抹左脸，右掌抹右脸。然后，一寸寸舔身子，四条腿，尾巴，屁屁，咬碎皮毛中的疙瘩、虱子。猫咪每天要花三分之一时间舔自己，他干这件事时全神贯注，天塌下来也是不管。

一个半月后，小猫牙齿坚固些，就能咬碎猫粮了。为了磨牙，什么都咬，睡觉的纸箱，四角、门、地板、天花板，侧壁，全被牙齿咬破、撕碎，很快，“屋顶”就塌下来，将“门”压得只剩一条缝，根本无法钻进去睡觉了。同时，开始学磨爪，爪子是他们的捕猎神器，花园里的一切糙物都是磨爪石，墙，台盆，房子（纸箱），竹架子，毛巾，拖鞋，在五只小猫的磨练中残破不堪。磨爪子还有一个功能：发泄情绪。不给食物，大声呵斥，见其撒娇不理，久久没有回家，甚至毫无理由，猫咪也会神经质地，大磨特磨两下爪子。

小猫出生十天左右，站立不稳，连滚带爬。一个月，爬下台阶，“广阔天地大有作为”起来。一个半月，会腾跃了，花园开始遭殃，他们像五个小球，在花盆间滚动、跳跃、攀爬，咬掉文竹，折断六月雪，将书带草压得扁扁的，花园里，到处是残破的花盆。两个半月后的一天晚上，“勇敢者”率先跳上了墙头，短短几天，其他四只也陆续上墙了。这意味着，他们早晚要翻出短墙、永不回来。

会腾跃的同时，小猫开始学习捕猎技能。猫咪一对一对，进行攻防练习：他躬起腰身，竖起尾巴，横着身子，前进几步，惹一惹对方，又后退几步，警觉而戒备，既要让对方害怕，又要显示自己厉害，那副样子着实让人忍俊不住，就像两个击剑者，进进退退跳着，举着剑试探着……突然，其中一只，发动攻击，追逐着，将另一只掀翻在地，虚咬对方脖子，踩踏住对方身体不让动弹；被制服的一方，一倒地，即刻将身子蜷起来，用爪子护住头脸，四肢扑腾，试图翻转，两只猫便如相扑运动员一般，纠缠在一起……

从奔跑、腾跃，到上墙，小猫的警惕心逐渐增强，猫妈一定是这样告诫孩子：“不要相信任何猫狗、尤其人类！”所以，猫妈不在时，一听见响动，小猫们即刻像绒线球般滚到角落去，越逼仄越是挤进去，挤到我的手够不着的旮旯；一旦会上墙，必定跳到墙头，跳到我够不着的高度。

三个月间，我的花园是五只猫咪的伊甸园，戏耍、练习技能，慢慢长大。一旦跳上墙头，就有了走出伊甸园的欲望。12月中旬一个寒夜，“勇敢者”第一个出走了，我后来再也没见过他，或许，凭着力量、勇气、智慧，他成为了某片区域的猫王。而在紧接的一场雨雪中，一夜冻饿，“小白”生病了，眼睛发炎，瞎了，不久就死了。

雪夜后，“狐狸黄”与“狐狸白”也没再回到我家花园。某天傍晚，我在小区碰见狐狸黄，唤她，还认得我，站了站，慌慌张张继续跑，一边跑，一边凄惨地叫，原来有一只黑色狸花猫正鬼鬼祟祟跟在她后面，在一片矮灌木丛中，黑猫追上了狐狸黄，将她踩在脚下，爬上身，强奸了她……她才四个月大。很快，狐狸黄就融入到小区野猫群里，尾巴耷拉，神色憔悴慌张，长毛卷曲肮脏，再次见到，她已怀孕了……而狐狸白，再也没见到踪影，似乎随着雪，化掉了。

雪夜过后，我也终于下决心，收养了“小探险家”。他成为我家一员，有了新的名字：“无事忙”。但直到今日，每当见他眼巴巴趴着纱窗，风动叶子也惊讶，小鸟飞过也新奇，暴雨打在地面也兴奋地喵喵叫……我就怀疑是否应该收养他。到底是任由一只猫成长离开，自由流浪，过着饥一顿饱一顿、风吹雨打、自生自灭的生活；还是养护他，无生活之忧，增长他的寿命，满足我的宠爱之欲，却剥夺一只猫的自由、爱情、生育能力？猫遵循的是自然的生理选择，人是理性动物，但人的理性有资格左右一只猫的生活吗?

无事忙习惯了我家后，我再次抱他到花园竹丛边去——那是他的出生地，他的伊甸园，他的自由之邦，他应觉得亲切吧?不想，他竟恐惧地嘶嘶叫起来，到处乱窜，窜回房间后才安下心来。何以儿时的乐园，竟成了陌生的惊惧之域?!

直到他一点点地重新熟悉了花园的气息。现在，只要我稍稍移开花园门，无事忙马上窜过来，端着小脸，眼巴巴等待着——

无事忙卧在竹丛下，转动着耳朵，谛听风与竹叶的密语；无事忙趴在莲花缸边，看莲叶间虫蠓蠢动，金鱼穿梭游走；无事忙攀着嫩竹叶、金边吊兰、书带草，用牙齿在叶片上写下参差不齐的诗行；无事忙蹲伏在兰雪花旁，凝神看一只蜻蜓慢慢张开翅膀，一条蚯蚓扭动着身子，一个蜗牛探头探脑，他又惊惧又欢喜、小心翼翼地伸出手掌；无事忙躲在观音树阔大叶片间，看桂花无声地一点点落下，最吸引他的是那丛蔷薇花，一阵风过，枝叶颤动，花瓣飘零，更有两只白头翁上下翻飞跳跃，在初夏的黄昏，他们迷人而动情地歌唱……

Early
English Lyrics
DUFFY
MARKING
THE RIVERSIDE
CHAUCER
PIERS PLOWMAN
LE MORTE DARTHUR
CHAUCER TO SPENSER
AN ANTHOLOGY
Chaucer and the
Subject of History
Chaucer and Medieval Estates Satire
THE BOOK OF MARGERY KEMPE
THE BOOK OF LEGENDARY LANDS

·上海·

白猫潘谷白：三种变奏

包慧怡*

在这希腊山村的

边界

像只梭球

野性，充满疑心；

每天早晨当我疾书

在五月的眩光下

她在阳光下捕捉蜥蜴

一只接一只

---

*包慧怡，诗人，复旦大学英文系副教授。出版有诗集《我坐在火山的最边缘》、评论集《缮写室》、散文集《翡翠岛编年》、英文专著《塑造神圣：“珍珠”诗人与英国中世纪感官文化》等，另有译著12种。

她把它们带来我脚边
先杀再吃

先吞肚子，然后是头
直到抽搐的尾巴尖

只剩下闪光的小牙。
只有她和我

在塞尔马古城边缘
一场不合时宜的温泉泳，

两人天生都是捕手
但她的手艺比我精湛百倍。

【爱尔兰】葆拉·弥罕《白猫潘谷白再世》，包慧怡译

一

出生一个月之内的小猫，其耳朵内壁的绒毛是设拉子细密画家最珍贵的制笔原料。

于是从萨法维王朝时代起，设拉子就成了驰名遐迩的猫城，细密画学徒从师父那儿得到的第一件差事往往就是给猫铲屎。

伊斯法罕的细密画家因此看不起设拉子的同行，他们更信奉因地制宜的芦杆笔，而讥笑设拉子画派为“咪咪派”、“绒毛派”、“鱼干派”。类似地，他们也看不起设拉子画派斑斓的用色，伊斯法罕画派简纯的用色在遥远的中国赢得了波斯“山水中的南派”之名。

大不里士的画家既看不上设拉子画派，又不屑于伊斯法罕画派，因为两者都使用矿物颜料。“在我们大不里士”，你会听见当地人一遍遍自豪地宣布：“细密画家用黑猫的美梦磨制颜料，而用白猫的噩梦调色。”

赫拉特画派的大师们很少参与这些纷争，据说他们制作颜料和调色油的速度极其缓慢，用的材料是真主的影子，并且只有那些终身保持沉默的画师能够在画纸上把影子洇开。

二

1.

家有三岁白狸奴一匹，名唤 Pangur Bán，典出九世纪古爱尔兰语修院抒情诗《学者和他的猫》（Messe ocus Pangur Bán，直译《我和白猫潘谷》，Bán 在古爱尔兰语中意为“白色”），是爱尔兰文学中第一只有名字的猫。

平日在家，唤它的音译汉名“潘谷白”，也唤它的乳名“潘哥儿”，也唤它号“缮写室主人”，也唤它别号“毛边本”，也唤它字“小额黛”（额头上有一小块黑斑）。

统统没有反应。

然而只要叫一声："猫啊！——"猫必回头，久久凝望。

我和汉子对这件事都感到非常绝望。

2.

对潘哥儿是智障这点，还是略在意。虽然大多数时候觉得"它这么萌要智商干什么"，但是感到"出去别说是我的猫"的时刻也不是没有。

比如今天它又在回头看我之后，一头撞上了椅子腿。

汉子和我照例笑到不能自理。

汉：以后你没事别突然叫它了，多作孽。

我：不能惯着它，要训练一下方向感。

汉：那我要不要训练一下你开车？

我冷笑着走开了。

3.

汉子挠得一手好猫。潘哥儿要被我撸出咕噜咕噜声，起码一分钟。汉子却能一上手就挠到它咕噜不止魂断蓝桥媚眼如丝，一副爽上天的样子。

我愤愤：果然是只女猫。

汉：其实原理很简单。

我：什么，快说。

汉：你就用力抠啊，抠后颈这块。猫的痛感神经不发达，你那个力度的撸，只有你自己爽。

我：你是诟病我没有服务精神吗？

汉子冷笑着走开了。

4.

无论用哪种标准看，潘哥儿的性格都称不上落落大方，甚至可以说是相当别扭。除了我和汉子，它基本不让任何人近身。有时我妈来访，想抱抱它摸摸它，轻则挨它一顿呼，重则被抓破手和刚买的羽绒服。鸭毛狂舞，猫去床空。

绝望的我妈跟我抱怨：这世上还有比你性格更扭曲的动物啊！

很想为潘哥辩护几句，比如，“我们的感情是睡出来的”，或者，“它只是需要一点时间”之类。

说出口的却是：肯定还是我更扭曲。

5.

性格差，别扭，社恐，见人就躲，日常只想静静，you name it.

猫难道不正是为我们这些人存在的吗？

它观照世上的缺憾，映射人类的凉薄，却又冷不丁用最香最软的肚子接纳你，用最温暖的小舌头洁净你。让不扭曲的幸运儿们去养狗吧；暗红尘霎时雪亮，热春光一阵冰冷，只有猫天然知道这人间况味。

成年后做过的极少的美梦之一，是梦见和一只天花板那么高的胖三花一起待在屋里，墙上有窗，窗外有超级马里奥里那样的白云，云上弹跳着各种马卡龙色的小动物。但是我一点不想出门，只是整天赖在花猫的绒肚子上看书，偶然读到喜欢的世界，就和猫一起钻进书页去（在梦中，缩小术似乎从不是问题）；大部分时间只是互相倚靠着，一会醒一会梦。

6.

我的潘哥儿，我最钟意的毛边本，它是一只身世坎坷的白猫。

出生的时候，它的妈妈，一只叫大白的举止优雅的纯色母猫，在家附近的草丛里生完三只猫崽就径直回了家，只叼回了老大（毛边本的哥哥）。

等大白想起来自己好像生了不止一只，已经是第二天的事。

回到下崽的草丛，两只刚出生的光秃秃的小奶猫居然还在原地，但是有一只已经死去。而体格最小的毛边本，挺过了料峭三月的夜露和一天一夜的饥饿，奇迹般地活了下来。

这些都是大白的主人小卢告诉我的。我被大白健忘大条的性格和对母职的不屑一顾迷住了。若它也有微信公号，大概会敲出一些《在成为一个母亲之前，我首先是一个大写的猫》之类的猫权文吧。

7.

所以毛边本极端胆小的性格也就毫不奇怪，幸存者后遗症，或者太早就洞悉了人间不值得，总之我对它到我家头两个月几乎是一只隐身猫这件事报以十二分理解，同时也深深珍惜三年陪伴换来的共枕之谊。

“真是一只慢热的小猫呀。”

“真是一只难追的闺秀猫呀。”

“在《心跳回忆》的世界中，它就是藤崎诗织级别的女生吧。”

“闹起别扭都好可爱呀，前世是《白色相簿2》里的冬马本马吧。”

就是靠着这样的自我催眠，我熬过了对它最灰心丧气的时段，并且渐渐养成了一颗憨厚的直男心。

8.

因为夜间工作的缘故，每天我爬上床时天已经蒙蒙亮。往往人还没躺平，毛边本已经呼噜一声窜上床，先沿着席梦思边缘快速溜一圈，然后试探性地隔着被子或毯子踩我的腿、背、腰，终于在这块人形地图上选定了最有安全感的板块（通常是两腿之间），把全身的重量压下来，开始踩奶。两只肉爪一上一下摁下来，喉咙里发出无比满足的咕噜咕噜声。

透过窗帘外微弱的晨曦，可以看到它有时圆睁有时眯缝的眼睛，像两颗黑曜石般凝视着自己双爪的交替运动。

对自己无因的专注，它可曾感到过瞬间的迷惑？这向着虚空反复做功的小猫，可会是一个早早接受天命的西西弗？

9.

大约五分钟的踩奶热身之后，才进入正式的入睡仪式。小毛边一般径直拐到我枕头左侧，背对我靠着枕头，大大咧咧地一屁股坐下来，开始舔毛。

这个过程大致也要持续五分钟，完了它会转过身来，仿佛想起床上还有一个室友，突然就矜持起来，神像般蹲坐着，微微探过头，以上帝视角俯瞰我这个因为平躺而终于比它矮了的造物。

通常我会忍不住伸出一只手去，轻轻放在神像的两只前爪上。说时迟那时快，像是得到了什么讯号，神像立刻瘫软下来，用毛茸茸的小脑袋和冰凉的小耳朵抵住我的手背，兜兜转转，蹭来腻去。

被猫头蹭得灵魂出窍，有次我转头问汉子：你说它是爱我还是单纯头痒啊？

答案在鼾声中飘。

10.

潘谷白现在已经从一个柔嫩的小猫咪，长成了一条十一斤重的猫海豹，额头上那一小块黛色斑也逐渐不（被）明（撑）显（开）了。家里门铃响时，本来它可以哧溜一下钻进橱柜底下，现在却要先把前爪探进去，努力伏低脑袋并蠕动屁股五秒左右，才能把后半部分的自己拽进去。

目睹这个过程是一件伤感且令人自伤的事。

除了胖点，它基本上是一个很环保的小猫，尽管终日上蹿下跳，却没有打碎过任何花瓶之类的易碎物。唯一的不良嗜好是啃书，不仅乐此不疲地为一切毛边本开光，也不放过任何精装书的书角。

经常是我临睡在床上翻几页书，冷不丁它就跳上来，先用脑袋拱一会书脊，刹那亮出小尖牙，在书页上留下四个触目的小孔。要是我心疼书，把手背塞给它啃，它从来都是象征性地轻轻啮一口就撤，过一会又绕回来袭击书角。

悲哀地想起了陆游的嘲猫诗：

狸奴睡被中，鼠横若不闻。
残我架上书，祸乃及斯文。
——《二感》

放翁家的猫只是放任老鼠啃书，我家的猫却领衔主啃，可谓斯文扫地了。

11.

陆游写过很多猫诗，他作为一个痴汉的心理历程也是很曲折的，这一点在他爱用的长诗题中也可以看出来。

从刚刚用盐作聘礼迎来小猫咪的喜不自胜（“薄荷时时醉，氍毹夜夜温。前生旧童子，伴我老山村”，《得猫於近村以雪儿名之戏为作诗》），到发现猫勤于逮耗子时的欣喜若狂（“贾勇遂能空鼠穴，策勋何止履胡肠。鱼飧虽薄真无愧，不向花间捕蝶忙”，《鼠屡败吾书偶得狸奴捕杀无虚日群鼠几空为赋》），再到发现猫爱上吃鱼后怠懒逮耗子的愤怒（“甚矣翻盆暴，嗟君睡得成！但思鱼餍足，不顾鼠纵横”，《嘲畜猫》），到终于接受现实并进入贤者时刻（“执鼠无功元不劾，一箪鱼饭以时来。看君终日常安卧，何事纷纷去又回？”《赠猫·其二》）……最后一切都归于“有猫真好”的感恩（“听雨蒙僧衲，挑灯拥地炉。勿生孤寂念，道伴大狸奴”，《独酌罢夜坐》；“榖贱窥篱无狗盗，夜长暖足有狸奴”，《岁未尽前数日偶题长句》）。

真的是很熟悉的心理历程。但我还是他偏爱那首或许已经俗滥了的《十一月四日风雨大作·其一》：

风卷江湖雨暗村，四山声作海涛翻。
溪柴火软蛮毡暖，我与狸奴不出门。

想到这一天他还写下了那首更著名的《其二》（“僵卧孤村不自哀……铁马冰河入梦来”），就觉得放翁这份“我与狸奴不出门”的心情，有了比艾米莉·狄金森的《风雨之夜》一诗更激越的孤峭。

12.

猫被作为宠物驯养，在中国开始得相对较晚，汉语中为猫立传的文字亦较埃及、中亚、印度晚出现许多。恰如《猫苑》的作者黄汉所说：“猫于经书不多见，《诗》称“有猫有虎”，亦仅尔。间或散见于子史，而亦未有专书。”

黄汉是清代咸丰年间人，著名猫痴，《猫苑》一上来就是一段热辣辣的表白：“人莫不有好，我独爱吾猫，盖爱其有神之灵也，有仙之清修也，有佛之觉慧也；盖爱其有将之猛也，有官之德也，有王之威制也；且爱其无鬼、无妖、无精之可憎、可怯、可畏之，实而有为鬼、为妖、为精、之虚名也；且爱其有姑、有兄、有奴、有妲己之可怜、可喜、可媚之名，而无为姑、为兄、为奴、为妲己之实相也。”

不过，《猫苑》中竟然穿插着给猫灌酒的教程（“不可骤饮以杯，须蘸抹其嘴，猫舔有滋味，则不惊逸”），以及非常硬核的另类鉴猫教程（“掷猫于墙壁，猫之四爪能坚握墙壁而不脱者，为最上品之猫”）……必须抗议一下这种tough love.

比《猫苑》成书略早的《猫乘》是一本口味更重的猫书，作者是嘉庆朝的王初桐。《猫乘》的第四卷按主题（义、报、言、比、鬼、魈、精、怪、仙等）搜罗整理了各种猫志怪猫奇谭，非常精彩。具体就不剧透了。

反正读书这种消遣，猫是不会放在眼里的。

三

1.

天赐的一捧柔软尘埃。

会结晶吗，可还有未灭的葡萄焰?

烧瓶里的白沙，拨动星盘校准针的你

在测量台风的间歇，虹膜里洇出了鲸鱼座。

2.

无法决定自己的象限

你说梦中的大象没有局限
亚马逊畔，小猫的爪子扣着象背
引领象群前往食人鱼遗失利齿的瓜田；
那么多历险志尚未翻开扉页
那么多裁信刀插入冷却的火漆
玻璃镇纸里蝶翼还未改写波罗的海的经纬
而象蛛已被绞死在南回归线的中点。

经线和纬线打着死结的地方
是世上所有将醒小猫的呵欠。

3.

四只小猫叠罗汉
顶上那只踮起脚
就能摸到我的头。
唉——真害羞
需要踮脚的是我呀
若要给最高的猫咪
佩一顶小行星王冠。

4.

蹬着腿儿踢着鹰
睡着仍是武林高手的你啊
又做了哥伦布之梦

好尴尬，没法向他解释你的招数
惯于和虚空过招的猫咪啊。

但他仍铺开黑丝绒桌布
展示亮晶晶的货物：
茴香、骆驼头骨、青鸾镜、圣甲虫……
咪咪咪，你咧开嘴角
意思是：十八个世纪前我偶然还玩这些
现在嘛——
他却听成：咪咪咪（便宜点吧，先生）
一边打开了更多的包裹……

5.

最大的梦想是回家。
可是猫王国道阻且长
就算收起爪子套上四只风火轮
丢失了航海图的你
要怎样在水族馆最深的暗巷
找到穿越漩涡必须跨骑的海豚？

6.

为了诱你驻足
看不见的海底悬铃木编织红虾的迷宫
可你，命中刻着深白的猫咪

蹦跳于僧帽水母的彩冠
连一滴露水都未摇落
连夜奔赴浪尖倒立的月台。

7.

完成就是不断地自我抽象吗?
年迈的我手握放大镜俯身于缮写台
仍为时辰书边缘的那朵泽兰
来自布鲁日或者根特的画室头疼不已
凌晨三点
蹲在缮写室角落的潘谷白
捕捉一片半枯的鸢尾花瓣。

· 香港 ·

给一只猫的六首诗和无限忏悔

廖伟棠 *

北京小土猫呼咪，今年快要十五岁高龄，我们已经五年没见面了。

但我记得他的生日，是 2004 年 5 月 15 日，因为他出生后不久就来到我家，一年后我给他写了一首《给呼咪的生日诗》：

小猫对我生气，因为我趁它睡着挠它肚皮，
它不知道我是多么喜欢它，这小傻瓜。
它是一个若无其事的捣蛋鬼，
我行我素的小气包。一团静静长大的小肥肉。

---

* 廖伟棠，诗人、作家、摄影家。出版有诗集《和幽灵一起的香港漫游》《野蛮夜歌》《八尺雪意》《半簿鬼语》《春盏》《樱桃與金刚》等 12 种，小说集《十八条小巷的战争游戏》，散文集《衣锦夜行》《有情枝》，摄影集 5 种，评论集 5 种等。

小猫你是多么顽强，每天都要咬我手臂。
你现在在我身边熟睡，你梦见你的妈妈了吗？
一年前把你带到世上来的猫妈妈，
昨天打电话给我，说她还能梦见你的样子。

这样的天真，如今重看是让人心碎的。因为那个时候我们已经告别在即，年方一岁的活泼小猫和那间北京双榆树租的房子，都凝定成一帧黑白旧照，题为《永不再》。当时似乎漫不经心地问一句“你梦见你的妈妈了吗？”事实上是多年后我心中无法完成的自我安慰，十多年来我都在问他，问我珍重过又错失的这么一句，你梦见我了吗？猫妈妈当然不会打电话给我，而我却曾打电话给呼咪，说我梦见你了。

在叙述那一场持续至今的离别之前，我先说说“呼咪”这名字的寄寓。小胖猫吃饱了、被撸高兴了的时候，就会打起呼噜，越来越大声，然后析分出音韵变化来——那一年，我和妻子正好热爱来自图瓦共和国的神秘音乐 Humii，又译作呼麦，就取其谐音呼咪为猫名。

草原民族的恒久忧伤，双声和长调追逐着马头琴弥漫无际——我有一本诗集收录了那几年我写的诗，诗集名字叫《野蛮夜歌》，插图是一把马头琴，那些诗大多数是听着呼麦坐着火车飞机流离在中国南北所写。

呼咪即使在一岁的时候，已经有呼麦的苍茫忧伤，常常在游戏中停止缩回自身，扭头远望空无所有的远方。而我往猫眼望去，看不见波德莱尔所说的中国人的时间，只看到游牧者凝视篝火等待出发前的踌躇和乡愁。也许就是这个命名，注定了呼咪的半生漂泊。

始作俑者我也，领养呼咪时没有考虑到一年后我就要搬离北京回到香港生活，更没想到香港的动物检疫制度之苛刻。香港规定外地猫进港前除了一系列打针免疫等测试，还要抵港后关闭在渔农署观察五个月的措施，而香港渔农署向来以不善待流浪动物著称，据说有过一次捕捉十二只水牛过程中死亡十一只的记录。

反复思量之后，我们觉得呼咪留在北京对他比较好——而且当时我们在香港只租了一个小套房，对于一只惯于大开大合地奔跑的小男猫也太委屈了。总之我们找了无数理由，自欺欺人地放弃了呼咪。

如果你是一只流浪猫
——给木朗、呼咪

如果你是一只流浪猫你将心碎而死。
在酒鬼的街道，在一场暴雨中，心碎而死。

你将属于塞壬烈风中的岛屿。满腔沉默
没有羽翼。死如一粒盐，于深海。

如果我是一只流浪猫，
我的瞳人将永远站立在空明海边。

直到夜里下起大雪，
我就在清晨远行，留给你一路梅花足迹。

但如果我是一只流浪猫我将斗殴度日，
投掷自己如一颗骰子。

2007 年我写这首诗的时候，呼咪已经在我们的朋友陈芳家寄寓两年，木朗是陈芳和晓涛的猫，和呼咪生活在一起。两只猫性格差异颇大，呼咪明显是有点阅历的，也许还有他据说是流浪猫的父亲的血统。这只从小离开母亲和兄弟，拥有闯荡性格的小男猫，从此更加坚强，常常带着木朗跳出阳台，或尝试捕捉飞鸟，或吓唬邻居小女猫。

两只小男猫最初的几年相处，渐渐有点暧昧。这个我有责任，呼咪是青春期之前阉割的，因此长期停留在少年的单纯上，不解风情。木朗是发情之后才被咔嚓，所以对性残留一丝记忆或者憧憬，于是他常常试图趴上呼咪身上做些不可描述的行为，而呼咪总是毫不客气抡圆了膀子把木朗甩出去，就像一个不耐烦的柔道高手一样。这样过了几年，呼咪也有点心软，或者是无奈了，木朗遂可以偶尔靠着他甜蜜地睡一会。

（呼咪现在可有想念木朗？他们一起生活了接近七年后，木朗去了兰州。）

2009 年我去意大利之前，常常一两个月回去一次北京，都会去陈芳家看呼咪。看他的独立，他的无愁容，他偶尔颦眉偶尔显得睿智……其实都让人心疼。穷人的孩子早当家，呼咪很懂得这个道理吧？他一直记得我，我相信并不只是因为我每次都带大量的猫罐头来给他和木朗吃，而是我曾经与他相对垂泪。

大风夜，梦呼咪

我竟恸哭而醒来。
你是一首绝句，代表了不可能。
风拍打了一夜我的窗户，
我是该起身去开窗让它进来
还是把窗户关紧？
而在梦中我还琢磨你会从这里起飞
像我认识的孤僻的夜鹰。

你侧过你的小圆脑袋，无数次
像第一次把我发现：
你这小小的、小小的卖冰人。
你看见过我们哭泣，为了在黑夜里
洗冰。你消失在冰中花纹
像消失在世界任何一个地方——
风因为这样而淋漓，因为这夜

我们分离，因为无数夜
我们梦不到对方。只有
皮埃罗骑着独轮车在广场上打转，

我为你捕猎着风中撕裂的
巨鱼的幻影。秋霖即将杂沓
洗净了墨迹，换一层薄霜给我们。
繁星下，我准备了烈酒以过冬。

2008 年冬天，我在香港梦见呼咪，大哭而醒，写下此诗。2012 年我再梦见他，依旧哭醒。那时，呼咪离开了木朗，寄居在我的另一个波希米亚北京时期老友张亦霆家中，2005 年我出版那本《我属猫》摄影暨文集，精彩的前言就是老张所写。“猫不在沙发上，便在江湖中，沙发上的猫，是会洗脸睡觉，卖呆痴笑，听训耍娇的爱物，落入江湖中，便成了跑路偷食，寂寞无主，夜夜恋喵的野种，不是在沙发上向往江湖，就是江湖中怀念沙发”这段话颇为爱猫者传诵，我倒觉得是预言呼咪的——一只混合了沙发和江湖的猫。

同一本书的后记，我却是这样写的，那时我还没有认识呼咪：“我很久不是一个爱猫之人了，自从我小时候养的唯一一只猫的失去。那是一只小黄猫，一切都很平常，就是尾巴末端是畸形弯曲的，祖母说，那是凶兆。它也没有名字，养它的时候我只有八九岁吧？它来后不久，家人陆续生病，应了祖母的预言。祖母决定不要它，让邻居叔叔拿去卖，叔叔拎着它就走了。半天，叔叔空手回来，说人们都觉得这猫是凶猫，没人买。那么小猫呢？叔叔的答案令人悚然，他竟然一气之下把小猫扔进城门河里去了。

小猫由我和妹妹抚养，妹妹对它比我对它感情深。我只是在知道了它的悲惨结局之后，才知道我是爱它的。在此之前，我养过金鱼、白兔，都早死了，还养过一只小猪名叫小白，一天下午被我当屠夫的舅舅带走，我和妹妹都哭了，并因此仇恨一切大人。

从此，我决定不再养任何动物。甚至拒绝亲近它们，因为情感的懦弱，不能承受它们楚楚可怜的眼神，不能承受最终它们的死亡。从此，我变成一个叶公好龙的人。我仅仅满足于搜集它们的影像，无论是小猫还是小狗，还有小孩子。

但后来我鼓起勇气，养了小猫，接着还养了小孩。

2011 年，有了一个小男孩初初之后，我常常因为他想起呼咪。我很高兴初初长得像花生漫画里的 Charlie Brown，我们像 Snoopy 一样叫他做“圆头小男孩”，这个称号以前曾为呼咪所用，他们仨都很像：那么憨厚，又有点小小的狡黠，对世界充满好奇与爱，而且从不怕挫折。呼咪还像 Charlie Brown 很务实，初初随父母，比较像 Snoopy 爱做梦，喜欢坐在云端打字。

还有，他们都喜欢看窗。初初爱攀抓着窗花坐在窗前木架上静静地看远方，带着微笑，一看就是好几分钟——这也是外号“无穷动”的初初一天最安静的时刻。我和他说以前有另一只小动物也喜欢看窗，那是北京小猫呼咪，我至今保存着一张呼咪在我们北京双榆树那个家的照片，他肥肥敦厚的小身体堵在阳台上，毛脸蛋几乎紧贴着窗玻璃，看远处三环路和人民大学的灯火，光把他包围，他是黑暗中最洁白的部分，在照片中永不对我回头。

应许之地

——给呼咪

也许一切非如你所愿
但你仍兀自长胖
兜率了京城十年的阔大夜色
足以吞没我泅渡人海的一盏提灯
你自己的肉掌所至
就是你的应许之地

如果有猫神
应该也长成你的样子
伸爪撕去你九年前的寻人启事
——那吹笛少年、开罐头快手
他究竟在飞机上还是在残骸里
终于面目全非

早在五年前你就追上了我的年纪
然后鲸吞年岁，迅速成为老师
到底你才是会变戏法的
吹笛少年——让我与雪块搏斗
和雾霾玩儿鬼打墙
与柳絮划拳直到输光了曙光

你的肉掌踩过我胸膛
把我俩的北京最后缩小
到榆钱般大的伤痕
这就是我的应许之地
所有的饥饿所有的餍足所有的空虚
换来的一根猫草和一枚苍蝇琥珀

渐渐，随着我和张亦霆在各自的城市多次迁居，我也很少回北京的机会了，那几年只见过呼咪一次，它倒是未见苍老，从书堆中爬出来又贴着我的手打起了呼噜，丝毫不介意我匆匆路过这两小时，并没有猫罐头做礼物。

此后又是烟波横亘，故人渐远。所以 2015 年底在微信上重获老呼咪消息，我激动得写了上面这首忏情诗。他移驾到张的朋友小武那里了，小武的微信名字叫老猫，她对呼咪的爱让我相信，她应该是呼咪的最后一站。

猫生流离，但呼咪未曾离开京城，每次我想起他其实就等于想起我的北京，想起这个世纪初在北京的波希米亚生涯。都是回不去了，无论是猫尾轻摇的妩媚，还是猫眼迷离的寂寞，这两者为北京和呼咪共有，在时间的拉伸下渐渐变得广大而虚无。

这虚无早就在呼咪与我共处的唯一一个冬天春天埋伏，十五年前写的两首诗附在这里最后吧——以诗为证，证什么呢？证这浩瀚的虚妄。

冬夜口占猫诗一首

猫的眼中不见瞳人——
水银柱降，三环上
车灯灭，唯闻弈棋声。
此外者皆为星散，
我的朋友星散，生涯星散，
时光是一袭隐身衫。

猫踏我书，书却不是路。
猫舐我影，影也不是路上人。
我看世上都是好去处——
我看猫，猫的眼中
有上一个冬天的寂寞，
但上一个冬天，它还未出生。

吊诡，如一面空镜。
我俯身闻那深渊上的弦，
在空镜之沿行猫步
（如三年前他在后海所行）。
我弯腰却不是钢丝上演员，
弦外箭声，也不是掌声。

春夜又占猫诗一首

这夜仍有寂寞，是你。
听不见昨夜雨，再冷一次。
你是宁静海，北京动荡着，槐花遍地。
不要再叫我，我在沿一根蛛丝攀援。
你是夜游神，半夜突然起来
吃我的梦：那些扬州路、西北劫。

不要再叫我，我是春夜拾花人。
和你一起走下故宫废池，
水已深深，猫儿你得闭眼。

我若笑了，我便是鬼魂小儿
骑你入夜，一朵榆钱中，仰头向她
一个鬼脸——屏息着，你是宁静海，

圆头小男孩。我也曾夜半惊呼
不得应。北京美，似大乱将至。
我们走南向北去——
化身千万亿，
让她看不过来。这寂寞
随风长大——

你是虎，与这春夜匹配。

· 成都 ·

我是猫入门

杨晓芸 *

我和我的猫从闹市迁往城郊西山，与子云亭为邻，我称之为上山。如此离群索居，随之而来的清幽，时间与空间无限支配的自由，使新居有着伍尔芙意义上的“自己的房间”的况味，一座形而上的孤岛。我需要这样的孤岛，重新认识自我。

亲友只是偶尔来访。新的生活空前纯粹。大把的时间像大把金币将我晃花了眼，随时有陷入虚空的茫然感。口子旋转着放大，无边星际展开，某种无法言语的危险像失控的陨石散落其间，等着我无头苍蝇般撞上去。噬人的黑洞不知哪一刻在哪一处以何种形式闪现，一道几经折射拐弯投向我的夕晖，一行反复阅读的句子，某一口酒，刀与叉分列在两个盘……我被新的危险囚禁，几乎窒息。此时，猫的存在，像时光之海随机浮现的船锚，在每一段时间的空白处探出毛茸茸的爪子，将我牵

* 杨晓芸，诗人。出版有诗集《乐果》。

住。我与世界的对话，成为我与猫的对话。

足够多的时间充盈每一个房间。我与我的猫，出入其中，或厨房，或卫生间，或卧室，或书房，或屋顶，合力推动物质的日常，每一件事都指向终极审视：“我是谁？”

问题与另一个问题如影随形：“猫是谁？”

两个问题实则一个问题，对应着我与猫如影随形的现实。

纵观人类史，人与猫的迷之纠缠这一部分，令我分外着迷。相关历史叙述，从神坛到审判台，从女神到女巫，涤荡起伏，既是女人与猫的友谊史，又是患难史。传说与神话与诸多公案塑造的猫文化孕育的想象空间，是我在合上书页之后，莫名发呆之时，乐此不疲畅游的迷宫。

猫呢，光照中拱出圆润的虹背，迈着高冷的步伐，当仁不让充当最佳导游。这意味着，我得挪用购买鲜花的钱换来足够多的猫罐头。盛宴之后，猫舔完梅花掌，将胡须与毛发打理得可以抖出电火花，此刻，它的心情愉悦到极点，耐心到可以说出关于神的八卦。交谈良机我是不会错过的。上帝知道，它最大的耐心，只是针对一只它看上的老鼠。猫也丝毫不担心我们之间的语言问题。拿它不屑的眼神说：“猫语流行了几千年，你还不懂么？”我得承认有时领悟不及，比如多抖几下胡须，尾巴向左多划一个圈，多哼哼几个音节……有什么特殊含义呢？但只要给我时间观察，最终会懂。

“为何人与猫的伟大开端从女人开始？”

这个问题我问得最多，猫回答得最少。我白天提出问题，它们总喜欢在日落时分才给予回应，甚至拖延到深夜，似乎夜晚才是回答这个问题的黄金时段。回答问题的猫，有时是这只，有时是那只，大多时候是爱讲故事的狸猫。

“没什么可谈的。”回答这个最古老的问题时，狸猫摆出最古老的斯芬克斯卧姿，不，是坐姿，它撑着前臂，昂着胸首，一阵波状的颤动从猫的尾根漫向尾梢，它在接收来自远古的密电吧。

“这是上帝的选择。”狸猫眨了眨眼。

“你是说，这是上帝造就了猫的女性魅力的阴柔气质与优雅外表？”

“唔，妙。”狸猫摇头晃脑。这是赞同还是反对呢？它打了个哈欠，有些懊恼扯到上帝，觉得这跟讨论“上帝是什么？”或者透过无边空寂讨论宇宙起源一样没劲。我下意识看向它的眼睛，金黄的瞳孔留着一线天似的深渊入口。而那深渊里，有着上帝投来的目光么？

……你看到自己，小小的，
在她眼珠内的金色琥珀中，
悬空着，像一颗史前的昆虫。

诗人里尔克在他的《黑猫》里如此感叹，想必他也遭遇过同样的恍惚。

“你想说猫就是上帝吗？别担心，罐头还有呢。”

我估摸着猫的心思，这是在强调猫们至高无上的合法性么？我摸摸猫前额的虎纹，像抚一道莫须有的褶皱。猫梗着脖子站起来，整个额头在我掌心打个转，嘴里一声嗯哼。按过去的经验，我若继续追问，猫就会扑进怀里，团成呼噜响的毛团，渡我入梦去往遥远的埃及，亲自请教巴斯特女神。

梦游时间不可控，很多时候一觉醒转，上午时光就没了。猫的建议是，睡眠的重要性仅次于美食，一定要坚持自然醒。慢慢地我的一日三餐跟猫同步，调整为一日两餐：早午餐，晚餐。猫对此大加赞赏，将更多的毛发蹭到我的裙摆上。毕竟我减掉一餐，意味它们可以多几条小鱼干。

“这是最科学的生活！你即将拥有猫一样的优美体形。”

猫自称“猫”而不说“我”，乃理性与傲慢使然，我已经习惯。作为时空掌控者的猫，此刻跳进餐椅，一个懒腰亮出它的水蛇腰身，爪子收回之前不忘抓一抓棉麻靠背，对于我的进化非常满意。

猫的生命时空，时间的流速是人间的七倍。这个残酷的事实注定猫无论如何长寿，也只能陪我走一小段。我和猫对此心照不宣，也倍加珍惜相处的时光。我有时不得已出差几天，再返家，一推开门，只听得木梯被小蹄子踏得咚咚作响，这实在有违猫的捕猎天性。步伐一贯从容无声的猫对于我们的相见急切如斯，我的心，瞬间融化。此时的猫，弓着脊背蹭着我的脚踝绕圈，竟让我想起教堂里绕柱奔走的牧师。尾巴呢，在空中轻划出一个圈，像唇形的啵，一个优雅的西方礼：“我的每一根毛发都是寂寞的啊。”我能听见那寂寞如幽粒，在它的每一个细胞里呼噜沸腾。正如我也有这样不可抑制的时刻，孤寂从渗透每一个毛孔，体内涌动着无边潮汐。

相对人生而言过于短暂的猫生，聪慧的猫自有应对的办法，比如通过没完没了的睡眠开拓梦空间。人不也喜欢做梦么，繁花般生出许多梦的典故来，庄公梦蝶，南柯一梦，游园惊梦……难以枚举，更不必说近代的心理学经典《梦的解析》。猫的智慧来自先天遗传，以梦的方式获得。这一点，我从不怀疑。看看人的二十四小时里，有十八小时左右的时间，猫在睡觉呢。真的难以解释。猫满两个月时，从乡村来到城市，面对从没见过的猫砂猫厕，就那么自动运行天然代码，开启入厕排便模式，自动吃着开水泡软的猫粮，虽然不免委屈地哇呜几声，也就三五天，我就获得猫咪的百分信任。成长中的猫不断展示出令我称奇的技能。八个月大小，猫跳起来，前爪灵活如人手般抱住门的把手，坠着的身躯利用万有引力，咔嚓一声压下把手，后腿轻轻一蹬门框，门开了——想想我们不经意间开门关门的时刻，一只猫在背后如此仔细地观察着，学习着。从我的经验看，人类永远不要轻视猫的自学能力。而人呢，对猫性的了解适应，只是为了准时准确地给猫提供各种口味的猫粮和鱼干。

人适应猫的历史，漫长又曲折。人类的诸多控制系统，至今仍然无法剥离猫的桀骜不驯的个性。从最初的崇拜，到中世纪的妖魔化，人与猫的恩怨情仇，归根结底源于猫的天性里无与伦比的敏锐感知，和最令人类嫉妒的那一部分，自由。猫成为绝对自由的象征。马克·吐温曾这样赞美："上帝的所有造物之中，只有一个不会成为皮鞭的奴隶，那就是猫。"

“我来了，狸猫精。”

莎士比亚的《麦克白》里，作为女巫甲的魔力助攻，狸猫第一个出场。我家的狸猫认为，这个角色它完全可以胜任。不过它对附加于戏剧角色的德行不予以评价。人世的有趣有限，作为女巫控的我，自然也幻想拥有女巫的法力。

“女巫为何都爱猫？爱猫的女人为何就是女巫？”我愤愤不平。

“古老的敌意。”狸猫挥挥爪子。

父权制秩序里，等同于先知或知识分子的女性/女巫过于特立独行的存在，本身构成对男权秩序的冒犯。这一部分遗世而独立之佳人被主流秩序边缘成异端，同样独立的猫无疑成为她们最佳的心灵对称体。这份伟大的友谊从巴斯特女神开始，直至夸张成如今看来不失为寓意暗夜里自由精神之款曲轮回的传说：“猫二十岁可化身女巫，女巫满百岁可化身为猫。”这传说在当时可谓居心叵测，成为加之于女巫与猫的种种迫害的合法利器。柴火堆上的焚烧，水刑，高塔抛猫节，集体屠猫节……手段层出不穷的中世纪虐猫史，不过是他们通过杀猫来宣泄杀女人的戾气，不，一同受难的，还有猫之密友女巫。嗜血狂欢不过是霸权系统铲除异端的手段。所谓魔鬼，只出没于人群，由人性中狭隘、自私、恐惧等最黑暗的部分构成。爱伦·坡笔下那只成功复仇的黑猫也非恶魔，落入天网的杀猫又杀人者，实则倒在他自身的多疑、恐惧与残暴之中。

“那么，小鱼干呢？”

女人与猫的话题拉扯得太远，为此，我的猫不得不一只接一只出来解惑，最后全体出动。限于精力，我一般只与一只猫交流。而现在，八只猫环绕我，愉快地吃掉五包猫零食，并为我集体诵读了波德莱尔的《猫》诗，认为这是最美的回答：

来，猫咪，来到我热恋的心……

当我的手指悠然抚摸
你的头和有弹性的背，
当我的手触着你那带电的躯体
感到怡然而陶醉，

就恍惚看到我的爱妻……

我与猫的谈话每天进行十次？二十次？不确定。

哪一句妙语出自哪一只猫，我更不确定。我以为，每一只猫足可代替所有的猫。至于《相猫经》《猫苑》里对猫的形色智商乃至德行，所作的带有偏见的优劣之分，我强烈反对。

为了抵制时间对我的无形吞噬，大部分时间我呆在书房，但大部分时间，我像极了夏目漱石《我是猫》中那只无名猫的主人苦沙弥，捧着书本打瞌睡做白日梦。有梦当然好。搬离喧嚣之地上山，原本就是为了治疗我的神经衰弱和失眠症。但我先天缺乏猫那样的神秘掌控力，无法保证梦的质量。太多浑噩的梦让醒来与睡着之间界限不明，日子浑浊不堪。这难免影响到理性主义洁癖猫的生活。猫，有时是这只，有时是那只，洗脸，洁爪，舔净毛发，转一圈再让其他的猫舔舐一番，暖心宝宝般钻进我的被窝，念起呼噜经。

“你的安全感缺乏症空前严重，这是最好的心理疗法。”

“怎么知道你的办法奏效？”我用下巴轻轻摩挲它的头。

“睡吧，晚安。”猫的一只爪搭在我的手腕上。

次日清晨醒转，不知何时溜出被窝的猫窜过来：“昨晚梦见猫了吗？”

我摇头。

“那么今晚继续，直到你梦见猫。猫会带你走出危险的幻境。”猫说。它转身离开的狡黠眼神里有一点幸灾乐祸，有一点开心。我不认为猫在夸夸其谈。美国某心理学教授正在为忧郁症患者失眠者进行的“吸猫实验”，也证明猫深谙此道。更早意识到这一点的博尔赫斯，对此有诗意的记录：

你属于另一个时代。
你是梦之领地的主宰。

猫梦一时求而不得，倒使我生出画猫的兴致。

画案置于书房的中央。白色的羊毛毡成为猫的练爪场。受风靡全球的靴子猫的启发，我决定给我的猫进行形象设计，对，紫荆冠猫。想想华丽的紫金冠在猫头上高挑，两根大红羽翎甩出弧线，弹向虚空……我得意地打稿，勾勒，填色。一只梅花掌“啪”地印过来，啪嗒，啪，嗒，接着好几个墨印，力道失控时，尖爪将宣纸勾出一道窟窿。嘶——暗自吸口凉气，我感觉我的牙痛症要犯了。

“猫不是吕布。”

“猫也不是顽猴。”

猫和猫拍打着纸上的猫，评头论足。

“图腾崇拜几千年了，你看看别人家的猫。”它们说的是我从伊斯坦布尔带回的浓墨重彩的手绘瓷盘猫，的确精美。我把猫们一只只抱离案桌，它们的抗议与建议仍不停止。

说到图腾崇拜，它们面容淡定，内心骄傲。

“这也是图腾崇拜啊。”

最帅的卡猫为了让我领会它的赞美所指，从地面一跃而起，稳稳地落在书架第三层的空隙，一掌将猫形书立推下去。猫形书立是树脂材质，发出沉闷的巨响。众猫乱七八糟跳开，吃惊地看向我。卡猫不为所动，肇事的小爪停在空中，专注地望着我，眼神里隐约闪动着一丝挑衅。

“终于。”我按了按脸腮，舌头探了探牙床，确定牙齿真的痛了起来……默默捡起碎片，琢磨着胶水瓶被猫扒拉到哪个角落去了，书立补好后得藏到猫不屑去玩的冷宫式空间。唉，早就该知道，这尊猫书立的造型太笨拙，颜色也灰不溜秋，实在有损完美主义猫的完美形象。

谈话不得不暂停。众猫也乐意如此，楼上楼下，根雕间，冰箱顶，在家具的丛林中呼啸飞奔。不知谁带头勾住窗帘攀爬，所有的猫接连像袖珍猴子上山，吊在帘上荡起秋千来，看得我的牙痛症时轻时重。

玩累了的猫将阵地转移到沙发上，休息，聊天。猫与猫交谈，从不使用我与猫之间的语言，仿佛为了严守猫国的秘密。它们使用肢体，气味，用每一根飘飞的毛发说话，蹭，嗅，舔舐对方的身体，互甩耳光。这是它们相爱的方式。它们哼哼，唧咕，喵呜，撒嗲，念呼噜经，是针对人类的另一套语言。

辉煌的历史总会被反复谈论。猫也如此。不堪回首的往事，猫也淡然论之，永远的斯芬克斯姿态，冷峭的目光仿佛来自古老的埃及，穿越历史尘沙，守望整个人类。我的猫卧在哪儿，哪儿就是埃及的那片神圣沙漠。

“中世纪……那也是一段误解史。”

猫终归原谅了人的认知局限和人性弱点。毕竟，谁能比猫更大度更聪明呢。毕竟，身怀绝技又漠然于人类事务，难免让人质疑不喜。同样不变的桀骜与放荡不羁，最初封神，接着成为被迫害的借口，现在呢，继续接受膜拜。几千年坚持的价值，终于唤醒愚蠢的人类。人类崇拜神秘魔力，它们就是神秘之力的象征。人类反抗陈规陋习，追求自由的灵魂，它们就是最勇敢的楷模。对于人类的进步，猫再度感到满意。

“所以，正确观察一个人的方式是观察他和猫的关系。”狸猫说。其他猫纷纷附和。

“波德莱尔是好的，里尔克，博尔赫斯也是。还有叶芝。”

大家谈起诗人叶芝对猫溺爱至极的趣闻。据说某一天，叶芝看完戏剧准备起身回府，发现一只猫趴在他的外套上睡着了。他不忍惊动猫，竟然小心地将外套那块布剪下来，让猫继续歇息。

“难怪他能写出不朽的诗篇。”几只小猫说。

“猫是诗人的缪斯。”

“没有猫就没有诗。”

众猫七嘴八舌。

“‘猫是由皮毛、愿望和秘密组成的动物。’这句俄语诗想必你读过。”狸猫对我说。

“是的。对猫的描述，我十分赞成。”

“不，这表达不够完美。越是真理越简单。”狸猫弹拨了一下尾尖，这是猫的芭蕾舞经典动作。

“猫由诗构成。”新闻发布者橘猫眯着眼，望着虚空总结。

我拍手叫绝。

“那么，小鱼干呢？”

接下来就是众猫吸薄荷的醉生梦死的场景。这里我即便不描述细节的千姿百态，熟悉浮世绘大师歌川国芳的猫图的诸君们，想必也能心领神会。

猫薄荷之于猫，相当于红酒香槟咖啡之于人类。话题得以继续，滔滔不绝。

“几千年来，除了文学，艺术领域也是猫的殖民地。”橘猫说。

“因为无与伦比的体形吗？”小猫们在地上打滚。

“不……”狸猫说，又觉得不能在小家伙面前否认种族“完美”的事实：“不仅仅如此。”

“源于猫的现代性。”橘猫总是语出惊人。

此话真把我吓了一跳。不过稍加回顾艺术史，心中了然。作为超然独立的符号，画中猫的姿态等同画家的意志。文艺复兴时期，在雅各布·巴萨诺、朱利奥·罗马诺等笔端，在赞美神圣秩序的圣画中，即便猫与圣母玛利亚同居一框，它始终是藐视和游离于神圣秩序之外的语言；不屑的眼神，本性的动作，无不象征着艺术家们对传统秩序的嘲讽。细观二十世纪以来的艺术风暴，携猫出场的艺术家，无不将猫视为与自我灵魂尺码最匹配的标本。毕加索，达利，欧姬芙，波德莱尔，让·科克托，安迪·沃霍尔，巴尔蒂斯，列侬……莫不如是。如今，神秘主义理性主义完美主义无政府主义梦游症患者洁癖猫，继续滋养着这个时代的想像力。

“因此，一个不能欣赏猫的人，绝不是现代人。”

橘猫继续语出惊人。

我赞叹不已，一边记下猫语录，一边自我审查。

“对于科学，猫也功不可没。薛定谔的猫，牛顿的苹果……”狸猫舔掉爪间最后一丝薄荷味，拓出新话题。

“你是猫薄荷吸食过量了吧？苹果跟猫有什么关系？”我忍不住打断它的话。

“我讲过牛顿的猫洞故事。现在接着讲牛顿的猫马里恩踩落苹果的故事。”狸猫撇撇嘴。

我还能说什么呢，赶紧记下这惊天秘闻，挣稿费，买猫粮，顺便为自己买几本书。至于文本署名问题，猫是不计较的，我和猫早已互为彼此。故事相当精彩，众猫绕膝倾听，我不由回想起尚未拥有猫之前的某一年，我独自穿过卢浮宫无数时代的珍品长廊，梦游般走向埃及馆，驻足于木乃伊猫和巴斯特女神铜像前，那沉醉顾盼的模样，何尝不是一只人形猫。

· 上海 ·

别有幽情

王宏图 *

I

夜色渐深，人们奔波忙碌了一整天，紧张的神经松弛下来，纷纷沉入睡乡。若有若无的市嚣如苍茫邈远的海水，一波波涌逼上来，又缓缓沉落到幽秘的深谷中。突然间，床角传来一阵窸窣的响动。不一会，一只毛茸茸的家伙蹭到了半露在被子外的脚趾上，随后它又阔步前行，碰触到你的胳膊，最后在你脸颊旁蹲伏下来，俨然一副主人的模样。果不出所料，是我的宠物猫桂圆来了。

我习惯性地探出手，抚摸着他的头和颈背。桂圆发出一长

---

* 王宏图，作家，复旦大学中文系教授。出版有长篇小说《Sweetheart, 谁敲错了门》《风华正茂》《别了，日尔曼尼亚》《迷阳》，中短篇小说集《玫瑰婚典》《忧郁的星期天》，专著《都市叙事与欲望书写》，评论集《快乐的随涂随抹》《眼观六路》《深谷中的霓虹》《东西跨界与都市书写》等。

串呼噜噜的震响，随后侧转身子，开始用舌头舔起我的手背来。柔滑湿腻的舌头来回摩挲着，展露出猫科动物特有的柔情。不一会，我便觉得手背痒不可支，便抽回手，再次抚摸着桂圆黄色的毛皮，不知不觉坠入梦乡之中。

此刻的桂圆已有三岁半，他刚来家里时才两个多月，不到一岁时全身便长出了厚实密集的毛。据说他是土耳其安卡拉猫和加菲猫的混血。和土生土长的中华田园猫不同，它的确也是风度翩翩，蹲伏在窗台上，像一头雄赳赳的狮子，路人经过时不时发出啧啧的惊叹声。

人们都说猫冷傲独立，不像狗对主人百般忠心，甚至戏称猫为奸臣。然而，桂圆的性情却大不相同，特别粘人。你坐在桌前，他会乖乖地在椅子边躺伏着，不时跳到你腿上，或者爬上桌面逡巡一番。你走到厨房，泡上一杯咖啡，他立刻尾随着你；甚至在淋浴冲澡时，他也要侵入隐秘的空间，与你分享那一段时光。的确，他达不到狗那般从一而终的境界，当你冲完澡，正准备穿衣，它便守在门口，急着离开，去寻找新的乐子。

前些日子，我和家人外出两个多星期，无奈之下只得将桂圆托给朋友照管。他平日里和我们朝夕相处，一下落入一个全新的环境，想必是郁闷不堪。果然，听朋友说，开始两三天，他蜷伏在笼子中不吃不喝不拉，心中诅咒着背信弃义的主人。但等我们回家将他接回后，他的反应远没有预想中那么激烈，喵喵叫了几下，将胸中的哀怨排遣而出后，又快快乐乐地回归到原有的生活了。不像我们最初养的那只黑色两色的草猫“老虎”，我们外出才一周，每一两天有朋友来帮忙添食铲屎，她还是怨气冲天，半夜里硬是闯进卧室大闹一场方才罢休。

的确，猫身上总有让人捉摸不透的东西。你说他黏人黏得厉害，但有时独自离家几天，倒也像度了一个周末，逍遥自在。那时我家住在底楼，有一回桂圆乘我不注意，独自溜出了门。那已是晚上十点多，我躺下后没注意到它的动静。不多久听得单元楼大门口传来一阵凄厉的狗叫，原来是住在顶楼的东北老太太遛狗回家了。她见到一只猫蹲伏在门洞边，便顺手将他抱回了家。第二天她挨家挨户询问谁家跑丢了猫。我上楼来到她屋里，除了那条大狗，她还养了两只猫。我叫唤了半天，桂圆还是隐伏在某个角落里不愿露面。最终我只得放弃，到第三天早上到老太太家，他已经怡然自得地趴在宠物箱中，专注地舔着爪子。将他抱回家后，他摆出一副若无其事的神情，好像只是在外度了两天假。

后来，我发现，这场冒险在他头脑中烙下了难以磨灭的印痕，他会更加频繁地望着门外。有时喵喵叫上一通，不是为了求抱抱，也不是嘴馋，只是想出门放放风。然而，真的开了门，桂圆又犹疑起来，探出半个头。等到确认没有危险后，便蹿了出去，兜了几圈后，爬上楼梯，拐过楼层中间转弯处的平台，径直向上冲去，似乎要尽情回味那两个神奇的夜晚。

II

我自幼和狗素无缘分，避之惟恐不及。一次，我在弄堂中和同伴玩耍，猛地蹿出一条小白狗，我掉头便跑，不料它对我紧追不舍。跑了数十米，还是没把它甩掉。无奈之下，我索性停住脚步，反正是听天由命。没想到我一停下，那原本凶悍的狗也伫立在原地，仿佛霎时间丧失了斗志，甩甩尾巴，打了个转，悻悻然离去。

但猫就完全不同了。我出生时，家中便养着一只和我同岁的猫，但那时可享受不到宠物的待遇，会抓老鼠是它的最大优势和存在的理由。那时也没有专用的猫砂，人们用烧剩的煤球灰倒在盆中，就算解决猫咪拉尿拉屎的问题了。而今日里风行的各式猫食更是不可想象，餐桌上的残羹冷炙便是它最高端的食粮了。每当我们吃鱼，它便会蹲伏在桌脚边，在鱼香的刺激下，还想伺机跳上桌子大快朵颐吃上一番。由于朝夕相处，我一点都不怕猫，有时还着实捉弄它一下，比如趁它不备，一把揪住它，来个四脚朝天，再挠挠它的白肚皮。它倒也不怎么恼怒，只是对我翻了几个白眼。

与猫相处久了，心中难免会生出几许遗憾：它和主人的感情真是不合拍。当它想亲近我们时，我们或是心绪不佳，或是心不在焉；而当我们兴致盎然时，它却摆出一副无动于衷的冷傲姿态，远远地躲开。这种阴差阳错，造就了猫的神秘感。的确，它迷离恍惚的眼神似乎朝向一个未知的宇宙，向往着诗和远方。在那瞬间，它真成了睿智的哲人，静观世间的风云变幻和悲欢离合，对没完没了上演的纷纷攘攘的闹剧投以鄙夷不屑的目光——这大大挫断了我们人类的自尊心，让人三观尽毁。曾经听说美国有一项搞笑的研究，研究人员通过观测分析猫的脑电波，试图破译它的心理秘密：很多猫不但对人毫无尊敬之心，而且还将人视为傻傻的大猫：这真让人笑喷了嘴。

III

在桂圆到我家两年之后，他的妹妹花生也前来落户。猫主人兴奋地告诉我，这是一头独胎猫，非常难得，身体可壮实呢！花生出生一个半月我便把她抱回了家。开头几天，大概是断奶不久，她经常哇哇叫唤——多半在想念妈妈呢。和哥哥桂圆一样，它也是黄白相间的毛色，但黄里透出深褐的色调。虽是同胞兄妹，它们俩的性情却大不相同。它一点都不黏人，一直都躲得远远的，有一次还藏在开放式书架两排书中间，让人半天都见不到它的踪影。

我家住在高层，平日里猫咪不接地气，无法感受大千世界的精彩，但也免受了野猫的侵扰。不久前，由于旧居装修，暂时搬到一处底层的房里。这下，猫的活动天地顿时间骤变，它们可以在院子里玩耍，从栅栏的空隙间钻进钻出，尽情爽上一把，而不到周岁的花生也做了一回“少女妈妈”。

刚搬进底层的居所，便有野猫来访，有的异常凶悍，从墙头跳入院子，甚至径直冲入屋内抢食。好多天里，一只长相丑陋的黑白猫不时出没在院子前后，每当家人出现，它便飞快离去。一次，偶尔撞见花生和黑白猫滚爬在一处嬉戏，野猫溜走后，她脸上浮现出前所未有的媚态。夏天来临，花生的肚子也鼓了起来。我当时心中闪过一念：她莫不是怀孕了？不太可能啊，后来没见那只黑白猫再来骚扰。大概是它胃口好，长出肥膘来了。

又过了四五天，突然间花生又和我们玩起了捉迷藏，隐身不见。这次我没费心去寻找，她能跑多远？翻墙越栏，最后还是乖乖地回家来。我之所以如此笃定从容，全在于有其前科可循。花生刚来我家才一个月，有天晚上下雨，我进门后对她挥了挥伞，她顿时间惊惶异常，随后便失踪了。由于以前有猫坠楼的惨剧，我们出门四处搜寻，但没有一点踪影。没想到第二天半夜，听到门外传来喵喵的叫声，开门一看，竟然是失踪了一天的花生回来了。原来才两个半月大的她在楼顶露台门边蹲了一天，肚子饿了便想到回家来。

但这次情况不同。半夜里听到奇特的猫叫声，起先以为是外面野猫的喧嚷，直至第二天下午在床下发现了惊人的一幕：花生产下了两只混血的小猫仔：一只已死去，另一只嗷嗷待哺。

就这样，花生当上了“少女妈妈”。但她这妈妈当得实在太不称职。你想想，她刚满 11 个月，还时常随地胡乱拉屎，要担当起母亲的重负，实在是勉为其难。出于天性，她会陪伴小猫好几个小时，随后便独自外出逍遥了。不到三天，第二只小猫在午夜时分悄然死去。

这还不是事情的全部。更为神奇的是，过了两天，屋里又传来一阵阵猫仔的鸣叫。这是怎么回事，两只猫仔不都见阎王了吗？循声而探，声源依旧潜伏在床的下方：花生不无惊恐地将一只猫仔护在胸口。好家伙，又生了一只。怎么会分两次产下来？思前想后，只有一个合理的解释，前两只是早产，而这只猫仔才是顺产。

我和家人祈望它能活下来，成为家里的第三头猫。这将是一个多么温馨的猫之家：母亲，儿子，舅舅。花生似乎也变得懂事了，照顾起小猫来愈加用心尽力。然而好景不长，过了两个星期，最后这只猫仔也一命呜呼。据懂行的朋友说，由于花生没有尽责舔它的屁屁，猫仔由于便秘而涨死了。我们很是伤心，将它埋在院子外的泥土下，而花生依旧是若无其事，没有烙上任何悲伤的印记。过后不久，我们便给她做了绝育手术。这下，她的黑白猫男友再度来访时，花生也摆出不理不睬的架式。猫的绝情于此可见一斑。

其实，桂圆和花生又何尝有多少兄妹同胞情可言。桂圆醋劲十足，看到我们宠爱其他猫，便会不加掩遮地表露出敌意，而花生仗着年轻气盛，也不甘示弱。它们可以短时间一前一后和平相处，其乐融融，仿佛置身于伊甸园中。不久，它们便会厮打起来，几个回合下来，难分胜负。起先花生毕竟弱小，不敌对手，但随着体力的增强，它逐渐占据上风，有一次竟将桂圆额头上方的毛扯掉了一大块。

IV

虽然过去了好多年，但那一幕幕场景犹如一长串鲜亮的梦境，悄然浮现在眼前：那是秋天的下午，空气中弥漫着一股浓酽的桂花香，阳光懒洋洋地洒照在半面墙壁上，几只猫咪安闲地沐浴在窗台边大团金黄色的阳光中。黑白、蓝灰、褐黄的毛色，与邻近桌面上花饰繁密的台布图案交相辉映，酿造出安乐无比的氛围。它仿佛在时间的长河中剥离而出，凝固为永恒的符码。

它向人们允诺着天长地久的幸福：这一切将永远延续下去。

但事与愿违，总有梦醒的那一刻。南朝作家江淹的名句“黯然销魂者，唯别而已矣”写尽了人世间生离死别的滋味。人与人之间如此，人与宠物之间又何尝不是，甚至有过之而无不及。前些年我曾买回一只两个月大的英国蓝猫（俗称英短），并给他取了个霸气十足的名字——凯撒。尽管它血统高贵，与先前已来家里的中华田园猫“老虎”倒也相安无事，关系甚为融洽。在度过了短暂的适应期后，凯撒便显露出了顽皮大王的本性。他是如此年轻，精力如此充沛，整天上蹿下跳，连垃圾桶也不放过，比他大近四岁的老虎在他面前只得甘拜下风。和矜持、不无羞怯的老虎不同，他和人极为亲近，每天一大早便爬到床头，四处游走，还会调皮地挠你几下。

但乐极生悲。虽然女儿数次提醒猫有摔下楼的风险，但我们似乎相信它们不至于那么傻，加上“猫有九条命”的俗语更使我们对此麻痹大意。

初春的一个夜晚，我和女儿去苏州墓地祭扫祖父母回家，踏进家门还看到凯撒欢天喜地地四处游窜。他此时刚满八个月，正处于青春发育期，勇武莽撞。时过九点，家人突然发现他不再露面。难道是乘人不备溜出去了？到了十点，还是不见小家伙的踪影，大家真急了。我和女儿拿着手电筒，沿着楼梯一层层查找，但毫无踪影。再到楼外，高声呼唤凯撒，也无半点声息。到了第二天白天，我打开手机上模拟猫叫的软件，在绿地内外找寻了半天，再和女儿到地下自行车库查看，都是一无所获。无奈之下，我们还到小区各处张贴了寻猫启事，上面印有凯撒的照片。

就这样过了三天。一天下午，底层邻居上楼告诉我，钟点工阿姨在擦窗时看到后方草丛中有只死猫，不知是不是我们家的。我连忙下楼，果然是凯撒。此刻的他早已四肢僵硬，活泼丰盈的生命早已飘然而逝。根据他坠落的方位，可以断定，那天夜晚他按捺不住好奇心，爬出了北边阳台的窗户，在空调外机或栏杆上玩耍时不慎失足掉落。而地面上只竖立着几棵稀疏的棕榈树，下面楼层的住户又没有外伸的平台或晒衣架，在空中划了一道摇颤惨白的弧线后，他便一头栽入了深渊。

为了平复我们心头的伤痛，猫主人不久给我们送上了一份大礼——凯撒的同胞姐姐希茜。当初买下她的主人因要移居澳洲，将她返回给了卖家。来我家时，希茜已近一周岁，由于感到被原先的主人抛弃，满面愁容，郁郁不欢。但头天晚上，她便悄悄跑到床边，爬上了我的床头柜。她的长相和死去的恺撒很是相近，生着一对折耳，性情愈发高冷。老虎见到新的同伴来，一心想巴结她，但都被无情地回绝。因做绝育手术，希茜有天没回家。这下可把老虎乐坏了，她趴在凳子上摇头摆耳，欣喜异常。没料想到第二天希茜便回了家，老虎一下傻了眼，受人独宠的美梦霎时间便告破灭。

从夏入冬，不知不觉间希茜在我家生活了近半年。一天傍晚，我外出回家，猛地发现希茜倒卧在地毯上，声息全无。这是怎么回事？我顿时间懵了，临出门时还好端端的。随后我将她抱到小区门口的宠物医院，医生摸了她已趋僵硬的肢体，它早已死去。至于具体病因不详，或许是吃了什么有毒的食物。

前些日子就有朋友在看到希茜的照片后和我说，这折耳猫不好养，基因有缺陷。这下不幸言中了。早晨看她似乎有些病恹恹的，但进食尚算正常：莫非真是心脏病突发引发了猝死？

但一切已为时已晚。我和家人趁着夜色，用一块床单包裹了希茜，在苏州河畔的一方泥地上挖了个小坑，将她埋了。

但这并不是终局，生离死别的活剧还得继续上演下去。不多久，已届中年的老虎身体开始发出警讯。一次我刚外出，钟点工阿姨便打来电话，气急败坏地说猫在书桌上拉了一大坨屎。我颇为疑惑，她来我家已逾五年半，从来没有发生过此类让人恶心的越轨事件。没过几天，我发现她原来不是拉屎，而是呕吐。起先我们并没将它当成个大事，认定她就舔毛舔得勤所致。后来渐渐发现呕吐的频率越来越高，最后趴伏在床下，不吃不喝。这下我们急了，将她送到门口的宠物医院。一测体温有点高，医生诊断是受了病菌感染。于是它便留院治疗，打点滴。当天晚上家人去探望时病情尚稳定，第二天我去探望，她认出了主人，情绪非常亢奋。那时我还期盼她能康复，毕竟一同度过了七年时光。但天不遂人愿，没几分钟，她的心脏便停止了跳动，溘然而逝。可以想象，她度过了一个孤独凄清的夜晚，等着和我们告别。在见到主人后，她再也没有遗憾，便撒手西去。

古希腊哲人亚里士多德在谈及悲剧的功用时曾说，它“借引起怜悯与恐惧来使情感得到陶冶”。而“陶冶”一词在古希腊文中为catharsis，它原本是个医学术语，意指净化、清洁。亚里士多德借用这个术语，试图揭示悲剧能净化人的心灵与情感，通过观赏剧中人物的命运，砥砺心志，宣泄郁积的情感，臻于新的平衡。看戏是这样，养宠物又何不是？杜甫曾写下“生离与死别，自古鼻酸辛”，可谓道尽人间哀情。与宠物猫同度的时光，其实也是人间生活的缩影。我们所爱的猫咪的离去，可看作是我们最终将与亲人分别的预演。在这一过程中，我们的情感得到磨练，在脆弱、美艳的光阴中做好永别的准备，向死而生，不再忌讳死亡，而是以一种坦荡的心态面对最后的终点。

我们和猫咪，尽管种属不一，但同是浩茫的宇宙中孵化而出的生灵。此生此世，两个微小的生命有缘相会，这又是何等的福分。就这样，在秋日慵懒、软得要酥化开来的空气中，我望着半打瞌睡的爱猫，他们也呆萌地望着我，相看两不厌。时光定格在那一瞬间，仿佛回到了早已失去的伊甸园。我的脑海中浮现出古埃及《亡灵书》中的诗句：

我是纯洁的莲花，
喇神的气息养我
辉煌地发芽

我从黑暗的地下
升入阳光世界，
在田野开花。

· 成都 ·

那些不同于人类的生命

洁尘 *

我一口气读完一本写猫的书，中间完全丢不下手。期间，那些透过文字展现出它们的美丽、娇媚、傲慢与狡黠的猫们，跟我平时目睹或者短暂接触过的真实的猫似乎不太一样，书中的它们全然呈现了一个关闭的自成一体的生灵世界。而所谓关闭，那是针对像我这种以前从来没有起心去探询的人类而言的；而所谓自成一体，那是它们本来就拥有的一种生存智慧和生存方式，这种智慧和方式只有经历了漫长的共处和付出之后，才能被人类所窥见。

若在 2007 年 12 月之前，我可能不太会有耐心仔细看完整整一本写猫的书。当然，这本写猫的书我是肯定要看的，它是多丽丝 · 莱辛的作品，她的作品我不会错过。但是，是不是会

---

* 洁尘，作家，从事职业写作。出版有散文随笔集《碎舞》《华丽转身》《提笔就老》《小道可观》《焦糖》《一朵深渊色》《一入再入之红》，长篇小说《酒红冰蓝》《中毒》《锦瑟无端》等三十余部作品集。

这么耐心，不，岂止是耐心，而是饶有兴趣，我觉得在2007年12月之前是不太可能的。

以前，我基本上对写动物的题材没有兴趣。动物跟我的距离是不相交的平行线，虽然秉持着护生惜生这一理念，但我从来没觉得我跟动物之间有什么交集点。但后来完全不一样了，自从我家养了一条金毛犬之后。它从开头的一个小毛团到成年后成为威风凛凛的一条大型犬再到现在已经垂垂老矣，十来年的时间，我经历了一个全新的过程，对动物，对人类古老的宠物，对狗，在生命这个层面上也有了一种全新的认识。

我虽是一个养狗的人，但我一直认为，世间最美的动物是猫。猫的各种形态，还有那种若即若离的高冷性格，都令我着迷。但沮丧的是，我两次养猫都告以失败。第一次是2008年，两只小猫的到来令我全身开始起红斑，医生诊断为猫过敏。这两只小猫只好送人了。十年后，2018年夏天，朋友家的猫生了一窝，我满心欢心地捧回了三只小猫。我以为，经过了十年的养狗，我对猫也应该有了免疫力。这一次我坚持了三个月，一直忍耐着身上的红斑和由此带来的相当强烈的瘙痒。我以为我能挺过去，能适应猫毛与我的体质的不协调，但最终经医生的鉴定和忠告，我的猫过敏是没有办法克服的，只能将三只猫送给了其他朋友。我那么喜欢猫，但居然与之无缘。这种无奈，很难与人倾诉，只能自我消化。

我与猫之间的那道沟壑是跨不过去了。现在我在我家空调外机上摆放着喂猫器，保证着每天的猫粮和清水的供应，喂食小区里散放的猫们。隔着玻璃，有时我可以看到它们，稍有安慰。

对岸之美。好在有莱辛这样的精通猫之美妙又掌握文字奥秘的人存在。

多丽丝·莱辛的这部写猫的书叫做《特别的猫》。作为猫痴的莱辛，一生阅猫无数，写这么一本书是再合适不过了。这本书分成三个部分，第一部分是《特别的猫》，第二部分是《幸存者鲁夫斯》，第三部分是《大帅猫的晚年》。这三个部分分别写于不同的年代，在这部中文版的编辑处理上，把这三个部分拉通，贯以连续的章节目录，期望读者以此获得一种回忆录式的阅读感觉。

其实，我在读这部书的时候，小部分将之作为莱辛的个人回忆，大部分将之视为一部关于猫的小说，因为莱辛的笔触已经不再仅仅停留在观察上了，她更多的是潜入其中，呈现了猫的主体性存在，从而获得了一种人与猫之间微妙难得的沟通渠道。而莱辛的这种潜入和呈现并不是我们所习惯的那种人类对于动物那想当然的拟人手法或者卡通方式，她是用了几乎一生的时间来接触、了解猫这种动物，在付出了巨大的爱心以及无数的精力之后，最终，她获得了猫族的秘密。

莱辛说，“在我和猫相知，一辈子与猫相处的岁月中，最终沉淀在我心中的，却是一种幽幽的哀伤，那跟人类所引起的感伤并不一样：我不仅为猫族无助的处境感到悲痛，同时也对我们人类全体的行为而感到内疚不已。”

我想，莱辛替人类行为的负疚是从根本上体会到人类在面对其他生命族群时那种根深蒂固地傲慢、无知和残忍。在我养狗的这半年时间里，虽然我还没有资格对狗族说什么，但隐隐约约地我也能体会到狗所独特的思维特点以及表达方式，其中蕴涵了一种令人深深感动的情感穿透力。

在《特别的猫》中，莱辛有大量对猫的描述，比如，她写她曾经十分宠爱的“灰咪咪”：“她轻灵灵地坐在那儿，看起来就像空气一般轻盈，她不停地观看、倾听、感觉与嗅闻，而她全身上下每一个部位，她的皮毛，她的胡须，她的耳朵——全都在轻轻颤动。若说鱼可算是流水的具体塑像，那么猫就等于是风的图饰，描绘出那难以捉摸的风的姿态。”在我看来，这样的描述代表着我们人类对其他生命形式的好奇以及由衷的赞美，是人类十分幽微纤细的一个情感点。有幸的是，现在，我在与我家那只金毛犬的相处中已经开始品尝到这份动人的感觉了。

图书在版编目（CIP）数据

假如听到喵喵叫/周晓枫，赵荔红编.-上海：上海文艺出版社.2020

ISBN 978-7-5321-7440-9

Ⅰ.①假… Ⅱ.①周… ②赵… Ⅲ.①散文集－中国－当代

Ⅳ.①I267

中国版本图书馆CIP数据核字(2020)第016168号

发 行 人：陈　徵

策 划 人：谢　锦

责任编辑：林潍克

装帧设计：钱　祯

封面插画：顾　湘

书　　名：假如听到喵喵叫

编　　者：周晓枫 赵荔红

出　　版：上海世纪出版集团　上海文艺出版社

地　　址：上海绍兴路7号　200020

发　　行：上海文艺出版社发行中心发行

上海市绍兴路50号　200020　www.ewen.co

印　　刷：上海天地海设计印刷有限公司

开　　本：889×1194　1/32

印　　张：9.375

插　　页：2

字　　数：194,000

印　　次：2020年5月第1版　2020年5月第1次印刷

I S B N：978-7-5321-7440-9/I·5911

定　　价：48.00元

告 读 者：如发现本书有质量问题请与印刷厂质量科联系　T：13817973165